Lejos de Toledo

Angel Wagenstein
Lejos de Toledo

Traducción de Venceslav Nikólov

LIBROS del Asteroide

Primera edición, 2010
Tercera reimpresión, 2024
Título original: ДАЛЕЧ ОТ ТОЛЕДО

Queda rigurosamente prohibida, sin la autorización
escrita de los titulares del *copyright*, bajo las
sanciones establecidas en las leyes, la reproducción
total o parcial de esta obra por cualquier medio o
procedimiento, incluidos la reprografía y el
tratamiento informático, y la distribución de
ejemplares mediante alquiler o préstamos públicos.

Copyright © Herederos Angel Wagenstein, 2002

© de la traducción, Venceslav Nikólov, 2009
© de esta edición: Libros del Asteroide S.L.U.

Publicado por Libros del Asteroide S.L.U.
Santaló, 11-13, 3.º 1.ª
08021 Barcelona
España
www.librosdelasteroide.com

ISBN: 978-84-92663-13-2
Depósito legal: B. 276-2010
Impreso por Liberdúplex
Impreso en España - Printed in Spain
Diseño colección y cubierta: Enric Jardí

Este libro ha sido impreso con un papel ahuesado,
neutro y satinado de ochenta gramos y ha sido
compaginado con la tipografía Sabon en cuerpo 10,5.

El presente proyecto ha sido financiado con el apoyo de la
Comisión Europea. Esta publicación es responsabilidad
exclusiva de su autor. La Comisión no es responsable del
uso que pueda hacerse de la información aquí difundida.

Índice

Prólogo   9

Primera parte   31

Segunda parte   127

Tercera parte   159

Cuarta parte   231

Prólogo
Referencias históricas preliminares sobre las raíces de mi abuela Mazal, las peculiaridades de mi abuelo Abraham y, entre otras cosas, los habitantes del barrio del Cementerio del Medio.

No es que quiera empezar con tópicos y verdades archisabidas, pero es un hecho incuestionable que el árbol empieza en las raíces y depende de ellas absolutamente. Con algunas maderas sólo se pueden hacer cayados o garrotes; otras sirven para fabricar objetos tan útiles como artesas, cunas o trípodes; y hay árboles cuya madera se transforma en flautas y hasta violines. En cierto modo, esto no ocurre sólo con los árboles, sino también con los hombres. Así que merece la pena reflexionar sobre el refrán que afirma que de tal palo, tal astilla.

En lo que concierne a mi abuela Mazal, yo la compararía con un árbol de raíces vigorosas y profundas, con el que sólo se elaboran cosas necesarias y útiles, mientras que con el árbol de mi abuelo Abraham, conocido como Abraham *el Borrachón*,[1] sería difícil hacer algo especial. Como mucho, un barril donde guardar un buen vino añejo para dejarlo reposar.

Pues de eso va la cosa: de raíces.

La abuela de mi abuela Mazal tuvo, desde luego, su propia abuela. Aquélla, por su parte, tuvo la suya, y así sucesivamente.

---

1. En español en el original. *(N. del T.)*

Por esta ley genética se formó una camarilla de abuelas, una tras otra a través de los años y los siglos, que empieza en Toledo, a orillas del Tajo, y atraviesa toda Europa hasta Plóvdiv, a orillas del Maritsa. Al principio, mis abuelas eran judías jóvenes y guapas, pero sin darse cuenta, a medida que en su vida irrumpía un bullicioso tropel de nietos y biznietos descalzos, se fueron convirtiendo en viejas judías, sin más.

Mi larga retahíla de abuelas comienza por una joven de pelo rizado color azabache y ojos anegados en lágrimas, oscuros y profundos como el primer sueño de la noche. Se aferra con ambas manos a la pesada argolla clavada en las puertas de la judería,[2] el barrio judío fortificado, y, con silenciosa obstinación, se niega a soltarla. Pero la van a obligar, vaya si no, y lo hará su padre, el viejo herrero Yohanan ben David al-Maleh, del linaje de los Ibn Daúd, famosos durante el califato como artesanos fabricantes de candelabros y celosías para ventanas y balcones. Pues este Yohanan, honorable y estimado y miembro del consejo de ancianos judíos, acabará por subirla —con cierta brusquedad, hay que reconocerlo, pero no sin disimulada ternura paternal— a lomos de un burro. Y aunque el nombre del animal no se ha conservado en crónica alguna, nos molestaremos en precisar que él será quien perpetúe la raza de los burros andaluces en el otro confín del mundo.

Esto sucedía, como bien recordaréis, a finales de junio de 1492, después del edicto de Sus Majestades los Reyes Católicos Fernando II de Aragón e Isabel de Castilla, en virtud del cual todos los judíos que hubieran renunciado a adoptar la fe en Cristo deberían abandonar sus tierras

---

2. En español en el original. *(N. del T.)*

sin demora, largándose al carajo o adonde más les conviniera.

Teniendo en cuenta que hasta tan decisivo y funesto día Tomás de Torquemada, mentor espiritual de la pareja real, Gran Inquisidor y piadoso dominico, ya había logrado quemar en la hoguera a ocho mil personas, en su mayor parte judíos, sin contar las brujas, los herejes, los secuaces de Satanás y los partidarios de Mahoma, es fácil comprender que el padre de aquella lejana abuela mía, el honorable y estimado Yohanan, optara por la prudente y juiciosa decisión de liar el petate, abandonar las tierras de los ancestros bendecidas por Dios y poner rumbo, con su prole y su servidumbre, a un futuro incierto.

Esos lugares que los judíos dejaron llevaban por entonces nombres tan variopintos como sonoros. Son los antiguos reinos cristianos de Castilla y León, Navarra, Cataluña, Aragón y Asturias y, antes de la Reconquista, es decir, antes de que el islam fuese expulsado definitivamente allende el mar, antiguo gran califato de Córdoba o emiratos de Sevilla y Granada. Una península al sur de los dominios de los francos y al norte de las tórridas costas africanas, a la que la Providencia había deparado la suerte de convertirse en cuna del Nuevo Mundo.

Las legiones romanas llamaban a esas tierras Hispania; los soberanos árabes y moros, Al-Andalus, y los judíos, Sefarad. Pues allí, en esa Sefarad o Al-Andalus o, si se prefiere, Hispania, en la mezcla vehemente, incestuosa y salvaje de sangres, etnias y religiones, en el rechazo y la atracción, en el odio y las dependencias mutuas entre visigodos, árabes y judíos, que habían dado origen a una gran nación, se cometió una cruel injusticia, sólo comparable a los actos cometidos en esa misma época por los esbirros de Hernán Cortés.

Pero no nos es dado juzgar los insondables designios de la Historia y su marcha inexorable. Porque ese mismo Cortés, con el arrojo y el delirio del que se obsesiona con su visión dorada, se embarcó con un puñado de hombres y zarpó por el océano al oeste, hacia tierras desconocidas. Mientras que el padre de aquella abuela mía, junto con los padres y madres de otras muchas abuelas, se abría camino con dificultad a través de las montañas, siempre hacia el este, hacia tierras también desconocidas, daba igual las que fueren, pobladas tal vez por monstruos y dragones de tres cabezas, pero lo más lejos posible de esa Inquisición siete veces maldita.

Como decía, ese Cortés, con audacia inaudita, pero también con alevosía, se apoderó de México, Honduras y California, modificando así la órbita de la Tierra y el destino de la humanidad. Y el hecho de que a mi abuela primigenia la arrancaran a la fuerza de la argolla de las puertas de la judería toledana, por más cruel que pueda parecer desde el punto de vista de las ideas abstractas de justicia y humanidad, marcó el inicio de una nueva estirpe judía que, si bien desterrada, llevó dignamente a través de los siglos el nombre de su antigua patria: Sefarad. Por su parte, los judíos emigrados de aquellas lejanas tierras adoptaron el nombre de «sefardíes», que se podría traducir como «españoles».

La Sublime Puerta de Estambul, o Constantinopla, como la habían bautizado los bizantinos, esa ciudad de ciudades y otrora segunda Roma, autorizó a los que huían de la Inquisición a instalarse en las tierras del Imperio Otomano.

Fue una decisión juiciosa, porque aquellos retoños de la tribu de Israel, a quienes los fieles musulmanes llamaban *yehuda* o con el despectivo mote de *çifut*, trasladaron a esos lugares nuevos conocimientos y oficios desconocidos, además de su prole y lo que había quedado de sus pertenencias. Es de dominio público que entre ellos había reputados médicos, constructores, financieros, viticultores, poetas, filósofos y comerciantes, sin olvidar, ni mucho menos, a los hombres que, además de variedades desconocidas de frutales y cepas de vides, trasladaron al suelo balcánico el secreto de la fabricación del famoso acero toledano. Por no hablar del arte de la diplomacia, elegante y perfeccionado durante siglos, con que evitar las guerras, puesto que en ellas, como bien se sabe, los principales culpables —y a fin de cuentas las víctimas— siempre han resultado ser los judíos, se mire desde el bando que se mire.

Los otomanos, en principio belicosos y poco civilizados pero dotados de un desarrollado sentido del Estado, extraían los conocimientos que necesitaban directamente de la fuente —o, mejor dicho, del océano— de saber que era ese mundo árabe en declive, que ellos ya dominaban por completo. Pero los forasteros llegados de la lejana España les ofrecían una lectura nueva y occidental de todos esos conocimientos, lo que no era en absoluto despreciable.

Incluso algunos hijos de Navarra o Cataluña, portadores de una experiencia especialmente valiosa a los ojos del sultán, cedieron a la tentación de convertirse en consejeros, visires y bajás. De este modo se familiarizaron con los soberanos de un imperio enorme que se extendía con pereza oriental por tres continentes, modificando de paso sus creencias y sus nombres. Así pues, su memoria sefardí original se borró como el rastro que deja un caracol en la arena, y desapareció para siempre bajo las olas del mar islámico.

Sin embargo, hay que añadir que la mayoría de los inmigrantes se mantuvieron firme y obstinadamente fieles a las leyes de su estirpe, acatando hasta el fanatismo el espíritu y la letra del Sefer Torá, que significa Libro del la Ley.

Por tradición, los sefardíes fueron súbditos leales: así

como antes habían sido leales al califa o al rey católico, lo eran ahora al sultán turco. En épocas posteriores, después de que el imperio se desintegrara, mostraron la misma fidelidad hacia los soberanos de los estados cristianos recién formados, pero para dejar constancia de su origen y por apego al recuerdo de su antigua patria española, siguieron conversando entre sí y cantando sus canciones en la lengua de Cervantes.

Esta lengua, pequeña balsa solitaria zarandeada por el turbulento océano idiomático turco, heleno y eslavo, sobrevivió hasta nuestros días, siglos después de aquella noche de junio de 1492, y si le preguntáis a mi abuela Mazal, os asegurará que ésta fue y seguirá siendo «la *lingua* de los padres».

Antaño, muchos siglos atrás, esta lengua era el latín vulgar que hablaban las legiones romanas, y por eso los doctos lingüistas la denominaron «ladino». Pero mi abuela, que ignora semejante terminología académica, la llama *judesmo*, que significa «judío». E ignora que está hablando el idioma de aquellos malditos cruzados, perseguidores de los judíos en el sur mediterráneo, que se llevaron en sus pesados carros, junto con la plata de las sinagogas que habían saqueado, ese magma lingüístico latino. Pertenece a la misma lengua aquel recuerdo de un idioma llamado por algunos judeoespañol, con el que se tiraban los trastos a la cabeza las abuelas judías de nuestras ciudades balcánicas, como si nada hubiera ocurrido, como si jamás hubiera existido ningún Fernando, ninguna Isabel y ningún Torquemada, como si esto no fuera Plóvdiv sino Toledo o Sevilla, y no estuviéramos en el siglo XX sino a finales del XV.

Lo mismo ocurre, por otra parte, a miles de millas de aquí, en el lado opuesto de nuestro vasto planeta, donde las mulatas de Santiago de Cuba usan esta misma lengua para darse gato por liebre en los mercados de verduras o de cabras, como si no estuvieran en pleno Caribe, sino en el ombligo de los Balcanes, en Plóvdiv, y un jueves además, día del gran mercado campesino.

De modo que este extraño pero explicable vínculo lingüístico —y sin duda también espiritual— parte de nuestra pequeña sinagoga de Plóvdiv, situada en un barrio con el nombre turco de Ortà Mezàr,[3] para remontarse atrás en los siglos, hasta la leyenda del Caballero de la Triste Figura que iba montado en su Rocinante. E incluso más lejos, hasta las baladas de La Galiana, allende el puente de Alcántara sobre el Tajo, donde el rey católico e intrépido caballero Alfonso VIII transgredió todas las leyes celestiales y terrestres en aras de su amor por la encantadora judía Raquel.

Mi abuela no sabía nada de esto, ni siquiera había oído hablar de ello, y cualquier posible vínculo lingüístico o espiritual con España la traía sin cuidado. Su preocupación, a estas alturas, es que no se le quemen las berenjenas y los pimientos, «*las merendjenas*» y «*las peperizas*», que asa en el brasero de carbón de leña del patio a la espera de que regrese, del pequeño taller junto al viejo puente, su hambriento esposo (y mi abuelo) Abraham, más conocido como el Borrachón. Mas no se debe prestar demasiada importancia a los motes, ni tomarse muy en serio, porque en nuestras latitudes se te pegan como moscas a la miel, por no decir algo más nauseabundo, y un hombre sin mote es como un burro sin albarda o un perro sin pulgas.

Hablábamos, pues, de mi abuela, que no sabía nada de su propia historia, ni de la historia de sus vecinas, judías tan

---

3. Literalmente, «sepultura media», aunque su sentido más probable es «cementerio del medio». *(N. del T.)*

ignorantes como ella. Lo único que sabía era que era sefardí y que a los dieciséis años cometió la estupidez de enamorarse de ese soñador y juerguista Abraham. Sus padres no lo vieron con buenos ojos —y ella no contaba ni remotamente con su bendición—, por la sencilla razón de que Guershon, el hijo del acaudalado tendero Aarón Sevilla, le había echado el ojo hacía tiempo. Pero los dos jóvenes se mostraron tan porfiados e inflexibles que, a la postre, hubo esponsales según sus deseos. Y no sólo en atención a esa armonía entre los dos jóvenes corazones, sino que las negociaciones se vieron facilitadas por la afinidad profesional entre el padre de Mazal, Simanto Toledo, forjador de herraduras y cuñas de hierro, y el de Abraham, el hojalatero Buco Alcalay.

Es posible que el fundador de la estirpe de Alcalay —que quizá tenga sus raíces en la villa de Alcalá, cerca de Madrid— fuese en tiempos españoles un alcalde. Eso pretende, orgulloso, mi abuelo, pero hoy ya nadie puede demostrarlo y la verdad quedó enterrada hace mucho. Al igual que la familia Toledo olvidó tiempo atrás que desciende de Yohanan ben David al-Maleh, el honorable y estimado herrero toledano, fabricante de candelabros y verjas de filigrana para ventanas y balcones, de la antigua estirpe de los Ibn Daúd.

Es así como se explica —y no debe sorprendernos— el hecho de que en el barrio de Ortà Mezàr (Cementerio del Medio) de la ciudad de Plóvdiv, que es de una extraordinaria y hasta frívola jovialidad pese a su macabro nombre, pululen apellidos como Toledo, Sevilla, Córdoba, Béjar y Catalán. Y tampoco hay en ello nada novedoso, pues en otros sitios se dan apellidos como Francés, Deutsch, Schweitzer, Holländer, Berliner o Moskovitch. Éstos sugieren que sus portadores son hermanos de sangre y fe de los diversos

Toledo o Sevilla balcánicos, aunque originarios de otra parte de Europa, donde los judíos, en esos mismos tiempos y en circunstancias similares, también se vieron obligados a poner tierra por medio sin dejar de ser fieles al recuerdo de su antigua patria.

Como de recuerdos y memoria se trata, conviene señalar que mi abuelo Abraham tiene bastante mejor memoria que mi abuela, a pesar de que, en cierto sentido, la tiene un poco rara o incluso, si hay que ser francos, algo tarada. No cabe duda de que el Borrachón es un hombre instruido, que no sólo domina el ladino y el turco, sino que suelta palabrotas y juramentos en un búlgaro impecable, por no mencionar los floridos remiendos tomados de los idiomas gitano, armenio y griego a los que recurre en su batallar diario por el pan y por el botellín de anís con su huevo cocido. Ha leído a Cicerón y Pestalozzi; afirma haberse asomado, por el ojo de la cerradura, a la obra de los místicos y esotéricos espacios de la Cábala, que desprenden un frío cósmico; y hasta puede recitar de memoria párrafos enteros de libros y publicaciones llenos de conocimientos inútiles, por ejemplo sobre los habitantes de la Luna o sobre las maneras de extraer oro mediante guarismos mágicos. Pero no consiste en esto lo extraño de su memoria, sino en su capacidad para recordar sucesos que nunca ocurrieron. O si ocurrieron, difieren bastante de como los demás los vieron y recordaron, lo que es, en no pocas ocasiones, motivo de acaloradas disputas y altercados en las tabernas del barrio.

Así, por ejemplo, el Borrachón se acuerda muy bien de un suceso ocurrido durante el gran terremoto que destruyó medio Plóvdiv, incluido nuestro barrio. Y, en concreto, de lo que pasó junto al parque central de la ciudad, donde todos los que se habían precipitado a las calles, horrorizados tanto por el balanceo de las casas como por el infernal estruendo, vieron cómo el blanco minarete de la mezquita se quebraba como un pirulí y se desplomaba. Entonces la tierra se abrió y de ella, en palabras de Abraham el Borrachón, brotó un surtidor con unos peces que sólo se encuentran en el Amazonas. Según mi abuelo, este fenómeno de la naturaleza demuestra sin la menor duda que el seísmo causó una grieta terrestre desde Plóvdiv hasta Brasil, y no admite discusión al respecto.

También evoca, y la gente le escucha boquiabierta, aquellas lluvias después del fin de las Guerras Balcánicas que empezaron en vísperas de Rosh Hashana, el año nuevo judío, a las cuatro y media de la mañana o a lo mejor un poco antes, y no pararon de caer día y noche hasta la fiesta de Yom Kippur, cuando los buenos judíos se desean mutuamente, desde hace dos mil años, «Este año aquí y el que viene en Jerusalén».

Pero tampoco aquella vez pudo cumplirse el voto porque, a consecuencia de esa calamidad jamás vista, el Maritsa creció y se enfureció, se desbordó, destruyó todos los puentes, anegó la ciudad de Plóvdiv y se la acabó llevando junto con las tres mezquitas, las cinco colinas de granito, la torre del reloj, la iglesia católica y todas las ortodoxas, así como la sinagoga de la calle de los manantiales, y todo ello fue a parar directamente al mar Egeo. Por suerte para los vecinos de Plóvdiv —búlgaros, judíos, turcos, armenios y hasta albaneses y gitanos, porque a esa hora incluso estas dos minorías, alborotadoras y acostumbradas a pelearse y a cantar hasta altas horas, dormían sin sospechar nada—, por suerte, pues, justo en ese lugar del mar Egeo, ante la isla de Samotracia, se encontraba por casualidad el torpedero búlgaro *El Intrépido*. Es el mismo torpedero legendario que en la guerra alcanzó al buque de guerra turco *Hamidié*, que tuvo que ser vergonzosamente remolcado hasta Estambul, escorado y con la popa por delante. Este episodio lo contaban mil veces con orgullo, adornándolo cada vez más, los pobres diablos y fanfarrones búlgaros, como si fueran ellos mismos los autores de tal proeza. Y lo hacían sobre todo para fastidiar a sus vecinos del barrio, unos turcos tan infelices como ellos.

Así pues, dicho torpedero, a cuyo mando estaba el glorioso capitán de navío Dóbrev, tomó Plóvdiv a remolque y, navegando a contracorriente por el Maritsa, retornó la ciudad a su sitio.

A los escépticos que desconfían de que esto ocurriera así —pues de vez en cuando uno se topa con semejantes pelmas por las tabernas de Plóvdiv—, mi abuelo Abraham, erizado como un gallo de pelea, les propone que salgan a la calle a comprobar con sus propios ojos que Plóvdiv vuelve a estar en su sitio, incluidas las colinas de granito, las tres mezquitas, la torre del reloj, la iglesia católica y todas las ortodoxas, sin olvidar la sinagoga de la calle de los Manantiales, prueba irrefutable de la veracidad del relato.

Sólo los más perspicaces sospechan que el Borrachón, si no miente, al menos exagera un tanto, o que tiene una manera muy iracunda de mostrar su sentido del humor. Pero ¿acaso vale la pena echar a perder con semejantes nimiedades el buen ambiente de la taberna, con sus botellines de anís blanco y helado, bendecido por los dioses y con cristalitos flotando cual copos de nieve en un ensueño navideño?

Mi abuela era la única que nunca se creyó una palabra de todo eso, y a la que el cuento de los peces brasileños en el parque central no arrancó ni una sonrisa; como tampoco se tragaba que el tatarabuelo de mi abuelo hubiera sido alcalde en España, ni daba crédito a la hazaña patriótica del torpedero búlgaro *El Intrépido*. Ella era por naturaleza pragmática y realista, como dirían ahora, algo así como los árboles desprovistos de imaginación con los que sólo se pueden hacer objetos tan útiles como artesas, cunas o trípodes.

Mi abuela aceptaba con resignación la vida tal como era, tangible y tridimensional. Nunca se preguntaba por qué era así y no de otro modo, o si hubiera podido ser distinta y más atractiva o, digamos, más justa. Para ella, la vida era un hecho, una realidad, un quehacer cotidiano que abarcaba los problemas para alimentarnos, los baños públicos de los viernes y la sinagoga del sábado, las pequeñas disputas con las vecinas y la historia, cien veces relatada, de su noviazgo con el Borrachón, como si el acontecimiento hubiera ocurrido el miércoles pasado y no más de medio siglo atrás. Eso sí que lo contaba mi abuela con placer y todo lujo de detalles, a cambio de tener que oír por centésima vez los relatos, igual de pormenorizados y archiconocidos por todo el barrio, sobre los esponsales de las vecinas, esas judías viejas de más de quinientos años, cada una a la cabeza de dos regimientos de nietos y biznietos.

Los sueños de mi abuela no iban más allá de los límites del barrio o, para ser más exactos, del cruce de nuestra calle con la avenida del Zar Libertador, que conduce a la estación de tren y a la que, para mayor comodidad, llamamos sencillamente «la avenida», puesto que no había otra en el barrio, y donde se encontraba la pequeña barraca del viejo zapatero turco Ismet. Porque después de cada verano tórrido y de cada otoño dorado llegaba a Tracia la época de las tristes y mustias lluvias, cuando los perros callejeros de Plóvdiv, calados hasta el fondo de sus fieles almas caninas, con el pellejo erizado y el rabo encogido, soportaban resignados y meditabundos su soledad en busca de un sitio donde tenderse y morir. Pero siempre aparecía alguien que les daba un puntapié, de modo que nunca podían finalizar su búsqueda con tranquilidad.

Pero no eran los perros lo que traía de cabeza a mi abuela, sino el hecho de que la época de las lluvias coincidiera con la de ir a la escuela. Era entonces cuando el inofensivo polvo tibio daba paso durante largos meses a un lodo engorroso e intransitable, para el que se necesitaban zapatos. Y yo, a menudo, no los tenía, por la sencilla razón de que mis pies crecían con mayor rapidez que los modestos ahorros que mi abuela reunía a espaldas del Borrachón.

Es decir, que, contrariamente a mi abuelo, ella no se dejaba llevar por fantasías, sino por sueños razonables y a veces incluso realizables.

Ya hemos mencionado uno de esos sueños realizables de las judías de nuestro barrio: los esponsales, un tema predilecto e inagotable, algo así como los actuales culebrones televisivos latinoamericanos.

El repaso de la lección sobre los noviazgos, que todas las vecinas se sabían de memoria desde hacía tiempo, se efectuaba bajo alguna parra, en los apacibles y pequeños patios del barrio judío. Entonces la anfitriona, a menudo mi abuela Mazal, ofrecía café a sus visitas, para infundirles el ánimo apropiado para escuchar la romántica epopeya, extensa y colmada de emocionantes detalles. Naturalmente, el café era turco, mezcla de café genuino y garbanzo torrefacto o centeno tostado. La proporción había sido fijada tiempo atrás como un dogma inviolable, como el undécimo mandamiento, y ellas la definían —en español— como «uno y uno», que quiere decir a partes iguales. Pero sería un engaño mayúsculo creer que se trataba de una parte de café y otra equivalente de garbanzo. Para esas viejas judías, esta proporción dogmatizada significaba el café que te daban por un lev y la cantidad de sucedáneo correspondiente al mismo importe. No le resultaría difícil al instruido lector, gracias a sus conocimientos de aritmética elemental, calcular el resultado de semejante alquimia, teniendo en cuenta que el café era veinte veces más caro que su sustituto.

Es forzoso añadir que a esas abuelas que se sentaban junto al brasero de carbón de leña, a su conservadurismo y a su repulsa por cambiar siquiera un ápice de cuanto habían aprendido de sus abuelas, a la obstinación con que cantaron sus antiquísimas canciones en el idioma judesmo sin querer aprender ninguna otra canción en ninguna otra lengua, y a su ciego respeto por la tradición sin profesar ninguna otra fe que no fuese la de los ancestros, a ellas, pues, deben los sefardíes —aquellos exiliados que llegaron antaño de España— el hecho de no verse anegados por las oleadas de religiones distintas y lenguas diferentes que, a menudo, convertían las rocas en arena y a los pueblos en recuerdo.

Y no es que escasearan las tempestades y los infortunios; ¡nada de eso!

A este respecto hemos de aclarar que, aparte de las guerras, terremotos e inundaciones, hubo otros tiempos mucho más duros tanto para mi abuela y el Borrachón como para el conjunto de los judíos. Y no sólo en el barrio del Cementerio del Medio, sino en todo este país y en otros, vecinos y no tanto. Tiempos realmente difíciles, pero no es mi propósito hablar de ellos, porque yo era entonces demasiado pequeño para ser consciente de ello y comprender toda su carga trágica. Pero sé que en aquellos días mi abuelo, al igual que todos sus congéneres, se vio obligado a llevar una estrella de David amarilla, cosida en la solapa de su raído abrigo de rústico paño, quemado por el ácido clorhídrico, y a acatar el toque de queda. Aún hoy se cuenta cómo el intrépido Borrachón hacía caso omiso de esta prohibición, obligatoria para todos los judíos so pena de ser enviados al campo de trabajo de Somovit, pues solía olvidarse el abrigo en el respaldo de una silla de la taberna de turno y volver a las tantas de la noche a casa, donde lo esperaba alarmada mi abuela, como un ario en mangas de camisa, es decir, sin la estrella amarilla.

Las líneas precedentes son una referencia necesaria sobre las raíces sefardíes de mi abuela Mazal y mi abuelo Abraham, de mi tío Judas y mi tía Lisa, de la cohorte de primos y primas y de todo el componente judío de la abigarrada población del barrio Ortà Mezàr de Plóvdiv, o Cementerio del Medio.

Son asimismo una explicación fehaciente a las fragancias de cocina andaluza que los viernes por la tarde, en vísperas del sagrado sabbat, perfumaban todo el barrio mientras, desde los pequeños patios con tapias bajas, que más bien comunicaban a las personas en vez de separarlas, una dulce voz anciana tarareaba por lo bajo la canción de las sirvienticas de Sierra Morena, perdidamente enamoradas del gitano de piel aceituna Antonio Vargas Heredia. Esto concede a las callejuelas de Plóvdiv, cubiertas de piedras desiguales, con acacias polvorientas y coladas tendidas bajo las parras, cierta languidez española, voluptuosa y nostálgica, y algo de la pudorosa ternura y la brumosa pasión meridional de Granada.

«Ah, Granada mía...»

No descarto que semejante hálito español haya flotado también sobre Salónica, Cavalla o Bitola, antiguos dominios del sultán, igualmente poblados —y antes de la segunda guerra mundial incluso superpoblados— de descendientes de aquellos fugitivos de la Inquisición, los sefardíes.

En cuanto a las rarezas de la memoria de mi abuelo, los acontecimientos ocurridos en Plóvdiv durante el gran terremoto o las lluvias torrenciales caídas después de las Guerras Balcánicas aparecen aquí escrupulosamente descritos tal como ocurrieron, o más bien como los vio y contó el Borrachón. En esta descripción no hay nada inventado, pese a ciertas exageraciones insignificantes, ya mencionadas y debidas muy probablemente a la combinación del clima meridional de Tracia con el consumo de anís a palo seco. No hay engaños, pues, como los que, según las malas lenguas, aparecen en las historias que en otros tiempos escribió —y hasta hay quien insinúa que copió de relatos ajenos— aquel antiguo compatriota nuestro llamado Miguel de Cervantes, a quien ya hemos aludido.

Estas precisiones pueden considerarse un prólogo a mi tímido intento de remontarme en el tiempo hasta aquel otro Plóvdiv, en que la vida era muy diferente. Y lo hago esforzándome por comprender las cosas del pasado y no, como se ha puesto de moda últimamente, para sondear las brumas del futuro, que, por lo demás, no me interesa. En mi caso se trata de una tarea relativamente sencilla, porque para mí aquel mundo balcánico en que vivimos, en que tuve un padre y una madre que desaparecieron de mi vida una noche evaporándose sin más para no regresar nunca, ese mundo en que nuestras abuelas asaban berenjenas y pimientos sentadas en el patio junto a los braseros de carbón de leña, ese mundo de las tabernas y las extrañas visiones de mi abuelo, ese mundo ya no existe para mí. Y de los mundos que se han venido abajo uno siempre habla con autoridad, con la soltura de un conocedor y de la iluminación retroactiva.

Así es: ya no existe aquel barrio poblado por la gente

más cándida y más tolerante, gente que perteneció a una época irremediablemente pasada; ni por esa chica armenia que fue la primera en tocar, trémula, las cuerdas amorosas de mi alma; ni por el viejo cronista bizantino que se esforzaba en fijar en la placa fotográfica el hálito del tiempo; ni por la espléndida viuda turca llamada Zülfiye *hanım*,[4] que acaparaba los secretos anhelos eróticos de toda la sección masculina del barrio. Tampoco está el profesor Stóichev, ese soñador tuberculoso cuyo ansiado universo de fraternidad y justicia social no vio jamás la luz del día y fue aplazado, como se dice, hasta una fecha indeterminada.

Sí, esos días se han desdibujado, pero no el recuerdo de la leyenda de Ortà Mezàr: la de los cuatro fieles compañeros unidos por el *belote*[5] y el aguardiente, pero rivales a muerte en los asuntos del corazón. Me refiero al rabino del barrio, *haribi* Menashé Leví; nuestro sacerdote ortodoxo el pope Isaías, el mulá islámico Ibrahim *hodja* y mi abuelo Abraham el Borrachón. Su mundo también se derrumbó, y de qué manera, pero los cuatro fueron unos tipos magníficos.

¡Recordemos, sin ir más lejos, con qué éxtasis engañaba cada uno de ellos a su dios, a su parroquia o a su esposa, para desplegar las velas de la pasión pecaminosa y zarpar hacia el secreto azimut del amor, el aguardiente y el *belote*! Y como estamos al corriente de algunas consecuencias dramáticas y francamente vergonzosas, secretas pero conocidas por todo el barrio —porque el rumor es como una suave brisa que trae desde el Maritsa su olor a caballos y arrozales, y penetra incontenible por todas las rendijas—, es fácil imaginar cuántas fueron las pruebas y tentaciones que jalonaron su recorrido terrenal.

4. Mujer casada, señora, en turco. *(N. del T.)*
5. Juego de naipes de origen francés, muy difundido en Bulgaria. *(N. del T.)*

Nos ahorraremos los detalles de algunas situaciones tan ridículas como confusas, que arrojarían más de una duda sobre los cánones eclesiásticos, para dejar claro de una vez que el armónico equilibrio religioso y étnico de nuestro querido barrio de Ortà Mezàr no se debió tanto a la situación política o a la sabiduría de los gobernantes como al amor común y los celos mutuos de tres servidores de Dios, y del ateo Abraham el Borrachón, por una misma mujer.

Soy huérfano de padre y madre, como ya he dado a entender, pero no quiero detenerme ahora a aclarar las circunstancias y razones por las que resultó necesario que me criaran mi abuela Mazal y mi abuelo el Borrachón. Porque esas circunstancias no son nada buenas. Pero aun así, me vuelvo con nostálgica ternura hacia aquellos días pasados, con todo lo que tuvieron de bueno y de no tan bueno, con el polvo blanco y tibio que se colaba entre los dedos de nuestros pies descalzos, con los peces que se veían en los remansos cuando el Maritsa casi se secaba, con los bombos nocturnos de los turcos durante el ramadán bairam, con las banderas y las canciones llenas de esperanza que entonaban las brigadas de trabajo voluntario y con los pregones desesperadamente tristes de los albaneses que vendían *bozá*.[6]

Siguen vivos y nítidos en mi alma aquellos atardeceres impregnados del aroma a roscas calientes con ajonjolí y a confitura de higos, con los pesados membrillos otoñales colgando de las ramas y con las doradas y diminutas telarañas tendidas entre las parras. Ese mundo no era tan pobre como para decir que uno no tenía dónde caerse muerto, pero tampoco era rico. Yo diría que era modesto y colmado de buenas intenciones, pero a veces a nosotros, los niños,

---

6. Bebida no alcohólica preparada a base de mijo o maíz, muy difundida por toda la península Balcánica. *(N. del T.)*

nos costaba comprenderlo. A decir verdad, ni nos esforzábamos en ello, porque estábamos demasiado ocupados en hacer lo más importante: vivir, simplemente. Y lo hacíamos con entusiasmo, sin preocuparnos de nada más.

Y a estas alturas, después del fin de aquel mundo, ¿qué sentido tendría tratar de adivinar el futuro de los demás, cuando aún no he tomado plena conciencia de mi propio pasado?

Alguien podría objetar que eso de ponerse a husmear en los recuerdos es perder el tiempo tontamente, o incluso quedarse atascado en un punto sin dejar que la vida avance. Por esta razón considero indispensable contar la historia, cuando la ocasión sea propicia, de aquel burro andaluz del que he hablado al principio. Pues fue precisamente la suerte de un burro de noria, lo que le sirvió a mi abuelo Abraham el Borrachón para reconciliarme conmigo mismo y con la vida. Para que tomara conciencia de que todo es vanidad de vanidades, según piensa no sólo el Eclesiastés, sino también el mencionado burro.

Sí, todo es vanidad y perseguir al viento. Y si existe alguna razón por la que mereciera la pena que mis antepasados recorrieran quinientos años atrás el largo y agobiante camino desde Toledo hasta Plóvdiv, es el amor por una chica: Araxi Vartanian.

¡Sólo el amor, y nada más!

Primera parte

Del bueno de Kostas Papadopoulos, griego de nacionalidad y llamado Kostaki *el Eterno*, fotógrafo diplomado que supo retratar el hálito del tiempo, pero también espiar por los resquicios de su trama, rasgada por el vuelo rasante de las golondrinas.

1

Plóvdiv antaño, en un atardecer de julio

Desde entonces, bajo los puentes del Maritsa ha fluido agua como para llenar tres mares, y mi abuela, si aún estuviera viva, habría asado en el patio suficientes berenjenas y pimientos para alimentar a toda la población de la Amazonia, como recompensa por los peces que nos llegaron cuando el gran terremoto.

Por aquellas remotas fechas, cuando los tres mares en cuestión todavía estaban por llenar y mi abuela aún no descansaba por los siglos de los siglos en la tierra rojiza de Ramat Gan, no lejos de Tel Aviv, o sea, hace una eternidad, el número de tabernas de Plóvdiv superaba con creces el de sus habitantes. Esto obligaba a sus más fieles parroquianos, entre ellos mi abuelo el Borrachón, a ir pasando de una taberna a otra en nombre de la buena vecindad, y también del fraternal entendimiento entre los taberneros, para que no mermara su amor al prójimo cuando aguaban el vino.

Por dicho motivo me tocó en más de una ocasión recorrer hasta siete tabernas antes de dar con mi abuelo y hacerle llegar, de parte de su esposa Mazal, que era mi abuela, recados diversos, sobre todo modestas exigencias en materia de financiación del hogar, además del mandato, de vigencia permanente, de regresar por una vez a la hora. A lo que el Borrachón me ordenaba furioso que le dijera a la otra —refiriéndose con «la otra» a mi abuela— que se fuera a freír espárragos. Por mis servicios de recadero, recibía alguna que otra limonada, y muy pocas veces el dinero que pedía. Luego, como buen chico que era, corría de vuelta a casa con el mensaje de mi abuelo. Y cuando regresaba por enésima vez a transmitirle al Borrachón los términos poco respetuosos del nuevo mensaje de mi abuela, debía recorrer otras siete tabernas hasta dar con su nuevo paradero. Mi abuelo se ponía rojo de cólera y empezaba a despotricar contra la prodigalidad de su esposa, entre cuyos dedos los millones se escurrían como arena, pero pronto se calmaba al recordar que él jamás le había dado, ni había poseído, los millones en cuestión, y pedía otra limonada para mí.

No sé a ciencia cierta si la sangre de un antiguo alcalde español corría por las venas de mi abuelo, pero no cabe duda de que, durante los tiempos remotos de Babilonia, en el proceso de formación de nuestras particularidades genéticas intervino algún místico. Porque, para el Borrachón, la taberna no era simplemente un lugar donde hincar el codo; nada de eso. Era un santuario pagano, con su exaltado clero de iniciados que crecía en número a medida que avanzaba la noche, hasta que a altas horas llenaba todo el exiguo espacio hasta el altar o, para mayor claridad, la barra. Allí se congregaban los peregrinos devotos llevados al éxtasis, en romería por los santos lugares que yo también recorría a menudo en busca de mi abuelo. Los ritos obedecían a rigurosos cánones que habían superado airosos la prueba del tiempo, y la sacra ceremonia empezaba en el nivel más primitivo, el de los chismes y la política, asequibles a cualquier borracho del barrio, para ir elevándose suave y paulatinamente hacia las celestiales alturas filosóficas de la élite tabernera, con temas existenciales como la fugacidad de la juventud o el sentido de la vida.

El punto culminante o, por así decirlo, la apoteosis del trance religioso coincidía con el instante en que todos, desde la plebe hasta el sínodo, entonaban espontáneamente el «¿Tú te acuerdas...?» de la opereta *La reina de las czardas*. Y por encima de todas las demás despuntaba, ronca por los cigarrillos, la voz de mi abuelo, ese chantre inspirado y entregado que, reconozcámoslo, desafinaba un poco, pero ponía en ello todo su corazón. Y no cantaba sólo en la taberna, sino también en su pequeño taller, mientras daba a la hojalata la forma deseada valiéndose de su mazo redondeado, pues cantar amortiguaba el infernal estrépito.

El único lugar donde el Borrachón no cantaba era en casa, y la razón hay que buscarla en el respeto que le inspiraba la dueña del hogar, sobre todo cuando se encontraban cara a cara. En esos momentos tan tensos, a él se le bajaban todas las ínfulas. En fin, que aquel hombre de pelo en pecho le temía a su mujer, hablando en plata, ésa es la pura verdad.

En los tiempos previos a la Gran Guerra, de los que sólo guardo un recuerdo vago, era obligatorio que en las tabernas colgara el letrero de «Prohibido cantar». Pero la gente estaba tan acostumbrada a esa prohibición que no le hacía el menor caso. Por lo demás, tampoco las autoridades la hacían cumplir con el debido rigor, porque no eran pocas las veces que incluso los representantes del poder, entre ellos el recaudador de impuestos del ayuntamiento o el soplón de la policía del barrio, participaban en los cantos rituales, sobre todo cuando se procedía a interpretar a dos voces «¿Se acuerda usted, señora...?». Más tarde, en los primeros años después de la guerra, las nuevas autoridades tenían otros quebraderos de cabeza y hacían la vista gorda ante esas actividades espontáneas de las masas populares, procurando tan sólo concederles un cariz más revolucionario al introducir en el repertorio nocturno alguna romanza rusa que desgarrara el alma.

Las autoridades en cuestión se daban cuenta de que a cierta hora de la noche, una vez alcanzado el debido grado emocional, la gente necesitaba de este ritual, con sus tercios finales repletos de nostalgia, como el anís necesita de agua, y no de un agua cualquiera, sino de un chorrito de agua de pozo medido con precisión, del que nace, para extenderse poco a poco por toda la jarra, una blanca nube, hechicera y embriagadora, que pasa a la sangre y de allí al alma.

Aclaremos que el anís era una bebida más bien turca y judía, mientras que la etnia búlgara se decantaba por el vino tinto y las minorías armenia y gitana bebían lo que se terciara. Empleo el concepto «minoría» en un sentido hipotético que contradice la Constitución, pues, tomados por separado, los heterogéneos componentes del barrio del Cementerio del Medio, incluidos los búlgaros, constituían minorías que, el sábado por la noche, se transformaban en una mayoría popular única y poderosa, en la taberna frente a los viejos baños turcos. Excluyo a los albaneses, que observaban con más rigor las prescripciones del islam, de modo que no recuerdo haber visto a un solo albanés borracho en todo el barrio. A lo mejor no se debía tanto a las prohibiciones del Corán como al aislacionismo étnico albanés, según el cual su vida debía discurrir fuera del alcance de las miradas de los vecinos. Supongo que era así, aunque no me atrevería a asegurarlo.

En casos especiales, por ejemplo cuando el Borrachón firmó un contrato para cambiar los canalones de zinc del ayuntamiento y recibió el correspondiente anticipo, la orquesta gitana de Manush Alíev pasaba a desempeñar un papel esencial en la formación de esos vapores de aguardiente y vino.

También lo llamaban Manush *el Clarinete*, mote que no le hacía justicia, ya que, además de éste, tocaba divinamente todos los instrumentos y no había género musical que se le resistiera. Eso incluye la música clásica, como Mozart, por ejemplo, y su *Pequeña música de noche*, que él enriquecía generosamente con inigualables florituras gitanas, hasta transformarla en una gran música de medianoche.

Manush era un talento genuino, lleno de grandeza y furor. En los momentos de inspiración suprema, en sus ojos se veía el fuego de los campamentos cíngaros y las crines de caballos al galope, y los demonios que incendiaban su sangre la enardecían como aguardiente de Kárlovo pasado tres veces por el alambique, para inundar las almas con un resplandor de estrellas.

Ahora, después de tantos años, me pregunto si aquel lejano y moreno descendiente de los sijs no escondería pezuñas en sus botas remendadas, y si en sus vigorosos rizos color alquitrán no se ocultarían, como liebres en un matorral, unos cuernecillos. Así era Manush Alíev, de los campamentos de cíngaros junto al Maritsa. Como ya he dicho, sabía tocar todos los instrumentos, y si nadie le vio sentado ante un piano de cola no es porque fuera incapaz de dominar también este atributo solemne de las orquestas de prestigio, sino por las dificultades obvias de transportar un piano de cola en una pequeña carreta tirada por un burro, de una taberna a otra del barrio del Cementerio del Medio.

El Borrachón era el alma y uno de los principales druidas de esos peregrinajes por los santos lugares, transido de preocupación por que su ritmo no se apagara y pudiera repartirse equitativamente entre las comunidades búlgara, turca y judía, sin olvidar a la gitana y todas las demás... y hasta los armenios de las Tres Colinas.

Éstos, los armenios, eran fugitivos de las terribles matanzas de Erzerum, cuando el monte Ararat se puso blanco de dolor y las truchas del lago Van lloraron lágrimas de sangre. Plóvdiv fue entonces el primero en dar cobijo a los supervivientes, ofreciéndoles asilo, pan y vino. Vivían en las alturas, cerca de las rocas, donde habían construido su iglesia para que la cruz cristiana sostuviera los cielos cuando éstos se cargaban de nubes y amenazaban con desplomarse sobre la ciudad. Porque los armenios son gente agradecida, decía mi abuelo, y no olvidan el bien que se les ha hecho.

Así pues, cuando hacía falta, el Borrachón corría arriba y abajo, de las tabernas armenias a las búlgaras y luego por las turcas y gitanas y judías, aunque, como ya he dado a entender, estos gentilicios no pasaban de ser convenciones, puesto que en todas ellas las etnias se mezclaban en aras de su hermoso objetivo común. Así como las aguas de los torrentes montañosos se encuentran y se mezclan en el Maritsa, que corre impetuoso hacia el mar.

Y es que la vida humana, como quedó establecido hace ya mucho tiempo, es sorprendentemente breve, y por eso cuesta alcanzar todos los objetivos que uno se plantea. Si yo, movido por la natural curiosidad infantil, le preguntaba a mi abuelo cómo lograba realizar esas proezas que tantos apuros me causaban cuando salía a buscarle, el hombre me aseguraba, con toda la seriedad del mundo, que dominaba algunos secretos de la Cábala imposibles de compartir con nadie, ni siquiera conmigo. Si quería, podía trazar un signo mágico en la mesa de la taberna con un dedo mojado en aguardiente, y de ese signo saldría una llama verde en la que él desaparecería al instante para desplazarse a otro lugar. Supongo que este don de mi abuelo también explicaba que los vecinos de Plóvdiv, según se afirmaba, pudieran ver al Borrachón en tres tascas a la vez. Incluso Manush Alíev juraba por la memoria de su madre que una vez dejó a mi abuelo, borracho como una cuba, en una taberna de abajo, cerca del Puente de Madera, y luego lo encontró fresco como una lechuga en otra de la parte alta, con los armenios. Ignoro si fue así: en la escuela nos enseñaron la ley física elemental por la que un cuerpo no puede encontrarse en dos sitios distintos a la vez; pero la transgresión de las leyes siempre ha sido uno de los rasgos característicos, por no decir la pasión desatada, de este legendario barrio.

Una vez, el Borrachón y yo estábamos sentados uno frente al otro bajo la parra de una taberna, como dos adultos en pie de igualdad. A esa hora él ya había cerrado su pequeño taller de hojalatería y yo, tras cumplir con mi cotidiano deber familiar de embajador para encargos especiales, bebía la limonada que me había ganado con un esfuerzo honrado y meritorio. Bebía del gollete, con pequeños sorbos de pajarillo, para prolongar el placer, y mi abuelo, en espera de que los regimientos se concentraran bajo la bandera, tomaba traguitos de su anís blanco, acompañándolo de un huevo de pato cocido al estilo judío, cortado en cuatro y salpicado en abundante pimienta negra.

Se acercaba el momento grande y solemne de las sombras alargadas, al que en estas latitudes balcánicas llaman «la hora del aguardiente». Por la parte de la isla del Zar, el cielo, nuestro candente cielo tracio, comenzaba a teñirse de púrpura, y el presentimiento del crepúsculo cercano no conseguía vencer el bochorno del día. Porque quien no haya estado en Plóvdiv en julio, no sabe lo que es el calor asfixiante e implacable y la calma chicha. Las gallinas, desfallecidas, extienden las alas y abren el pico; los perros, con la lengua colgándoles hasta el suelo, se tumban en las sombras color tinta de las moreras, y el sudor que le baja a la gente por la espalda les dibuja en la camisa mapas geográficos de arrecifes ignotos, con franjas costeras de sal. En esos momentos, las ranas del Maritsa enmudecen sumergidas en la modorra de los bajíos, y en ese silencio se oye sólo el zumbido de las grandes moscas, animadas por un resentimiento, contra todo y contra todos, digno de un recaudador de impuestos.

Así pues, a esa hora crepuscular pasó por nuestro lado el señor Kostas Papadopoulos o Kostaki, como lo llamaban, nuestro fotógrafo del barrio, cargando al hombro el trípode con la enorme caja de madera de su cámara de fotos. A diferencia del Borrachón, que apenas se había lavado el negro rastro de su labor con la hojalata, Kostaki iba vestido con decoro, podía decirse incluso que con cierta pretensión de elegancia, pese a que su abrigo oscuro de antes de la guerra estaba ya bastante raído. Se había peinado con raya en medio y untado el pelo con aceite de oliva, y lucía su inevitable pajarita roja sobre la camisa planchada con esmero, en la que se advertían pálidas manchas de café de otros tiempos.

Este señor Papadopoulos era griego, vivía solo y, por lo visto, jamás había tenido familia. Cojeaba visiblemente a causa de alguna enfermedad que había sufrido siendo niño, y nadie sabía qué vientos lo habían empujado hasta allí, a Plóvdiv, cuando huía de las matanzas turcas en Esmirna, si realmente había nacido en aquellos parajes de Anatolia y si de hecho había nacido algún día. En nuestro barrio, era el concienzudo archivero, en negativo y en positivo, de todas las bodas, fiestas y velatorios, acontecimientos políticos y sucesos que conformaban la historia de Ortà Mezàr, una historia rica en alegrías, penas y emociones. En otras palabras, el señor Papadopoulos era descendiente lejano de aquellos cronistas bizantinos, gracias a cuyo celo hoy sabemos algo de la vida de los onogundures, los cázaros y los pechenegos.[7] ¡El eterno Kostaki! Así se llamaba, por lo demás, su taller frente a la gran mezquita: Eternidad de Kostas Papadopoulos, fot. dipl.

Ni que decir tiene que el Borrachón, siempre ávido de interlocutores, enseguida le invitó a sentarse a nuestra mesa. No le gustaba la soledad, necesitaba una compañía bien elegida para sentir que vivía el instante con plenitud. Así pues, fiel a la ética tabernera, mi abuelo invitó a Kostaki a tomarse una copa, pero éste renunció con cortesía. Le habían encargado, dijo, una foto de bodas urgente. No pretendo insinuar que el griego tratara de escabullirse porque no bebía, ya que en los registros de Ortà Mezàr no figura un hombre abstemio desde 1543, fecha en que Solimán *el Magnífico* se asentó definitivamente en los Balcanes. Y porque yo ya había visto en varias bodas al señor Papadopoulos con los ojos brillantes y las mejillas arreboladas, achispado y feliz, lleno de alegría y de bondad y dispuesto a inmortalizarte gratis para las generaciones venideras.

Más de una vez, después de retratar de frente y de perfil a un difunto amado e inolvidable pero para él absolutamente desconocido, y tras echarse por el gaznate, por tan pesaroso motivo, tres o cuatro aguardientes, según la tradición funeraria ortodoxa, Kostaki, inmerso en su compasión por la apenada parentela, transformaba su modesta remuneración en un *dondurmá*, que es una especie de helado turco a base de leche quemada de oveja, y la repartía entre

---

7. Tribus que pasaron por Bulgaria en distintos períodos de su historia. *(N. del T.)*

los chavales del barrio para que Dios se apiadara del finado y lo acogiera en su reino celestial.

También le vi echar algún trago cuando nos encontrábamos con «ella» en su taller, donde nos iniciaba de buena gana en la gran magia de la fotografía. Nosotros, al principio dos niños, luego niños todavía y, al final, aún casi unos niños, subíamos la escalera de madera con reverencia y algo de temor, cogidos de la mano, para acceder al recinto misterioso y prohibido: el laboratorio bañado de luz roja que se encontraba encima del taller. Allí nos extasiábamos una y otra vez ante el hechizo por el que, en el fondo de la cubeta con líquido revelador, nacían sobre el papel blanco o la placa de vidrio las imágenes de personas y objetos, de nubes y árboles.

¡Sí, Kostas Papadopoulos, el taller Eternidad!

El griego, según se ha indicado, declinó amablemente la invitación de mi abuelo, pero desgreñó mi pelo rizado, de por sí rebelde al peine, y dijo:

—Hace mucho, *dzhan*,[8] que Araxi y tú no pasáis por el taller. Venid, que tengo turrón de Tesalónica.

Siempre se dirigía a mí con ese *dzhan* que en turco, o tal vez en árabe, equivale a algo así como «mi pequeña alma». No *djinn*, ese espíritu malo y vengativo de los cuentos orientales, sino *dzhan*, alma del bien, como lo era el propio señor Papadopoulos.

—Vamos a ir —dije—. El domingo.

Entonces yo no podía saber que, en efecto, visitaríamos su

---

8. «Mi alma», en turco. La grafía correcta de la palabra en turco es *can*, pero para evitar malentendidos, hemos usado una transliteración que tal vez se ajusta más a la posible pronunciación del vocablo en español, que de por sí es difícil. Se trata del sonido [dzh] o [dž] de George en inglés, o de Giancarlo en italiano. *(N. del T.)*

taller un domingo, pero al cabo de cuatro decenios. O casi.

—Buenas noches —se despidió en nuestro judeoespañol, y se alejó cojeando un poco, llevando a cuestas el trípode con la caja de madera de la cámara.

Mi abuelo se quedó mirando un buen rato a ese griego algo encorvado y luego soltó, enternecido:

—Mira a ese pobre diablo: ¡lleva el trípode igual que mi viejo amigo Yeshuá ben Yosef llevaba la cruz en el Gólgota! Tiene un gran corazón ese Kostaki. ¡Mis respetos, y bendito sea! Si todavía viviéramos en esos tiempos (¡y qué tiempos!), lo habría tomado entre nuestros discípulos, con los que recorríamos las aldeas del mar de Galilea. Él nos habría sacado fotos, y así la gente no se preguntaría si esos cuentos de andar sobre las aguas o de los dos peces y los cinco panes son verdad o simple invención. Porque en aquel entonces corría mucho embustero por esos parajes, y cualquiera se hacía pasar por mesías o profeta... ¿Me escuchas? ¡Estoy hablando contigo!

Yo me había distraído mirando los camellos que atravesaban la plaza con su cadencioso paso de bailarinas, cargados de fardos de tabaco procedente de los lejanos Ródopes orientales. Era miércoles, y al amanecer del día siguiente comenzaría la efímera y bulliciosa existencia del gran mercado establecido desde hacía siglos en Ortà Mezàr, y al que llamábamos el mercado de los jueves. Porque luego venía el viernes, día sagrado para los musulmanes, cuando todo debía quedar limpio y silencioso y consagrado a la festividad.

—¿Oyes lo que te digo? —repitió mi abuelo, al que gustaba hacerse el severo.

Despegué con un «plum» los labios hinchados por el vacío de la botella de limonada que ya me había bebido y le espeté:

—¡No estoy sordo, te escucho!

Y a mí me gustaba hacerme el arrogante. Así daba la impresión de ser mayor, cosa que a menudo apenaba a mi abuela Mazal.

—Escuchas, pero no oyes. Miras, pero no ves. Mientras que el señor Kostas Papadopoulos, que goza de todo mi respeto, oye y también ve. Es esto lo que te quería decir.

—Es lo mismo —dije.

—¿Eso crees? No lo es, hijo. Si no sacaras tan malas notas en búlgaro, sabrías la diferencia entre aprehensión y comprensión. ¿Qué es lo que estás mirando ahora?

—A los camellos.

—Ya. Si vieras de verdad y no estuvieras en las musarañas, habrías caído en la cuenta de una cosa muy distinta: el hambre y la penuria de los hombres. ¿Te has preguntado por qué esos de ahí, los que llevan fez, no vienen al mercado en carretas o camiones sino a pie, descalzos y hambrientos, detrás de sus camellos esqueléticos? ¡Cien kilómetros a pie! Salieron ayer con las primeras luces del alba para llegar al mercado. ¡Porque lo que reciben por su tabaco es una miseria, una miseria y nada más! ¿Sabes que una hoja de tabaco producida en aquellos cerros áridos y escarpados significa cien gotas de sudor y una de sangre? Hoja por hoja, gota por gota. Sudor y sangre. ¿Y uno se fuma el pitillo en cuánto tiempo? En dos minutos.

Y encendió un nuevo Tomasian, cigarrillos de tercera, de los más baratos, que se vendían en cajetillas de ocho y a los que llamaban, quién sabe por qué, «carioca». Todo esto yo me lo sabía de memoria, porque en más de una ocasión había tenido que dejar a medias el cuaderno de deberes para salir corriendo a las tantas a comprarle un «carioca», hecho con el sudor y la sangre derramados en los áridos y escarpados cerros de los Ródopes.

El Borrachón me metió en la boca un trocito de huevo cocido clavado en la punta de su navaja plegable con pringoso mango de madera. En las tabernas no daban cuchillos, y cada cual llevaba uno en el bolsillo para cortar los huevos, los tomates o la *pastarma*, un trozo de cabra seco como suela de zapato que era la reina de las tapas.

—¿Y quién era ese amigo tuyo con el que estuviste recorriendo aquel mar? —pregunté con la boca llena y en tono desconfiado.

Yo conocía a todos sus amigos, y de éste no había oído hablar jamás.

—¿Yeshuá ben Yosef? Éramos vecinos. Su madre, que en paz descanse, era una buena mujer que se llamaba Mariam, y su padre tenía un taller de carpintería. Si él hacía una mesa y un armario para una casa, yo me encargaba de hacer la estufa. Funcionábamos así. Y su hijo Yeshuá (tú aún no le conoces, pero oirás hablar de él) era un joven espabilado que había ido a la India y a los monasterios del Tíbet. Yo diría incluso que era un sabio, aunque algo ingenuo. Quería arreglar el mundo, igual que tus padres. ¡Tonterías! ¡Es como querer arreglarle la chepa al jorobado! Porque acuérdate de que está escrito en la Biblia: «Fíjate en las obras de Dios: ¿quién puede enderezar lo que Él creó torcido?». Pero sabía mucho de milagros indios, eso seguro. Una vez, en lo alto de las montañas que se alzan sobre el mar de Galilea, o Genesaret, como nosotros lo llamábamos, nos topamos con un pueblo llamado Caná. Sí, eso es: Caná de Galilea. Pues allí, ante mis ojos, convirtió el agua en vino. ¡Qué rabia me da aún no haber pillado el truco!

Desde el fondo de la plaza, donde los baños turcos, venían hacia nosotros los tres fieles amigos del Borrachón: el rabino Menashé Leví, el pope Isaías y el mulá Ibrahim *hodja*. Por lo visto, los oficios vespertinos habían terminado en los tres templos, con lo que se agotaba ese tiempo tan grato en que me era permitido estar sentado frente a mi abuelo bajo la parra de la taberna.

Llegaba la hora del aguardiente y el sol se acurrucaba silencioso en el cálido seno de la noche tracia.

Todo esto pasó hace mucho: cuando en Plóvdiv había más tabernas que vecinos y el clarinete de Manush Alíev llenaba los corazones humanos de bondad, tristeza y alegría hasta bien entrada la noche.

2

Plóvdiv hoy, en un atardecer de octubre

De pronto, la pesada cortina de fieltro se agitó y nos inundó una luz roja, como liberada desde un dique derrumbado, o como un chorro de lava volcánica que nos sumerge en su ola de fuego.

Esto no duró más que un instante, el tiempo que tardaron nuestros ojos en acostumbrarse a ese resplandor de incendio que estallaba en el laboratorio. Arriba, en lo alto de la escalera de madera, apareció una silueta: hombro, brazos y cabeza. Un hombre, curvado en una postura incómoda, sostenía algo voluminoso y cúbico, y desde el lugar donde estábamos recordaba a un sátiro mitológico. Se detuvo en el rellano, dobló la rodilla para asegurar su carga y se volvió, contraído, hacia nosotros. Sus gafas de montura de alambre relucieron por un instante, y su cabello desgreñado, atrapado por el torrente de luz, se encendió de rojo. Algún pensamiento secreto le arrancó una risa ronca de inflexiones diabólicas; tras un acceso de tos de fumador, fue bajando a reculones los peldaños chirriantes, lo que evidenció que tenía una pierna más corta que la otra.

—¿Te ayudo? —pregunté.

—Quédate ahí, *dzhan*. Llevo mil años haciendo esto.

En eso estaba dispuesto a creerle, porque él, el cronista,

había vagado por el ancho mundo siglos antes de que existiéramos nosotros. ¡Dios, cuánto había envejecido el eterno Kostaki!

El griego, a quien de niños llamábamos respetuosamente «señor Papadopoulos», despeinado y sin afeitar, vestido con un suéter viejo de hechura casera que le colgaba sobre el cuerpo huesudo y encogido, no era más que un remoto recuerdo, una sombra de aquel fotógrafo siempre risueño y aliñado, con la pajarita roja y el pelo cuidadosamente peinado con raya al medio.

No tenía mejor aspecto su taller, al que antaño acudíamos ella y yo temblando de emoción, como si penetráramos en el misterioso habitáculo de un mago. Pesadas y polvorientas telarañas colgaban desperdigadas sobre los estantes, repletos de cajas y de mil y un trastos inservibles. Las cubetas para el revelado amontonadas con desorden, los trípodes y los reflectores chamuscados y tirados en una esquina recordaban tristemente a otros días, que pasaron a la historia hace mucho y fueron ciertamente mejores.

Ante el lienzo de fondo, desgarrado y con una punta descolgada, se alzaba una vieja columna de cartón, que pretendía imitar el mármol; sobre el lienzo agrietado y desconchado se adivinaban unas ruinas de templo antiguo, con algo parecido a una Venus de Milo y un ramaje de cipreses oscuros; en la lejanía, por un mar de un azul absurdo, nadaban cisnes. Yo recordaba ese lienzo con las ruinas y los cisnes, que antaño contemplaba embelesado. ¡Cuántos reclutas, ufanos con sus uniformes militares, cuántas sirvientas, cuántas amigas inseparables, colegialas u obreras, cuántas parejas de buen ver estuvieron de pie —o bien se sentaron— junto a la columna de cartón, sobre el fondo de esa Grecia de pacotilla!

Bien asentada sobre sus tres pies, se erguía a un lado la misma cámara de fuelle enorme y vieja, ese aparato mágico, tuerto y en cuyas entrañas las imágenes nacían como los niños: cabeza abajo.

Después de soltar un gemido por el esfuerzo de colocar la gran caja de cartón sobre la mesa, el anciano fue pulsando los viejos interruptores eléctricos de porcelana. En lo alto, la luz roja se apagó y por encima de nosotros brilló una bombilla descarnada, apenas tamizada por una pantallita de cartón amarillento.

Kostaki se agachó para verme de cerca y me observó como para asegurarse de que era yo y no otro. El café hirvió y siseó sobre el infiernillo; Araxi fue a apartar la cafetera, pero el anciano se la quitó de las manos con delicadeza: según la tradición oriental, le corresponde al anfitrión servir el café. Y se vierte desde lo alto, para producir una espuma abundante y con burbujas. Éstas presagian riqueza, y lo sabemos desde niños, pero jamás he descubierto pruebas convincentes que corroboren semejante aseveración.

Como de costumbre, la invitación fue formulada en turco:

—*Buyurunuz*.[9]

Mientras bebíamos el café en las tacitas de Anatolia, abiertas como tulipanes en flor, me acarició con su mano de anciano, tal como hacía cuando yo era un niño. Luego tamborileó sobre la caja de madera y levantó el índice en un gesto significativo:

—¡Ni en los cementerios, *dzhan*, hay tantos muertos como en las cajas de Kostaki! Además, los cementerios son polvo. Nada y sombra de la nada. El hálito del tiempo se encuentra aquí, detenido y eterno. ¡Todo lo guardo, todo! Miles de fotografías, una infinidad...

---

9. «Adelante», o, como en este caso, «sírvanse». *(N. del T.)*

Se calló y dio, pensativo, dos caladas a su cigarrillo, lo que hizo que sus mejillas se hundieran y parecieran valles cubiertos de áspera hierba gris. Entonces añadió en tono abatido:

—Pero la comedia ha terminado, fin de la función. Érase una vez el taller Eternidad de Kostas Papadopoulos. Érase. Tiempo pretérito.

—Nada ha terminado mientras la tierra gire... —traté de objetarle con ánimo poco convincente.

Acaricié a mi vez la huesuda mano del anciano, que los años habían salpicado de grandes manchas, como las viejas huellas de café en su camisa de otros tiempos.

—¡Gira, pero no para nosotros! —intervino sonriente Araxi—. *Les jeux sont faits, mon chérie. Rien ne va plus.*[10]

Eché un vistazo a la mujer sentada frente a mí. Ella me observaba en silencio y con curiosidad, tomando sorbitos del espeso café turco. Y fumaba, quizás el quinto cigarrillo desde que habíamos irrumpido sin previo aviso en el taller del griego.

El anciano se puso en pie de un salto y, a la manera de un mago en su habitáculo lleno de secretos, abrió cajas y sobres, examinó a contraluz placas de vidrio, negativos de celuloide y fotos reveladas, en busca de las imágenes de lo que él llamó «el hálito del tiempo». Se detuvo junto a la vieja cámara y pasó la palma de la mano por su opaca madera marrón oscuro, sin que quedara claro si la acariciaba o la limpiaba del polvo. Tamborileó en ella con el dedo y dijo en tono aleccionador, como si asistiéramos por primera vez a semejante prodigio:

—¡Daguerrotipia! ¡*Camera obscura*! ¡*Obscura*, pero lo ve todo!

---

10. «Las apuestas están hechas, querido, ya nadie puede apostar», en francés. *(N. del T.)*

Se calmó, se sentó a nuestro lado y cogió mi taza, que yo había colocado boca abajo sobre el platito, como hacían las vecinas cuando mi abuela Mazal les leía la fortuna en el poso del café.

—Y ahora, veamos qué dice el café...

Kostaki giró la tacita con sus dedos de anciano, encorvados por el reuma, lanzó una silenciosa mirada a la mujer y volvió a fijarse en el poso del café.

—Se avecinan malos tiempos —murmuró, pensativo—. Se extenderá la niebla. Una niebla pesada y densa, como el humo de un incendio.

—¿Esto lo dice el café? —pregunté con desconfianza.

Echó una mirada distraída por la pequeña ventanilla enrejada y replicó:

—Las golondrinas vuelan bajo. Siempre lo hacen cuando viene el mal tiempo.

Yo también miré afuera, pero no vi ninguna golondrina. El otoño ya prometía heladas y esas aves, mensajeras de lluvias y neblinas, debían de haberse ido hacía mucho rumbo al sur, por sus lejanas rutas azules.

El anciano me lanzó una mirada escrutadora y luego, vacilante, le tendió la taza a la mujer sin decir palabra.

Ella la giró como una adivina profesional; su anticuado anillo con coronas concéntricas de rubíes, sin duda una herencia de su madre, centelleó bajo la luz de la pequeña pantalla de cartón. Observó el poso y, con gesto decidido, dejó la tacita boca abajo en el platillo.

—¿Y? —dije—. ¿Qué es lo que dice ahí, según tú?

—*Camera obscura* —respondió ella, y empujó el plato hacia mí con cierta brusquedad, como si yo tuviera la culpa de que hubiera algún accidente en el relieve mágico del sedimento.

El anciano tendió la mano hacia la tacita de Araxi.

—Déjame ver la tuya...
Ella la cubrió enseguida con la mano.
—¡No! ¡No me gusta asomarme al futuro!
Me dio la sensación de que su gesto buscaba ocultar algún secreto que ellos dos ya habían descifrado. Kostaki agregó:
—Está bien. No os preocupéis: lo que deba ocurrir, ocurrirá. Y en la *camera obscura* todo ocurre al revés, ¿verdad que ya os lo he enseñado? Lo de arriba se convierte en lo de abajo, y lo de la izquierda, en lo de la derecha. Como en el negativo, el blanco se transforma en negro, y el bien en mal... —Y con un brío forzado, perforó con su encorvado dedo el cono de luz—. ¡Fotoquímica! ¡El milagro de la revelación del bromuro de plata!
—Hoy es el día de los milagros —comenté—. ¿Acaso no es un milagro digno del bromuro de plata el hecho de que os haya encontrado después de tantos años?
A juzgar por la manera incuriosa y hábil en que ella levantó con el pulgar, el anular y el meñique la copita de aguardiente mientras apretaba el cigarrillo humeante en la misma mano, entre el índice y el dedo mayor, pensé para mis adentros que no era una mujer de las que beben de vez en cuando. Era de las que lo hacen a menudo y saben cómo sin tener que dejar el cigarrillo.
—No nos has encontrado tú —contestó por fin—. Soy yo quien te ha buscado.
Me quedé callado porque no tenía ganas de discutir como antes, cuando éramos niños y nos peleábamos por cualquier cosa. No sé, a lo mejor lo hacíamos para satisfacer nuestra necesidad infantil de maldad, así como el organismo humano, dicen, necesita algún que otro alimento amargo. Además, ella tenía razón, no fui yo sino ella la que me descubrió y me trajo aquí, a casa de nuestro anciano griego.

A decir verdad, ni había pensado en buscarla, pues no sospechaba en absoluto que pudiera estar en la ciudad. Además, ni Plóvdiv era la misma, ni la gente la de antes. Porque entre el hoy y lo que designamos vagamente como «antaño» o «entonces», yace esa extraña materia, aleación de tiempo, recuerdos y olvido, que se ha tragado para siempre aquel otro mundo, con sus camellos y su helado de leche quemada de oveja. ¿O esto es sólo la idea que yo me hago de una realidad desaparecida, y no la propia realidad, tal como fue? Por lo demás, nuestras representaciones y nuestros recuerdos deformados, ¿acaso no son también una realidad, aunque paralela e imaginaria?

En todo caso, nuestro antiguo barrio de Ortà Mezàr ya no existía: ahora era ajeno, anónimo y frío, recortado por avenidas y cables de trolebuses. Las mujeres ya no se sentaban al atardecer ante sus puertas, absortas en plácidos cotilleos con las vecinas, y los niños no jugaban a las tabas en el polvo antes de que los recogieran, entre llantos y pataletas, para lavarles los pies en el pozo antes de irse a dormir. Y era improbable que alguien se acordara todavía de un niño judío que había zarpado tiempo atrás hacia mundos lejanos.

¿Cuándo nos habíamos visto por última vez? En la estación, cuando ella se iba. El Orient-Express Estambul–París. Emigraba con sus padres para siempre, al menos así lo creía yo. Así lo creían todos. Yo lloraba en el andén, mientras los vagones de color verde sucio se la llevaban. Se asomó por la ventanilla del compartimento para decirme adiós con la mano.

—¡Te escribiré! —gritó jovial y excitada, y su voz se perdió en el silbido de la locomotora.

No lo hizo nunca.

Ahora, yo manoseaba las fotografías de color sepia que el viejo Kostaki había exhumado solemnemente de los incontables sobres de sus cajas de cartón, mientras ella no apartaba la vista de mí. Tal vez trataba de ver alguna relación entre ese extranjero presuntuoso que se sentaba frente a ella, algo entrado en carnes y ya no muy joven, y el pequeño judío pelirrojo con gafas y con un millón de pecas que era el nieto de Abraham el Borrachón.

¡Las fotografías! ¡Aquí están las crónicas del viejo bizantino Kostaki, su «hálito del tiempo»!

Aquí está la taberna bajo la parra frente a los viejos baños turcos: el primer remanso del Borrachón, pero también su preferido en su largo navegar por las lagunas inexploradas del archipiélago de las tascas de Plóvdiv. ¡Ahí están los vendedores ambulantes de delicias orientales como *balsucuk, kadın-góbek, kadaif* y *tulumba*,[11] y de aquel *muhalebi* de un blanco nacarado con fragancia de rosa, palpitante como los pechos de una primeriza!

Aquí están también ellas, las esbeltas turcas con bombachos *şalvar* y zuecos, todas vestidas de negro y con el rostro cubierto por el blanco *yaşmak* que no deja ver más que dos ojos traviesos y llenos de vida. Ahí están los talabarteros, los estañadores y los herreros junto al Puente de Madera, y los vendedores de albaricoques secos, pistachos y almendras garrapiñadas alrededor de la mezquita. Alguien había puesto tanto esmero en raspar de su muro el martillo y la hoz pintados con una brocha chorreante, que en la foto resultaban aún más visibles.

Aquí están las carretas de bueyes desuncidos del mercado de los jueves, la calesa en la que iba la puta principal de la ciudad, dos soldaditos soviéticos cansados y cubiertos de polvo subidos a una moto con sidecar, la miliciana que, con una banderita, da prioridad a un abollado Opel ante-

---

11. Dulces turco-árabes difundidos por toda la península balcánica. *(N. del T.)*

diluviano lleno de voluntarios que parten cantando hacia las brigadas...

¡El hálito del tiempo!

Y aquí están las fotos de la pandilla de nuestro barrio, boletines de calificaciones en mano, bien alineada para la posteridad por el señor Papadopoulos, en el patio de la escuela. Era el último día de clase antes de las vacaciones, un año después de la guerra. Nuestras notas en aritmética, geometría y gramática no debían de ser de las mejores, y supongo que tendríamos que presentarnos a los exámenes de reválida en otoño, porque aparecemos todos en posición de firmes, serios y hasta diría que un tanto asustados, como en una fotografía histórica de hombres de estado que acaban de firmar una capitulación. El gitanito Sali va descalzo; el turco Mehmed se ha puesto, en pleno verano, unos viejos chanclos forrados que le quedan muy grandes; y nosotros, los pequeños judíos y búlgaros, relativamente más acomodados, llevamos sandalias gastadas. Y siempre habrá alguien con un calcetín caído, para vergüenza de su abuela.

Las fotos están tomadas en la escuela, en la feria de Pascua de Resurrección o cerca de los campamentos gitanos junto al río, y en el centro de cada foto aparece una niña, siempre la misma. Una pequeña armenia, con una faldita abombada y coqueta, cuello de encaje y un lazo en el cabello color alquitrán, como si hubiera llegado de otra galaxia. A su lado siempre estoy yo, de pie, cogiéndole la mano: pecoso, con rizos pelirrojos y gafas de miope con montura metálica. ¿A quién se le podría escapar mi lazo de sangre con la tribu de Israel o, como se expresaría en un radiante futuro, mi pertenencia étnica?

Está también mi abuelo Abraham, sentado en una silla ante esa fabulosa Grecia con sus ruinas y cisnes, con una pierna cruzada sobre la otra y con los brazos descansando con indolencia en los reposabrazos curvos. Detrás de él, inmortalizados de pie, aparecen los servidores de tres dioses increíblemente alejados, a veces hostiles, pero unidos sin duda por secretos lazos de amor, a menos que —y es lo más probable— se trate de un mismo dios que existe bajo tres identidades diferentes.

Están, pues, los tres pastores espirituales de nuestro barrio: el rabino Menashé Leví, el pope Isaías y el mulá Ibrahim *hodja*. Ni que decir tiene que la figura central de la foto, que posa con la petulancia de un Napoleón entre sus fieles generales, es —¡quién si no!— Abraham el Borrachón.

Al cabo de tantos años, un historiador novato o un etnógrafo local podría concluir erróneamente que el que está sentado en el centro, rodeado por los tres religiosos de pie, es algún teólogo, un predicador o el canónigo de algún templo, y no el ateo Abraham el Borrachón, hojalatero del taller junto al Puente de Madera. Pero por lo visto mi abuelo, con su autoridad de juez imparcial que mantiene unas relaciones frías y desapegadas con los tres dioses, hacía factible el suave equilibrio entre las diferentes religiones y nacionalidades representadas en el barrio del Cementerio del Medio.

El bizantino se ríe en silencio y observa mis reacciones, orgulloso de haber conservado las crónicas fotográficas de un mundo desaparecido, como si me hubiera permitido asomarme a la existencia misteriosa e ignorada de los onogundures.

—¡Qué diferente era la vida de entonces, mi pequeña alma! Más modesta, pero mejor. Con más luz, con más esperanza y humanidad. Es lo que yo creo. Hoy en día, todo se ha dispersado. Sí que la gente es un poco más rica, pero no hay buena vecindad, no hay compañerismo, no hay bondad ni misericordia. ¡Cada cual en su casa y Dios en la de todos! —Luego, un pensamiento súbito cruza su mente—: ¿Y vosotros cómo os habéis encontrado en medio de este caos?

—Por casualidad —contesta Araxi—. Ayer, en el monasterio.

No, no fue casualidad. Lo sé, y ella sabe que lo sé.

3

Ayer, sábado.
Encuentro con el pasado en un monasterio

No me considero vanidoso, pero la preocupación por la vejez me asalta cada vez más a menudo. Ya soy mucho más viejo que mis padres cuando murieron con los partisanos, y casi tengo la edad de mi abuelo el Borrachón cuando, al hacerse de noche, se escabullía pegado a las oscuras tapias hacia la casa de la viuda Zülfiye *hanım*. Y hoy lo he sentido de forma aún más dolorosa al encontrarme de repente ante la inalterable eternidad del monasterio, que sigue estando tal como era en mi infancia.

Pero, quién sabe, puede que también él, a semejanza de los humanos, se esfuerce por ocultar los signos y los secretos de su envejecimiento.

Ahora soy un señor de aspecto digno, con cabello entrecano, gafas de gruesa montura de pasta y una gabardina echada al brazo en este luminoso y cálido día de octubre. Las montañas circundantes ejecutan con entusiasmo su oratorio otoñal en naranja, amarillo dorado y rojo, acompañadas por los tenebrosos barítonos de los pinos. ¡Qué monasterio, Dios mío, tan humano, de una intimidad tan rústica, tan desprovisto de la pomposidad fría e hipócrita de otros recintos similares bajo estas latitudes eclesiásticas! Es tal vez el monasterio más viejo de los que han sobrevivido por esta región, pues se construyó hace novecientos años.

Aquí comienzan los montes Ródopes, que, sin preámbulos ondulantes, te envuelven de golpe y ya te encuentras hundido en el profundo desfiladero de la montaña. El superior, el reverendo Nahúm, risueño y hospitalario, te ofrece sin aspavientos, a modo de bienvenida, una copa de aguardiente amarillo elaborado en el propio monasterio. Pero, para acompañarnos, él sólo bebe té, si mis ojos no me engañan, condicionado tal vez por la presencia de los japoneses. Porque su aspecto sugiere de manera inequívoca que este buen anciano, cuando era joven, no fue indiferente —y tal vez tampoco lo es ahora— a ciertas aficiones no del todo celestiales.

Aquí está otro viejo conocido que, al parecer, no ha cambiado ni envejecido durante la eternidad transcurrida, que en cambio ha transformado el mundo, y con él Plóvdiv, hasta volverlos irreconocibles: el ciprés ante la puerta baja de entrada a la iglesia. Este viejo ciprés del monte Athos sigue como yo lo recordaba: solitario y oscuro como un cuervo en el cementerio. ¿Una foto junto al ciprés, profesor Cohen? Sin esperar respuesta, el flash centellea. Gracias. El profesor Cohen soy yo, y la fotógrafa es una periodista algo cargante.

Paso bajo las bóvedas de la iglesia, donada como ofrenda hace nueve siglos por los dos hermanos georgianos Bakuriani, altos dignatarios bizantinos de Constantinopla. A mi alrededor, un grupo de colegas llegados de todos los puntos cardinales —a algunos sólo los conocía por sus publicaciones en las revistas especializadas— mira boquiabierto hacia arriba, hacia los ennegrecidos frescos antiguos. La sobria dama rubia que representa al Centro de Estudios

Eslavo-Bizantinos de Sofía da unas explicaciones que enseguida se traducen, en una cacofonía simultánea, al inglés y al ruso. Las palabras y los idiomas se entrechocan y la traducción produce una oleada de nuevos términos, la mayoría inútiles, pues todos los presentes somos buenos conocedores de la ortodoxia oriental, la escuela iconográfica bizantina y sus ramificaciones eslavas y transcaucasianas, así como de las diferencias e influencias recíprocas. ¡Es ésta la razón por la que hemos recorrido distancias tan largas, que gracias a Dios ya son salvables, y sufrido las humillaciones de los servicios consulares, aún difíciles de superar!

Nos detenemos ante el orgullo del monasterio: un antiguo icono georgiano, milagroso, según dicen, de la Virgen con el Niño. Está chapado en plata y lleva textos en georgiano antiguo grabados en el metal. Constituye uno de los temas principales de nuestro encuentro de hoy.

Su historia es muy extraña, por no decir inverosímil, incluso si obviamos las fantasías religiosas forjadas a lo largo de los siglos para tratar de explicar el milagro de la desaparición del icono y su posterior reaparición desde el oscuro pozo del olvido. En efecto, descubrir en una cueva, al cabo de ciento cincuenta años, un icono intacto que se creía destruido en un incendio devastador —provocado en el siglo XV por hordas circasianas y que devoró gran parte del monasterio— es razón suficiente para generar una miríada de mitos, leyendas e hipótesis científicas a menudo dudosas.

Clavados para siempre en las paredes de la vetusta iglesia, bidimensionales y abandonados por sus sombras, nos miran los santos de ojos indeciblemente tristes que emanan bondad y humildad. Las llamas de los cirios se reflejan en la doradura del iconostasio, gastada y rojiza; su humo asciende en grises hilos sedosos y se extiende bajo la ahumada bóveda, enmarcada por una corona de ventanucos a través de los cuales entra una pálida luz amarillenta.

Y yo dejo de prestar oído y atención a las palabras de la dama de Sofía. Los sonidos se apagan para dar paso a otras palabras, venidas de lejos y hace tiempo olvidadas...

4

Los cirios, esos cirios...

Se reflejaban en el iconostasio de nuestra iglesia parroquial, dorado aunque bastante desconchado. A esa hora temprana de la tarde no había feligreses y la voz del pope Isaías retumbaba como en unos baños turcos. Nosotros, alumnos de quinto A, mirábamos boquiabiertos hacia arriba, hacia las paredes cubiertas de pinturas, mientras el sacerdote, con el dedo alzado en un gesto aleccionador, libraba un desigual combate contra el Cornudo por la salvación de nuestras almas.

—Ahí está representada la Santa Cena con los doce apóstoles. Y aquel que besa a Cristo en la frente es Judas, el judío que vendió al Hijo de Dios por treinta monedas de plata...

Como obedeciendo una orden, mis compañeros volvieron hacia mí unas miradas llenas de reproche. Yo bajé la cabeza y murmuré en tono culpable:

—No soy yo...

—¡No es él! —confirmó generosamente el pope Isaías—. ¡No os distraigáis y seguid mirando ahí arriba! Ved cómo los judíos gritan «¡Crucificadle!». Y lo van a crucificar entre los dos malhechores... Ahí tenéis al Hijo de Dios en la cruz, y la que le abraza los pies es María Magdalena...

¡Y mirad cómo llora la Madre de Dios! ¡Avergüénzate, Judas, avergüénzate!

Las últimas palabras del pope se elevaron casi a la altura de un cántico litúrgico. Yo ya no veía nada porque tenía la cabeza gacha y por mis mejillas rodaban lágrimas. Entonces sentí una mano que cogió la mía: era Araxi, la chica armenia de pelo rizado que se sentaba a mi lado en el banco de la escuela. Dije en voz baja, gimoteando:

—No soy yo...

Ella se inclinó y me besó en la mejilla mojada, lo que no escapó a la mirada del sacerdote.

—¡No os beséis en la iglesia, granujas!

Me agarró con violencia del hombro y, en un arrebato de sincera ira cristiana, me asestó tal sopapo pedagógico que las gafas se me quedaron colgando de una oreja.

Desde la bóveda, justo encima de nuestras cabezas, nos miraba con benevolencia y nos bendecía el Cristo Pantocrátor, quien, dicho sea de paso, no movió un dedo para defenderme.

5

Ayer, sábado

Me sobresalto y, maquinalmente, me toco la mejilla en que el pope Isaías me pegó, hace casi cuarenta años, una bofetada inmerecida. Miro por el rabillo del ojo al japonés que tengo al lado, pero él no ha notado nada, absorto como está en el cumplimiento de su ceremonial con la cámara de vídeo, que ya nos tiene hasta la coronilla a todos los participantes del simposio. A título personal, no tengo nada en contra de míster Panasonic (es el apodo que le pusimos); al contrario: un bizantinólogo japonés suena poco menos que como un esquimal dedicado al estudio de los orangutanes de la isla de Sumatra. Es digno de respeto, pero no hace falta que a todas horas nos plante ante las narices su sofisticado material tecnológico.

Agachamos la cabeza para salir por la baja puerta. Después de la penumbra de la iglesia, nos deslumbra un sol cegador. El aire dorado y cristalino tintinea de tan puro, las fuentes del monasterio murmuran en el silencio y el río, más abajo, cuchichea, monótono, en su lengua intraducible que sólo entienden los álamos de sus riberas. La rubia bizantinóloga de Sofía nos conduce al patio interior, pero cuando llegamos a los escalones de piedra, desgastados a lo largo de los siglos por las multitudes de peregrinos, me paro en seco.

Al fondo, junto a la tupida fila de bojes, una mujer friolera se ha subido el cuello del abrigo y ha hundido las manos en los bolsillos. Me recuerda a alguien, pero ¿a quién? Ella me mira sin moverse, sin hacer el menor gesto con la cabeza o sugerir de algún modo que nos conocemos. ¿Nos conocemos? Soy miope y la distancia es demasiado grande para estar seguro del extraño parecido. Y cuando, unos escalones más arriba, vuelvo a dirigir la mirada hacia allá, la mujer ha desaparecido.

El grupo ya se ha alejado hacia la iglesia interior cuyos frescos pintó Zahari Chrístovich, llamado *el Zógrafo*. No me apetece correr detrás de la gente: me sé desde hace mucho la historia del pecaminoso amor del artista por la mujer de su hermano, y las causas por las que, en tiempos de los turcos, arrojó a los *çorbaci*[12] de Plóvdiv, buenos cristianos y malos búlgaros, a las llamas de la gehena. Y ya he admirado ese magnífico fresco, impregnado de una rusticidad muy balcánica, como una malévola recreación en imágenes del *Infierno* de Dante.

No, no voy a correr detrás de ellos. Me detengo bajo las bóvedas. Me invade un sentimiento inconcreto de algo familiar y olvidado.

---

12. Ricos notables búlgaros durante la época de la dominación otomana, algunos de los cuales colaboraban con las autoridades turcas. *(N. del T.)*

6

Las bóvedas, las bóvedas...

Los chicos del barrio nos habíamos apiñado bajo las elegantes bóvedas árabes de la mezquita y mirábamos boquiabiertos a Ibrahim *hodja*. Sentado con las piernas cruzadas en un cojín redondo de cuero, el mulá nos leía un texto del Corán, siguiendo las líneas con un dedo.

—Y la tercera sura, *La familia de Imrán*, dice: «¡Oh Dios mío! ¡Soberano de la realeza! Das la realeza a quien quieres, y despojas de la realeza a quien quieres. Elevas a quien quieres, y humillas a quien te place. En tu mano está la felicidad. Tú eres poderoso sobre todas las cosas, haces penetrar a la noche en el día, y haces introducirse al día en la noche. Haces salir lo vivo de lo muerto, y haces salir lo muerto de lo vivo...».

Yo, tonto de mí, escuchando embelesado las palabras del *hodja* hice un globo con un chicle. Éste iba creciendo entre mis labios y se tornaba cada vez más grande y transparente, hasta que reventó de repente bajo las resonantes bóvedas de la mezquita y se me pegó en la nariz.

El *hodja* se sobresaltó como si le hubieran colocado una bomba bajo el cojín, se levantó y me pegó un tremendo cachete en nombre de todas las huestes del islam que yo había ultrajado.

Y ésta no fue, ni mucho menos, la última bofetada que recibí mientras aprendía a respetar los templos de los dioses. Porque recuerdo a nuestro rabino Menashé Leví —al que respetuosamente llamábamos *haribi*—, que seguía las líneas con ayuda de una vara mientras nos leía la enorme Torá encuadernada en cuero.

En la sinagoga estábamos los mismos: yo y el búlgaro Mitko, hijo del profesor Stóichev, el gitanillo descalzo Sali y el turco Mehmed, el de los chanclos forrados, y la chica del pelo rizado, Araxi, la pequeña armenia acicalada como una muñeca, de ojos negros, profundos y brillantes como las aguas de un remanso del Maritsa en una noche de luna llena.

Haribi Menashé se dejaba llevar por la música de las palabras y agitaba pausadamente su mano libre, como si estuviera dirigiendo la Filarmónica de Viena.

—... y el sabio y gran rey Salomón escribe en su Cantar de los Cantares, o en hebreo *Shir Hashirim*: «¡Qué hermosa eres, amiga mía, qué hermosa eres! Tus ojos como de paloma, por entre el velo. Tus cabellos como manada de cabras que se recuestan en las laderas de Galaad. Tus dientes como manadas de ovejas trasquiladas, que suben al baño, todas con crías gemelas, y ninguna entre ellas estéril. Tus labios son como hilo de grana, tu cuello, como la torre de David. ¡Toda tú eres hermosa, amiga mía, y en ti no hay defecto!».

Las palabras del rabino provocaron en mi pecho un estremecimiento extraño, desconocido y a la vez dulce. Lancé una mirada furtiva a Araxi y ella también me miró.

El rabino seguía dirigiendo su filarmónica.

—«¡Vuélvete, vuélvete, oh Sulamita, vuélvete y te miraremos! Los contornos de tus muslos son como joyas. Tu ombligo es una copa redonda a la que no le falta bebida... Tus dos pechos, como crías gemelas de gacela que pastan entre los lirios...»

Me incliné para ver los dos pechos de Araxi; ella también se los miró, y cruzó los brazos con pudor para ocultar el sitio donde el sacramento de la madurez ya hacía que se perfilaran dos montículos provocadores. Era estúpido pero, quizá por timidez, fuimos incapaces de contener la risa.

Ni siquiera me di cuenta de que el rabino había dejado de leer y nos observaba por encima de sus gafas. Luego me quitó las mías con dos dedos, me propinó un sopapo y volvió a ponerlas sobre mi nariz.

La justicia me obliga a reconocer que, esa vez, la bofetada fue bastante más indulgente, poco menos que simbólica. Lo que, digo yo, no se debía tanto a nuestra pertenencia étnica común, ni a la amistad del rabino con el Borrachón, como a la presencia asidua de mi abuela Mazal y sus amigas al oficio del sabbat en la sinagoga. Y entrar en guerra con las mujeres, aunque se las relegara a los palcos de segunda durante el espectáculo religioso judaico, hubiera sido para nuestra sinagoga, habida cuenta de la ostensible mengua del contingente masculino, una tragedia sólo comparable a la destrucción del Templo por las legiones romanas de Tito Flavio Vespasiano.

7

La misma tarde de octubre en el Monasterio de Báchkovo

Ella volvió a cruzar mi mente como un relámpago, como un deslumbrante fulgor instantáneo, pues sentí su presencia aun antes de verla. O tal vez mi mirada se había deslizado, sin detenerse, sobre esa mujer de pie junto a la ventana abovedada, entre tantos otros asistentes. Y más tarde mi cerebro, como un ordenador diligente y sin mi participación consciente, había descubierto con retraso el cajón donde se archivaba aquella silueta familiar que sobresalía de la muchedumbre anónima.

Vuelvo a dirigir la mirada hacia allí, esta vez con más atención, desconfiando de mi primera impresión. Porque, si la mujer es en efecto la que yo creo que es, será una alucinación generada por las emociones de este viaje extraordinario e inesperado al país de mi infancia. O bien el fruto del cansancio después de una noche en vela.

Una noche transcurrida a bordo de aviones y en grises aeropuertos, con pasajeros desconocidos dormitando en sus asientos y soñando sus discontinuos sueños de plástico; viajeros que para mí venían de ninguna parte para partir hacia la nada. Encuentros y cruces de partículas de polvo galáctico que nunca más, en los miles de millones de siglos venideros, se encontrarán al mismo tiempo en el mismo sitio.

A mi espalda está el ábside en que, como para protegernos, extiende los brazos hacia nosotros la Virgen María, santa patrona de este monasterio de la Asunción. Y junto a este ábside cubierto de pinturas, en el nicho abovedado, reposa el milagroso icono georgiano traído de la iglesia: uno de los enigmas de este cenobio. Sigo hablando, por el hábito universitario y profesional de soltar las palabras ya preparadas y ya recitadas mientras piensas en otra cosa. Ni siquiera me percato de que estoy hablando mecánicamente y de que repito frases que ya pronuncié en otros lugares y con otros motivos, porque mi vista se pierde más allá de la larga mesa de mármol, por encima de las cabezas de los asistentes, hacia donde se encuentra esa mujer.

La misma, la imposible.

—Fíjense con detenimiento en este icono. ¡Busquen la mirada de la Virgen! Pocas veces un icono de los primeros tiempos del cristianismo ha expresado con tanta fuerza y profundidad de sugestión la idea de la maternidad, su filosofía de una vitalidad primordial. Mariam o María. Un misterio heredado de las creencias primitivas del Oriente, tal vez de los remotos tiempos del matriarcado. Y es que en este icono podemos descifrar un mensaje codificado, un mensaje más antiguo y más oriental y anterior al cristianismo, relativo a la primigenia diosa-madre. A la madona de arcilla, portadora de vida y símbolo de su ciclo infinito, de la muerte provisional del sol y de su resurgir. Nuestra común antecesora asiática Ma.

¡Ma! ¡La Madre!

Desde lejos, desde las profundidades más recónditas de los sentidos, pero con claridad y ternura, empieza a sonar un piano. Johann Sebastian Bach, *Tocata y fuga*. Y luego, de repente, se alumbra la luz del recuerdo.

¡La madre de Araxi, la encantadora señora Marie Vartanian! Veo sus dedos tocando las teclas con asombrosa agilidad. Veo su sonrisa soñadora, apenas insinuada en la comisura de los labios, y la mirada llena de bondad que dirige hacia mí, el chiquillo con gafas que siempre está un poco embobado, como inmerso en un mundo desconocido: el nieto del hojalatero Abraham, conocido también como el Borrachón.

Me doy clara cuenta de que, al cabo de tantos años, ella no puede ser como la he recordado, como era antes de que emigrara a Francia con su familia. ¡La joven madame Vartanian, nuestra profesora de francés, esa armenia noble y erudita que irradiaba tanta pureza física y espiritual, con sus ojos oscuros, un tanto absortos, y su pelo de suaves reflejos cobrizos!
Tal vez una doble, por qué no, pienso, mientras sigo hablando.
¡Qué va! Real o imaginaria, es ella y no otra. Lo sabe mi instinto, subconsciente, metafísico e imposible de demostrar, que da al traste con la lógica ordinaria, según la cual el tiempo que nos hace envejecer y cambiar es irreversible. A menos que se trate de una ilusión óptica, de un parecido fortuito originado por el ambiente místico que reina en este refectorio monástico medieval, entre los haces de escasa luz que penetran desde fuera para perforar con sus flechas la neblina azulada de las velas. Una bruma impregnada de aliento a incienso, piedra fría y cera de abejas que se consume. Estos olores oscuros y canonizados de Bizancio, las paredes y bóvedas cubiertas hasta el último centímetro cuadrado de imágenes de santos ortodoxos y filósofos helénicos paganos, de inscripciones en griego antiguo medio borradas, que conmueven por sus emanaciones mágicas... todo esto puede originar semejantes visiones.

¿Acaso no es probable que el misterio de la iconografía bizantina, el motivo de que todos nosotros estemos aquí, provocara dichas visiones en la mente de las mujeres campesinas? ¿Y no es posible que en otros tiempos, mientras se martirizaban obstinadamente la carne, las monjas estigmáticas vieran en su estado transido a la Virgen del ábside llorando a lágrima viva, y las manos del Hijo goteando sangre?

Yo no soy más que un ratón de biblioteca y, lamentablemente, no poseo las alas de la fe universal con que ellas son capaces de volar hacia los espacios oníricos de la imaginación religiosa, ni tampoco una sola gota del éxtasis supersticioso que, como el humo de unas hierbas secretas, es capaz de inspirarles semejantes visiones. Y, dicho sea de paso, el Borrachón jamás me proporcionó la menor educación religiosa, y mi abuela Mazal dejó esta tarea a la Madre Naturaleza, del mismo modo que las cigüeñas que, en mi infancia, anidaban en lo alto del campanario no enseñaban a sus crías a volar ni les advertían sobre el largo y agotador camino que les esperaba hasta los orígenes del Nilo, puesto que estos conocimientos ya estaban grabados en cada una de sus plumas.

Tanto más cuanto que, a mi parecer, los judíos, con su Dios incorpóreo, desprovisto de imagen y cualidades humanas, evocador más bien de una idea abstracta y del que incluso se prohíbe pronunciar el nombre, los judíos, digo, privados de santos, monasterios, sagradas reliquias e imágenes, del voto del celibato o de los oscuros dogmas del cristianismo primitivo relativos a la purificación espiritual mediante la mortificación de la carne, no son los aspirantes más indicados a semejante exaltación. Además, ¿no afirmaba el Borrachón —sacrílegamente— que el Dios judío, ese solitario celoso, era un ateo convencido que había perdido toda fe en

Sí mismo y, como viejo judío prudente que era, había legado su empresa a Su hijo?

Bromas aparte, a mí también me parece todo bastante fantasmagórico e irreal, como las efigies de los frescos en las paredes ennegrecidas, que se mezclan y se confunden con los rostros de los que están sentados en torno a la mesa de mármol, pulida a lo largo de los siglos por los codos de los monjes. Y los oyentes que están de pie en la penumbra de las esquinas, allí donde nunca se desagua el oscuro recuerdo de la noche, también parecen formar parte indisociable de este viejo refectorio, que hace tiempo dejó de cumplir sus funciones domésticas para convertirse en atracción turística o en escenario de mustios coloquios científicos como el de hoy.

¡A decir verdad, lo único dilucidador y real en este mundo de colores que se extinguen, de letras y de sombras, es la vorágine de palabras que designamos con el término rimbombante de simposio!

Entonces me digo que no tiene nada de sobrenatural el hecho de que, a través del filtro deformante y embriagador del humo, me haya parecido ver a una mujer que conocí en estos mismos parajes hace una eternidad. Ni que aparezca con el mismo aspecto con que ha permanecido en mi recuerdo, sólo que tal vez un tanto diluida por las aureolas deslumbrantes de las velas, como una persona en segundo plano en una foto de grupo. Pues la mujer está de pie bajo el opaco ventanuco abovedado, en los confines de esta galaxia sugestiva de imágenes y símbolos, arqueada y larga como un túnel, en la que suelen acomodarse los asistentes.

Los amables y discretos aplausos al final de mi ponencia podrían interpretarse por igual como una evaluación crítica de mi aburrida exposición o como una muestra de respeto por este sacro lugar, respeto que no tolera manifestaciones fogosas de aprobación o de admiración. ¡Al fin y al cabo no estamos en la ópera, ni yo me parezco en nada a un tenor!

Me da igual: me apresuro a abrirme paso a través de la multitud hacia el fondo del refectorio. Algunos quieren estrecharme la mano, míster Panasonic insiste en filmarme ante el ábside a toda costa y aquella periodista pelma me atormenta sin ton ni son con preguntas idiotas sobre el desenlace del conflicto palestino-israelí.

Por fin estoy allí, junto al ventanuco opaco, pero la mujer ha desaparecido. Si es que ha existido. Me pongo de puntillas y la busco por encima de las cabezas de la gente, pero no veo más que a la Virgen del ábside, con los brazos abiertos para protegernos.

La madre primigenia. Ma.

8

Salimos al patio, ante la antigua cocina del monasterio, y nos envuelve la sedosa telaraña del fatigado día. Desde lejos, desde las verdes pendientes salpicadas de ovejas pastando como abalorios blancos, tan perceptible como el hálito de una brisa nos llega un tintineo intermitente de cencerros. Desde aquí se ve cómo el bosque rodea la llanura antes de seguir su carrera, sofocado, hacia las alturas, para detenerse al fin al pie de los peñascos verticales que se alzan sobre él como los muros de una fortaleza. La batalla entre el día y la luna apenas visible, casi transparente, está decidida de antemano. La fortaleza se baña en la sangre del sol herido, aunque la noche está todavía lejos. Lo mismo ocurre en la montaña: las sombras violáceas del próximo ocaso se apresuran a extenderse entre los geranios y el musgo de sus pliegues profundos y húmedos, como un aviso a los pastores de que es hora de recoger los rebaños. Miro a mi alrededor: todo está asombrosamente silencioso y desierto. No hay ni rastro de la mujer.

Nos acompaña un monje joven, el padre Germán, por lo visto un hombre instruido que habla con los rusos en un ruso extraño, arcaico, sin duda aprendido en alguno de los monasterios de las afueras de Moscú, y con los alemanes y los japoneses en un inglés aceptable. Presto oídos a su sereno relato sobre la fiesta popular que se celebra el segundo día de Pascua, siempre un lunes, cuando, respetando una tradición ancestral, el icono georgiano, acompañado por los monjes y por incontables peregrinos de los pueblos vecinos, regresa con solemnidad y por un solo día allí donde fue escondido por un monje desconocido, que murió en la masacre sin poder revelar su secreto.

Siglo y medio después de esos trágicos acontecimientos, en la lejana mañana del lunes de Pascua de 1604, un pastor de la vecindad divisó por casualidad, en las negras entrañas de una cueva, cómo el reflejo de un rayo de sol rozaba por un instante el marco plateado del icono. Este suceso dio origen a las fiestas en cuestión. Un festín popular con sus gaitas y sus sacrificios de carneros, con su tufo a paganismo y a sortilegios primaverales, cuando las abejas, enamoradas e impacientes, despiertan a los cerezos y perales silvestres para la floración y la fecundación. Una rima en la infinita plegaria milenaria de los Ródopes que se repite cada lunes de Pascua desde hace cuatro siglos, ya sean días de pesimismo o de esperanza, en medio del humo de los incendios o de los vientos propicios, que llevan en el hueco de sus manos risas de niños y olor a ovejas.

El padre Germán habla sin mirarnos a nosotros: tiene los ojos fijos muy en lo alto, en el muro de la abadía, donde está representada la procesión que traslada el icono desde el monasterio hasta la cueva por una sucesión de puentecillos, capillas y otros lugares sacros. Es una especie de guía turística ilustrada, un fresco pintado tardíamente, en el siglo XIX, de un realismo dudoso, por no decir ingenuo, mal restaurado y bastante alejado de aquellas austeras pinturas e iconos del interior de la iglesia, que emanan una oscura abnegación religiosa, muy anteriores y más primitivas, pero en cambio tan sinceras como la muerte.

Ahí enfrente, por las tablas del cobertizo que ciñe los edificios del monasterio, con la iglesia en el medio, pasa la sombra negra de un anciano con sotana que cojea ostensiblemente. Ni siquiera echa un vistazo hacia nosotros. Le tiene sin cuidado y hasta le inspira desdén el trajín de todos esos extranjeros que se han tomado la molestia de venir hasta aquí para dar la tabarra con unas preguntas cuyas respuestas, muy probablemente, se esconden en lo profundo de sus propias almas.

Me quedo a la zaga del grupo, mirando con cierta envidia al anciano monje. Debió de cerrarse mucho tiempo atrás a la vanidad terrestre, y ante él se extienden sólo los valles apacibles de la eternidad. Pronto su alma, sosegada e iluminada por un dulce gozo, estará cojeando por aquel infinito cubierto de tomillo y milenrama blanca hasta el fin de los siglos, después del cual no hay nada. O como mucho, hay un pozo profundo en que el tiempo va rezumando a gotas pesadas y sonoras.

Esto lo supe por boca del Borrachón, que una vez estuvo a punto de irse al otro barrio a causa de unas brasas de carbón que quedaron mal apagadas en el brasero. Se sumió entonces en un sueño blando, mullido y violeta como terciopelo, y tuvo que efectuar una breve visita a aquellos parajes, donde se asomó al pozo e incluso escupió en él.

Absorto en estos pensamientos, me sobresalto al oír mi apellido:

—¡Un minuto, profesor Cohen!

Se dirigen hacia mí dos hombres como surgidos de debajo de la tierra en este patio del monasterio hace un instante desierto. Se me acerca un joven elegante con un gabán negro y peludo de merino que le queda largo, y tras él un individuo de pelo muy corto, cazadora de cuero, cuello vigoroso y gafas oscuras. Diríase un ex boxeador, o bien un secundario en alguna película de acción norteamericana. Miro con asombro a los desconocidos.

—¿Sí?

Guiados por el padre Germán, mis colegas y la dama rubia de Sofía van subiendo la chirriante escalera de tablas hacia el salón de visitas; seguro que habrá una despedida, otra vez con aguardiente para los visitantes y té para el pobre superior. Me quedo abajo, con los intrusos. ¡Qué lástima, no probaré la monástica bendición verde-amarilla al viajero, espesa como el aceite de oliva!

El joven del gabán me tiende una tarjeta de presentación.

—Karalámbov, abogado. Mucho gusto.

Echo un vistazo a la tarjeta y, sin prestarle mucha atención, me la meto en el bolsillo de la chaqueta.

—Hemos llegado tarde a su conferencia —dice, compungido—. ¡Lo siento de veras!

¡Qué gran disgusto! Lo tranquilizo educadamente.

—No se han perdido gran cosa.

—Lo importante era no perderle a usted... —replica con entusiasmo el individuo con cara de boxeador, pero el abogado lo fulmina con la mirada y aquél se traga sus palabras con una tos ahogada.

—Hace tiempo, mucho tiempo que le esperamos. Plóvdiv tiene motivos para estar orgulloso de usted.

—Bien, bien, dejemos eso —digo, deprisa y con enfado, porque sé que no es verdad. Plóvdiv no se acuerda de mí y mi existencia le tiene sin cuidado.

El abogado saca una agenda y hojea las páginas, buscando algo en ellas.

—Según los registros municipales, usted emigró a Israel ¿hace cuántos...? Cuarenta años. ¿Es así?

—Más o menos. ¿Y?

—¡Y habla perfectamente el búlgaro!
—Nací en Bulgaria.
—Quiero decir, después de una ausencia tan larga.
—Uno no olvida su lengua materna, ni siquiera después de una ausencia tan larga.
—¿Su lengua materna no es el ladino?
—Era la lengua materna de mi abuela. Además de esta información lingüística, ¿en qué les puedo ser útil? —digo, impaciente y de mala uva.

Lo siento, pero esos me despiertan una antipatía natural. No sé, puede que no haya motivo.

—No quiero abusar de su valioso tiempo. En dos palabras, queremos hacerle una propuesta. Por encargo de mis clientes de Mercurio...

—¿Mercurio?

—Mercurio, Sociedad Limitada. La inmobiliaria más prestigiosa de la comarca.

—Compras, ventas, permutas... todo eso —dice el del cuello de toro, que se obstina en intervenir en la conversación.

—¿El señor también es abogado? —pregunto.

—Oh, no, es el chófer de la empresa.

Me da la impresión que sólo es media verdad. La otra media huele mal: lo he aprendido en las películas de acción. Será un guardaespaldas o algo por el estilo.

—De hecho —continúa—, los representantes de Mercurio le esperan en este mismo momento. Si tiene usted tiempo y ganas, le invitamos al restaurante Las Caleras, carretera abajo. Un lugar muy exótico, instalado en unos antiguos hornos de cal abandonados, pero que ofrece un auténtico carnero asado al estilo de los montes Ródopes. Luego le acompañaremos a la ciudad. Y entonces podremos coger al toro por los cuernos, como se dice.

—¿Ah, sí? He oído cosas muy curiosas sobre cómo se está saldando todo en la Bulgaria actual. Espero que no pretendan venderme el monasterio.

El abogado Karalámbov suelta una franca risotada.

—¡Qué ingenioso! ¡Ustedes los judíos tienen un sentido del humor realmente inimitable! ¡Oh, no, en absoluto! Queremos comprar el inmueble de su abuelo, Abraham...

—El Borrachón —precisa el de la cazadora de cuero, pero de nuevo se ve obligado a tragarse las palabras fulminado por la mirada de reproche que le lanza el abogado.

—Descuide —digo con intenciones pacíficas—, todo el mundo le llamaba así.

El chófer tira la colilla de su cigarrillo sin apagar al suelo del monasterio cubierto de piedras desiguales, pero, al ver mis cejas arqueadas con asombro —reconozco que soy quisquilloso en este aspecto—, se agacha, la recoge con una sonrisa culpable y hasta sacude la ceniza en la palma de su mano.

—¿Es que queda algo de esas... viviendas, por decir algo? —pregunto, porque recuerdo aquel pobre barrio judío que se confundía con los melonares junto al río y que abandonamos al exiliarnos a Israel, nuestra nueva patria.

—Tiene usted razón: las viviendas son tan transitorias como nosotros, los humanos. Pero la tierra queda para siempre, ¿verdad? ¡Nuestra madre tierra! Me refiero en particular a la parcela 137 A, guión 4. Usted me entiende, ¿no?

—No.

—En esos terrenos han proyectado construir un hotel de cinco estrellas, y resulta que la casa y el patio de su abuelo se encuentran justo en el centro. Qué engorro, ¿no? Hace mucho que su antigua propiedad no es más que...

—... la parcela A, guión 4.

—Exacto. Usted, como ciudadano extranjero, tiene pleno derecho a una restitución con arreglo a la Disposición 226 de 1992. Pero, si no estamos mal informados, usted sólo se quedará en el país unos días más. ¿O es que...?
—¿Y esto qué tiene que ver con el problema?
—Pretender arreglar todos los trámites de su herencia en unos cuantos días es sencillamente irrisorio. ¿En Bulgaria? ¿En unos días? ¡No me haga reír! Pero usted puede contar con nosotros, señor profesor. Si nos firma un pequeño poder, de ahí en adelante será nuestra empresa la que se ocupe del resto. Con nosotros puede estar seguro de tener una participación efectiva; los demás lo estafarían, pura y llanamente.
—¿O sea que hay otros?
—Siendo judío, sabrá que en este juego de propiedades y concesiones siempre los hay, señor Cohen. La cuestión es quién saldrá ganando y quién no, ¿estamos?

Echo una mirada hacia arriba, hacia la veranda de madera, pero el anciano cojo ya ha desaparecido en la penumbra cuadrada de su celda monástica, en la que apenas se divisa una luz débil. Probablemente un candil, estrella polar en el solitario cielo del monje. Me fijo en ella y me pongo a pensar. Por fin digo:

—Mire usted, señor...
—Karalámbov.
—Mire, señor Karalámbov: este juego, como usted acaba de llamarlo, no me interesa. Ni siquiera como judío. Prefiero el tenis. Perdone, pero me están esperando.

Los dejo boquiabiertos. La segunda mitad del chófer, me refiero a la del guardaespaldas, deja caer la colilla con intención y la aplasta sobre el venerable empedrado.

Antes incluso de haber franqueado el portón para dirigirme a nuestro autocar aparcado, me percato de que los dos han desaparecido tan repentina y misteriosamente como se ha volatilizado la mujer.

En su lugar, en el patio ante la iglesia, ya desierto y huérfano, se ve un gato de monasterio, grande y gordinflón, de pelo gris y con anillos negros en la cola. Me observa fijamente, sin parpadear, con sus ojos verdes, en los que leo recelo y odio. Un instante después, él también desaparece en medio de las oscuras nubes del boj.

¿Será que sobre el monasterio planea alguna atmósfera mágica, con esas misteriosas apariciones y desapariciones semejantes a las fantasías cabalísticas de mi abuelo, capaces de helar la sangre?

Algo me sugiere que éste no es mi último encuentro con el abogado Karalámbov y su guardaespaldas de Mercurio S.L. Más tarde comprobaré que, por una vez, mi presentimiento no me ha engañado.

9

En ese momento, ella avanza hacia mí con resolución. A paso rápido y sin vacilar, la mujer se separa de la pila de piedra con canalones que hay junto al arco de la puerta exterior del monasterio y se me acerca con aire serio, pero con una mano tendida, mientras mantiene la otra hundida en el bolsillo de su abrigo.

—Bienvenido, Berto... ¡Albert Cohen, de quinto A! ¿Me reconoces?

Completamente desconcertado, tartamudeo como un idiota.

—¿Madame Marie Vartanian?

—Casi, pero no del todo... Yo soy una mala reproducción suya: su hija Araxi. ¡Te he tendido la mano, la buena educación exige que la tomes! —dice ella, siempre tan seria.

Tomo su mano y ya no la suelto.

—¡Dios mío, Araxi... Araxi Vartanian! ¿Por qué no me has llamado antes?

—Es que en Bulgaria tenemos una especie de miedo respetuoso a los extranjeros. ¡Un respeto que raya en la idolatría! Simplemente, no quería molestarte mientras estabas trabajando. Y ahora que me has reconocido, lo normal sería que me abrazaras y besaras. Es la costumbre.

Todavía confuso, acato la costumbre. Su pelo de reflejos cobrizos, con alguna que otra cana, ha perdido el brillo de antes, pero guarda intacto su espesor y su olor a perfume y tabaco.

—Creía que habíais emigrado... —digo.
—Yo también lo creía, pero no hablemos de eso.

Se nos acerca correteando el padre Germán.

—Profesor Cohen, el autocar va a salir...
—Yo me ocuparé del profesor, estén ustedes tranquilos —dice Araxi Vartanian en un tono que no admite objeción.

Está claro que, como en aquellos años lejanos, ella llevará los pantalones.

Araxi me conduce hasta su Trabant, un vehículo que ha sobrevivido a su país de origen, pero tan abollado como si llevara a cuestas todo el peso del dramático naufragio. Antes de que entremos en el coche, a nuestro lado arranca con chirrido de neumáticos un Mercedes plateado, el vencedor nacido en la otra Alemania. Desde su interior me dirigen con la mano un gesto amistoso aquel abogado, Karalámbov, y el chófer guardaespaldas. Luego, como un potro enloquecido, su coche se lanza por la empinada pendiente que se aleja del monasterio.

10

Una foto de bodas tomada ante la iglesia de Santa Marina

Así es como, guiado por Araxi, me encontré en el taller del viejo bizantino Kostas Papadopoulos, Kostaki el Eterno. Allí supe que, cuando vuelan bajo, las golondrinas, esas pitonisas de Delfos de alas puntiagudas, anuncian mal tiempo y brumas densas como humo de incendio. Pero no llegué a adivinar qué sentido quería darle el griego a esta profecía. Supe además otras cosas, olvidadas hacía tiempo. Hice, por ejemplo, el pasmoso descubrimiento de que yo llevaba ya una eternidad casado con Araxi, la pequeña armenia, mi compañera de clase de la escuela primaria e hija de la profesora de francés, madame Vartanian.

Daba vueltas y más vueltas entre mis manos a esa vieja foto con la esquina izquierda partida, tomada ante la iglesia de Santa Marina, mientras Kostaki se reía en silencio, feliz de haberme sorprendido con esta historia olvidada. Un suave soplo más de sus «hálitos del tiempo» fijados en el papel fotográfico, un instante inmóvil e infinitamente breve del incesante fluir de la vida. Más breve que un relámpago, más muerto que la muerte. Porque no es vestigio de una vida pasada sino su impronta. Una copia. Como la huella de la concha de una almeja en un pedazo de roca.

¡Santa Marina!

—¿Te acuerdas? —preguntó ella, encendiendo un nuevo cigarrillo.
Traté de acordarme.

Habíamos hecho novillos.
—No soporto —dijo ella— pasarme toda una clase de canto berreando idioteces. Además, la maestra es nueva y no se va a dar cuenta.
Intenté oponer una resistencia pusilánime:
—¿Y tu madre?
Su única respuesta fue una mirada de desprecio.
A ambos nos encantaban esos dulces paseos sin rumbo a través de la ciudad, cuando nos saltábamos las clases para ir de escaparates, y mirábamos los coches de caballos y el organillo del italiano que repetía hasta la saciedad O *sole mio*. Tampoco esa vez me hubiera gustado que ella me tomara por un gallina, de modo que los dos desertores nos encontramos por casualidad en medio de una boda.
Carteras al hombro y cogidos de la mano, avanzamos sin hacer ruido por las grandes baldosas de piedra en la fresca penumbra de la iglesia.
Había un pequeño coro cantando y, junto al altar, entre una constelación de velas, transcurría una ceremonia nupcial. Los novios parecían recién salidos de una revista de moda de antes de la guerra. Las damas de honor y los pajes, vestidos de rosa y blanco, eran como los angelitos de las pegatinas navideñas. Había pocos invitados, de tiros largos y chapados a la antigua. Llevaban atuendos desconocidos en nuestro barrio, que habían sobrevivido de milagro a las tormentas sociales, cuando los propietarios de molinos y fábricas de cigarrillos, muertos de miedo ante los rumores de una inminente e inevitable nacionalización, preferían aparecer en sociedad sin lucir atuendos caros,

vestidos con modestia y con una pequeña cinta roja en la solapa.

El pope, joven y con una barbilla rubia apenas incipiente, nos era desconocido y oficiaba la ceremonia con visible exceso de celo.

—Ésos son de la burguesía —susurré.

—Yo también lo soy —espetó Araxi con brusquedad, sin apartar la vista de la ceremonia nupcial.

—No pasa nada —le perdoné, magnánimo, su origen social, tal como ella me había perdonado el ser judío.

Aún estábamos en la iglesia, cogidos de la mano, cuando los jóvenes novios y los invitados empezaron a salir, entre risas y besos, dejando tras de sí una estela invisible de perfumes. El sacerdote desapareció en alguna parte detrás del iconostasio y la vieja sirvienta apagó con eficacia y concentración las llamitas de los cirios entre sus dedos ensalivados.

Entonces Araxi, inspirada por una idea repentina, susurró excitada:

—¡Casémonos nosotros también!

Pensándolo hoy, no sé si yo lo quería ni si entendía bien el sentido de la propuesta, pero recuerdo que contesté, obediente:

—De acuerdo…

—Ahora escúchame bien: yo te voy a preguntar y tú me vas a responder. —Y Araxi repitió las palabras sacramentales que acabábamos de oír—: ¿Quieres tomarme como esposa?

—Sí, quiero.

—Ahora pregúntame tú si te quiero tomar como esposo.

—Sí —contesté con aplomo.

—¡No respondas por mí, sino que me preguntes! —se enojó Araxi.

—¡Vale, está bien! ¿Me quieres tomar como esposo?
Esta vez la respuesta la susurró ella, decidida y tajante como una orden:
—¡Sí!
Yo era casi un niño. Era más niño que ella. Pregunté:
—¿Ya somos marido y mujer?
—Aún no. Primero tienes que besarme.
Me incliné —era más alto que ella— y le di un beso veloz en la mejilla. Como por un cumpleaños.
—¡Así no! —dijo ella en tono admonitorio—. Yo voy a cerrar los ojos y tú me vas a besar en los labios. Como en las películas.
Obediente y tímido, rocé sus labios con los míos.
Me pareció que ella estaba tan desconcertada como yo, porque ni siquiera me miró, sino que clavó la vista en sus zapatos de charol con una tira cruzada sobre los calcetines blancos. Luego se animó, me tomó de la mano y me arrastró afuera.
Allí, el señor Kostas Papadopoulos, elegante como siempre con su pajarita roja, hacía fotos a los novios y a sus invitados: un recuerdo para la eternidad: «¡Miren aquí! ¡Sonrían, por favor! ¡Más sonrisas! La pequeña señorita con la corona, que mire aquí, hacia mis dedos. Atención, el pajarito va a salir... A la una, a las dos...».
Los invitados, entre risas y estampidos de tapones de champán, abordaban los coches de caballos cuando el griego nos vio.
—¡Mis queridos cabritillos! ¿Qué hacéis aquí?
—Es que la profesora está enferma —mintió Araxi.
—¿Ah, sí? —dijo el griego, indiferente y distraído, mientras sus ojos recorrían los carruajes a punto de partir.
La voz de Araxi sonó con inflexiones aterciopeladas: las tretas de una pequeña mujercita tratando de salirse con la suya.

—Querido tío Kostaki, ¿nos puedes hacer una foto? ¡Por favor!

—Sí, pero ahora no, mi alma: ya ves que estoy ocupado. Venid mañana al taller.

—¡Ahora! —exigió ella, caprichosa—. ¡Quiero una aquí, delante de la iglesia! ¡Te lo he pedido por favor!

El bueno de Kostas Papadopoulos vaciló, pero acabó obedeciendo con un suspiro.

...Y henos aquí: dos intrépidos fugitivos de la clase de canto, dos niños, o casi, que acababan de contraer matrimonio, con carteras escolares al hombro y cogidos de la mano, sobre el telón de fondo de la iglesia de Santa Marina. Es ésta, la vieja foto con una esquina partida y ya algo descolorida, la que ahora, después de tantos años, tengo en la mano. El bizantino se ríe en voz baja y Araxi sigue escrutándome con la mirada...

Los banquetes solían celebrarse en la zona de restaurantes de Kamenitsa, que se encontraba en las inmediaciones de la ciudad. Y, si no había fotos de la larga mesa con chuletas a medio comer y copas levantadas para brindar, el festín nupcial sería para las generaciones venideras un acontecimiento irreal. Por lo que las bocinas impacientes de los coches ladraron con voz carrasposa, y la gente gritó:

—¡Vamos, que venga el fotógrafo!

—¡Un momento! ¡Un momento, por favor!

El señor Papadopoulos nos sacó una foto deprisa, tal como estábamos, cogidos de la mano, con la iglesia de Santa Marina como telón de fondo, y luego, cargando con el pesado cajón y con el trípode, saltó en el último instante al estribo de un coche que partía. Y el recuerdo hubiera podido terminar ahí. Pero no terminó. Porque Araxi dijo, casi con pudor, lo que no era propio de su naturaleza:

—¡Quiero que me beses otra vez!

—¿Otra vez? —me horroricé—. ¡Pero aquí hay gente!

—¿Y qué?

A ella le daba lo mismo si yo compartía o no sus liberados puntos de vista, así que se limitó a entornar los párpados y puso los labios, a la espera. «Como en las películas.» Pero tuvo que esperar mucho, y en vano.

Porque, cuando abrió los ojos asombrada, yo ya no estaba allí, sino que, infame y cobardemente, me había agazapado bajo la mortaja verde oscuro de la higuera de la iglesia, que agachaba sus ramas hasta el suelo convirtiéndose en refugio para los piadosos mirlos y paros.

Desde el fondo de la calle curvada y pavimentada con losas grandes y desiguales, venía hacia nosotros mi abuelo el Borrachón.

Supe que era él al oír desde lejos su canción preferida en ladino:

«Acércate a la ventana, ay, ay, ay,
Palomba de la alma mía...»

Por entonces yo no sabía que el asunto era grave y que se trataba de una paloma muy concreta: la viuda Zülfiye *hanım*; pero que el Borrachón estaba triste y bastante bebido, eso se le notaba desde lejos. Con su caja de herramientas en la mano, realizaba su recorrido habitual por la ciudad, haciendo pequeños trabajos de hojalatería o contratando pedidos más importantes para el taller.

Yo lo observaba desde mi escondrijo y me costaba imaginar que, al llegar la noche, ese hombre achispado y sin afeitar, con su abrigo de paño rústico y su gorra mugrienta, humillado y pisoteado por la vida, pudiera enderezar la espalda y erguir su fornido cuerpo hasta las estrellas, y reencarnarse por arte de magia en sacerdote del templo situado frente a los viejos baños turcos.

El Borrachón se detuvo y se fijó en la cara de la chica, que le resultaba conocida.

—¿Tú no eres nuestra pequeña armenia Araxi?
—Sí, señor Abraham —contestó la muchacha con hipócrita respeto.
—¿Dónde está mi nieto Berto?
—En la escuela. Tenemos clase de canto.
—¿Y tú por qué no estás allí?
—Mamá está enferma y me ha mandado a por unas medicinas —volvió a mentir Araxi sin parpadear.
—Muy bien, pues dale recuerdos de mi parte y transmítele mis respetos.
—Gracias, lo haré, señor Abraham.

Le hizo una reverencia, que probablemente había visto en el cine y era digna de ejecutarse ante la reina de Inglaterra, si alguna vez ésta decidía visitar nuestro barrio del Cementerio del Medio.

El Borrachón acarició la mejilla de Araxi con su gran mano rugosa, esa mano que a mí tanto me gustaba, callosa y requemada por los ácidos y los sopletes, con la indeleble telaraña negra de la hojalata y los dedos amarillentos por los cigarros. El Borrachón se puso otra vez en marcha, pero cuando hubo dado unos pasos, se detuvo y buscó en sus bolsillos, halló un caramelo de menta con algunas hebras de tabaco pegadas, lo limpió frotándoselo en la manga y se lo dio a la chica.

Luego retomó su camino calle abajo, entonando de nuevo la canción:

> «Que a la hora temprana, ay, ay, ay,
> me muero, amor, de frío...»

De repente dejó de cantar y gritó desoladamente, con una voz despojada de la menor chispa de esperanza:

—¡El hojalateroooo!

11

Aún es pronto para cenar, y acabamos de despedirnos de Kostas Papadopoulos, ese antiguo cronista bizantino que sustituyó el pergamino por el papel fotográfico. El anciano se ha negado a venir con nosotros, con una excusa tan falsa como aquella Grecia azul de los cisnes: «Gracias, pero tengo trabajo». Seguro que ya no tiene ninguno, condenado como está a su soledad de jubilado, pero su delicadeza innata le ha sugerido que es preferible dejarnos solos.

Araxi y yo estamos sentados en la terraza de un café junto al circo romano, al pie de la gran mezquita. Cuando éramos niños, los arqueólogos aún no habían desenterrado este recuerdo en piedra de gladiadores y lanzadores de jabalina escondido en el corazón de la ciudad. Me acuerdo de que, en el lugar donde hoy está la ovalada pila bautismal, cavada en la tierra y rodeada de asientos de piedra cuya continuación se pierde bajo las construcciones modernas, se hallaba antes el gran bazar, con su bullicio oriental. En él se encontraban y entremezclaban la generosidad, la iracundia chillona y la profusión de colores de los Balcanes.

Al fondo de la plaza, en la empinada callejuela lateral donde comienza el barrio de Ortà Mezàr, está el taller fotográfico Eternidad, donde hace un rato observábamos las crónicas fotográficas del bizantino, impregnadas del polvoriento olor a pasado.

A Plóvdiv la llaman «la ciudad al pie de las colinas», un caos de tiempo humano amontonado sin orden, durante el cual el Maritsa no ha dejado de frotarse perezosamente en sus riberas, a veces con senos abundantes, como una lánguida bayadera de harén, y otras con carne enjuta, a causa de la sequía. Aquí, junto a su lecho, parece como si alguien se hubiera despojado de los siglos ya agotados tirándolos y formando con ellos montones enormes de viejas latas de conserva.

La arena romana a la sombra de un minarete turco, y más arriba, en medio de las rocas, el Anfiteatro Antiguo, despertado también hace poco de su sueño del pasado, con su columnata que garabatea sobre el cielo la firma marmórea del helenismo. Y junto al anfiteatro, el discreto esplendor de las casas búlgaras, contemporáneas del Renacimiento nacional, construidas en los tiempos tardíos de la dominación otomana, cuando los conquistados se hacían cada vez más ricos y más instruidos que los conquistadores.

Todo ello lo domina una construcción ciclópea de bloques de piedra de muchas toneladas, arrastrados quién sabe cuándo y cómo, tal vez ya en el neolítico: las ruinas de la fortaleza tracia de Eumolpias, que ya calificaban de vetusta cuando se libró la guerra por la bella Helena.

A lo mejor ese revoltijo típicamente balcánico de pedazos de historia desmenuzados e incompatibles, semejantes a los fragmentos de magníficos floreros antiguos, a la cerámica burda y a las monedas cubiertas de cardenillo que la tierra de aquí escupe sin cesar como un cajero automático, es un signo del carácter imperecedero de esta ciudad. Puede que sea así. Pero, para mí, lo más entrañable son aquellos paréntesis abiertos en su historia infinita que reúnen, a través de la distancia histórica, a dos hombres excelsos: Filipo de Macedonia, padre del gran Alejandro, que conquistó la ciudad y le dio su antiguo nombre de Filipópolis, y Abraham el Borrachón, que obsequió a las iglesias de Plóvdiv y alrededores con cúpulas de zinc, ninguna de las cuales ha goteado jamás.

Araxi, con aire soñador, rodea con ambas manos el vaso de Campari, como para calentarlo, y hace tintinear el cubito de hielo, mientras yo, como homenaje al Borrachón, saboreo el anís, aunque las bebidas anisadas me recuerdan los peores días de mi infancia, con sus repugnantes jarabes para la tos.
  Estamos callados.
  Por fin soy yo quien decide romper el silencio.
  —¿Y bien?
  —¿Y bien qué? —pregunta ella a su vez, y levanta despacio la vista de su bebida carmesí.
  Me mira con suave predisposición amistosa, pero también con cierto asombro por el hecho de que sea necesario que hablemos. En sus ojos profundos y oscuros, tan característicos de su raza, centellean reflejos verdosos.
  —Eso mismo pregunto yo. Empieza a contar.
  Reflexiona unos segundos, enciende un cigarrillo, ahuyenta el humo con la palma de la mano y pregunta:
  —¿Por dónde empiezo?
  —Por el principio —digo.
  —¿A saber?
  —¿Por qué volviste de Francia?
  —No volví de ninguna parte. ¡Y deja de preguntar sobre eso! —contesta Araxi con cierta brusquedad.

Comprendo que el tema de Francia es un tabú. Ignoro por qué. Tampoco trato de adivinarlo. Pero sigo, en tono alentador:

—Bueno, si no quieres... ¿Y después qué?

—Después, nada, vivo mi vida. Enseño piano en el Conservatorio, ahí arriba, en la ciudad vieja.

—¿Esposo?

Se encoge de hombros con indiferencia.

—Naturalmente. No tenemos hijos, las cosas fueron así.

Y con esto termina el interrogatorio.

—Aún no. ¿Y tu madre, la magnífica y radiante Marie Vartanian? ¿Y tu padre?

—Murieron hace tiempo. Hace mucho tiempo. Tú estabas enamorado de mi madre, ¿no?

—Tonterías, yo era un niño.

—No del todo.

—En tal caso, estaba enamorado de ti.

—¡Eso te crees tú! Yo simplemente era una sustituta, una miniatura accesible de la madre original. Ma.

—Has estado atenta a mi conferencia.

—No es nada del otro mundo memorizar cuatro frases rebuscadas e incomprensibles.

—Gracias, eres muy amable.

—De nada, no te lo tomes a mal. Hoy en día en este país está muy de moda ser rebuscado e incomprensible. Se considera fino. Ahora te toca a ti.

—Cómo decirte... Mi caso no es tan simple.

—¿Y por qué crees que el mío lo es?

—No quería decir eso, pero realmente no sé por dónde empezar...

—Pues también por el principio, como yo.

—Por el principio, sí... En Israel se empieza a leer por el final, pero no importa. Tuve una mujer y una hija. Hace seis años. Mi mujer era una reputada bioquímica, inmigrante húngara. Claudia Jakobowicz. No quiso cambiarse a Cohen. Nuestra hija Lea tenía seis años cuando en la terminal de autobuses de Jaffa explotó una bomba. La habían colocado en una cesta de la compra. Yo me alejé sólo un minuto para comprar un periódico. Un minuto, nada más, y ocurrió entonces. Ya está. Una rutina cotidiana de Israel.

Por espacio de un segundo o menos, la imagen caótica del atentado cruzó mi mente como un relámpago: humo, chillidos, cuerpos despedazados, aullido de sirenas... Puede parecer absurdo, pero se me grabó en la memoria el recuerdo de un perro herido que, aturdido, daba vueltas sobre sí mismo, como queriendo morderse la cola.

Araxi me mira conmocionada, como si en este mismo instante el minarete se derrumbara sobre nosotros. Tiende la mano y la posa sobre la mía. La suya está anormalmente fría, tal vez por el hielo en el vaso.

—Lo siento, Berto, de verdad... ¿Cómo soportáis todo eso? Esa guerra sin fin, la intifada, las bombas...

—Como en otras latitudes otros hombres soportan sus propios infortunios. Nos acostumbramos. Esta guerra supuestamente pequeña, pero infinita, se ha ido convirtiendo en nuestra existencia diaria, en una rutina.

Ella dice, pensativa:

—Toda nuestra desgracia se debe a que nos acostumbramos y nos resignamos a todo, a cualquier infortunio que adopte la apariencia de una compañía inevitable enviada por Dios. Algo así como un desastre natural, como los tifones o las inundaciones, ajenos a nuestra voluntad. Entonces el mal se vuelve rutinario y la sociedad se ajusta a él como a un zapato viejo.

—No sé, pero quizá por ese conformismo innato haya sobrevivido la humanidad. A diferencia de los intransigen-

tes dinosaurios, que se negaron a adaptarse y por eso desaparecieron.
—¡Bien por ellos! ¿Y ahora?
—Ahora soy un vagabundo sin rumbo. Y sin ambiciones. Vivo mayormente en aviones, al día, entre tres universidades. Con amistades breves y largas veladas ante el televisor. Casi nunca estoy en casa, si se puede llamar así a aquella vivienda despoblada: sobre todo duermo en habitaciones universitarias para profesores visitantes, donde el día anterior alguien ha fumado pestilentes puros ingleses. De haber tenido la disposición y el talento de mi abuelo el Borrachón, al menos me habría convertido en un alcohólico respetado.
—Todavía estás a tiempo.
—Desde luego. Ya lo dicen: «Nunca es tarde para equivocarse».
—Y menos en Bulgaria, donde a cada generación le ocurre exactamente eso...
—¿A qué te refieres?
—¡Hablo de equivocaciones!
Araxi pronuncia estas palabras en tono algo brusco, pero, como turbada por su actitud, mira nerviosa su reloj de pulsera y se levanta rápidamente. Me fijo en él: es de hombre, y la marca está en cirílico, así que seguramente es de fabricación rusa.
—Disculpa, pero tengo que irme: no he llamado a casa. Además, mañana temprano tengo clase. Pásate sobre las cinco por el Conservatorio, por el aula de piano...
—Entonces, ¿no vamos a cenar juntos? —digo, decepcionado.
—Hoy no. En otra ocasión.
—La próxima puede ser dentro de otros mil años.
—La próxima será mañana, lunes.

12

Antes del fin del mundo, lunes

Los lunes solían ser días malos para el Borrachón. Eran un nuevo comienzo, la semana empezaba de cero o, dicho con mayor claridad, sin un céntimo en el bolsillo. Y el dinero era necesario no sólo para la alimentación, es decir, para las berenjenas o los garbanzos[13] de mi abuela, esos vestigios de la España mora, sino también y ante todo para adquirir distintas cosas que mi abuelo designaba con el término genérico de «material»: chapa de zinc, hierro o cobre, estaño, ácido clorhídrico y todo aquello que hacía falta para el florecimiento de sus habilidades de hojalatero.

El Borrachón siempre encontraba una salida a tan desesperada situación, pero a veces la portezuela resultaba tan estrecha, que se veía obligado a escabullirse de refilón. Y la llavecilla de oro que servía para abrirla se llamaba «anticipo».

Recibía, por ejemplo, un anticipo del hospital para cambiar no sé qué enchapados de zinc podridos y con ese dinero compraba «material» para terminar el techo de la oficina de impuestos, cuyo anticipo ya había sido devorado por la cúpula sin terminar de la iglesia del pueblo de Tsalapit-

---

13. En español en el original. *(N. del T.)*

sa, la cual podría terminarse a tiempo si él recibía el anticipo prometido por el ayuntamiento para las obras de reparación de la biblioteca municipal.

Esta reacción en cadena, así como el sistema de interdependencia entre los anticipos, quedaba súbitamente interrumpida cuando, para gran asombro incluso del propio Borrachón, un buen día resultaba que todos los encargos llegaban a buen término.

En semejantes momentos estelares, la única sombra que venía a oscurecer el triunfo de mi abuelo era que, una vez entregado el trabajo realizado de manera impecable, a él no le quedaba por recibir ni un céntimo, porque previamente se había comido, o mejor dicho bebido, toda la remuneración, merecida a fuerza de arduo trabajo. Por no hablar de la antiquísima tradición bíblica de sacrificar un animal al terminar con éxito todo trabajo o transacción, rociando con su sangre la arena del desierto. Como es sabido, sólo en casos extremos, en la remota antigüedad, el cordero por sacrificar fue arbitrariamente reemplazado por el propio hijo de Abraham o de Dios, como expresión de lealtad, expiación o gratitud al Creador todopoderoso.

En las latitudes balcánicas, este acto de sacrificio lleva el nombre turco de *kurban*, mientras que en circunstancias más prosaicas se le llama sencillamente convite. En el caso del Borrachón, las fiestas populares celebradas en alguna taberna hacían de ritual propiciatorio, y en vez de sangre, según impone la ancestral tradición canónica, los gaznates resecos se regaban con un cubo de anís y una decena de *bat* bíblicos equivalentes a un *homer*[14] de vino barato. Ni que decir tiene que en esto no se podía prescindir de la participación inspirada del fenomenal Manush Alíev con su

---

14. Medidas bíblica de capacidad. *(N. del T.)*

orquesta de música balcánica, que, sin dejar de tocar, podía beberse sin mayor dificultad hasta dos anticipos de mi abuelo.

Recuerdo que ese lunes también había empezado de forma dramática: el Borrachón solicitaba con la mayor insistencia un nuevo anticipo para poder terminar el desfondado techo de la escuela de la sinagoga Beit ha-midrash, que servía además como lugar de reunión y exégesis de la Torá, sustituida las más de las veces por palabrería y chismes de viejos. Y el rabino Menashé Leví, que afirmaba ser su fiel amigo y compañero en el espinoso camino de la existencia, se negaba categóricamente a darle ni un céntimo más hasta que terminara el trabajo.

Éste fue el motivo del escándalo de ese lunes por la mañana, después de que pocas horas antes, el domingo por la noche, los dos cantaran abrazados, en la taberna frente a los viejos baños turcos, el aria «¿Tú te acuerdas...?» de la opereta *La reina de las czardas*.

Ambos se acusaban mutuamente de todos los pecados habidos y por haber, desde la avaricia o el despilfarro hasta la hipocresía y la traición. En honor a la verdad, hemos de reconocer que quien tenía más razón era el rabino. Tanto más cuanto que previamente mi abuelo había echado leña al fuego con un decilitro mañanero de anís, que se ventiló en ayunas y sin acompañarlo con nada.

El altercado alcanzó su apogeo cuando el rabí Menashé Leví, indignado hasta lo más profundo del alma y al borde de un ataque de apoplejía, arrojó con rabia su *kipá*, el gorro ritual de terciopelo negro, al polvoriento empedrado ante la sinagoga, lo que incitó a mi abuelo a hacer lo mismo con su vieja y mugrienta gorra de visera. Entonces el rabino hizo algo imperdonable, por irreflexivo: a la perentoria pregunta del Borrachón, que limpiaba el polvo de su gorra sacudiéndola en su rodilla, sobre si por fin le iba a dar el anticipo o no, gritó en ladino y en voz alta:

—¡Que me beses el culo![15]

No es decoroso que estas palabras las pronuncie ningún hombre, pero aún lo es menos que lo haga un hombre de Dios como el rabino.

El Borrachón, que ya se había puesto en marcha, se paró en seco. Se quedó así largo rato y luego volvió, se desabrochó con calma el pantalón y, en el sentido más literal de la palabra, empezó a mearse en silencio contra el muro de la sinagoga. Un acto sin duda sacrílego, comparable a la profanación de los templos judíos de España por las bandas de fanáticos harapientos partidarios del gran inquisidor Torquemada.

El rabino lo miró estupefacto, transido de horror, hasta que mi abuelo se la sacudió, se abrochó, agarró su escalera y su caja de herramientas y abandonó el campo de batalla con toda dignidad.

Poco después, se reunió ante la sinagoga una pequeña multitud de judíos indignados que acudieron de las tiendas, talleres y tenderetes aledaños. Yo observaba desde lejos cómo el rabino o bien tendía los brazos hacia el cielo en actitud de implorar, o bien señalaba el oscuro triángulo húmedo sobre el recién encalado muro de la sinagoga, apelando a la judería piadosa y a la conciencia universal para que se metiera en cintura a ese ateo borracho.

El Borrachón, que se desternillaba de risa tras haber doblado la esquina, vengado y satisfecho, me mandó llevar un mensaje, del que aún hoy me acuerdo con orgullo.

Con la cartera escolar al hombro, me abrí paso entre la

---

15. En español en el original. *(N. del T.)*

multitud y besé con reverencia la diestra del rabí Leví, gesto que lo dejó perplejo. Se la besé una vez más, antes de decir con la mayor educación del mundo:

—¡Buenos días, *haribi*! Vengo de parte de mi abuelo Abraham. Me ha dicho que te diga que no deberías haber construido tu sinagoga justo delante de su...

El rabino inclinó el oído hacia mí, porque no pudo oír la palabra que yo me tragué tímidamente.

—¿Ante su qué?

Para mayor claridad, me llevé la mano a la entrepierna, hice de tripas corazón y precisé en voz más alta:

—¡Que no deberías haber construido tu sinagoga justo delante de su pito!

Esa vez, la bofetada que siguió no era simbólica, ni mucho menos, y como consecuencia de ella mis gafas, como en otras circunstancias parecidas, me quedaron colgando de una oreja. Pero reconozco que sentí satisfacción y hasta cierto orgullo por el hecho de que mi sacrificio, esa ígnea espada de la venganza de mi abuelo, no hubiera sido en vano, pues la indignación de los buenos judíos se esfumó en un santiamén y se transformó en risa e incluso, para decir la verdad, en una franca carcajada general.

Esto obligó al rabí Menashé Leví, indignado hasta el fondo del alma, a entrar furioso en la sinagoga, cerrando tras de sí, con un portazo, las puertas a la bondad divina.

Mientras, el jaleo se había desplazado ante la iglesia ortodoxa de San Jorge el Vencedor, donde todo el enchapado sobre la entrada principal había sido retirado hacía ya tres semanas, sin que se vislumbrara la menor esperanza de verlo sustituido pronto por uno nuevo.

La verdad es que el pope Isaías, hecho un basilisco a semejanza de su colega judío, también había arrojado al polvo su gorro negro de sacerdote ortodoxo. La historia estaba a punto de repetirse, pero el Borrachón, cuando ya se desabrochaba los pantalones, reflexionó, hizo un gesto de enojo y se marchó. El pope Isaías le lanzó un anatema, blandiendo la cruz por encima de la cabeza, terrible y como poseso de un furor divino, como si fuera el patriarca Eutimio en persona.

No pasó mucho tiempo hasta que los vecinos del barrio pudieron ver cómo mi abuelo escupía colérico, esta vez en dirección al minarete. Con tan censurable acción expresaba su desprecio no tanto por Alá, ya que no creía en absoluto en ningún dios, como por su ministro Ibrahim *hodja*, carcomido por la misma avaricia indignante que amargaba la vida del Borrachón cada lunes por la mañana.

Cabe puntualizar que el recorrido en pos de un anticipo empezaba siempre por los tres ministros de los respectivos dioses, en su calidad de amigos y de seres allegados en el sentido espiritual, sin olvidar su facilidad de acceso a los distintos fondos de la iglesia, la sinagoga y la mezquita. Sin embargo, en más de una ocasión esta hipótesis de mi abuelo sobre la amistad y la fidelidad se vio sometida a duras pruebas.

También esta vez el Borrachón intentó recoger sus cosas, pero el mulá, dotado de una mente más práctica que sus colegas, se le adelantó, se apoderó de la escalera y se abrazó a ella. Tan vehemente amor de Ibrahim *hodja* por ese objeto significaba que el Borrachón, una vez privado de un importante instrumento de trabajo y por lo tanto de sustento —y máxime teniendo en cuenta que debía trepar a tejados y cúpulas—, se vería obligado a dedicarse prioritariamente a las reparaciones que necesitaba el islam. Sin embargo, un minuto después, a la lucha por la escalera se incorporaron también el pope Isaías y el rabí Leví, que acudieron a toda prisa, cada cual erigiéndose en defensor de sus propios derechos y prioridades. Este enfrentamiento de quienes un minuto antes eran compañeros y amigos fieles e incluso colegas, complicó la situación hasta poner las cosas al rojo vivo.

Hay que añadir que el Borrachón se había retirado prudentemente de batalla por la escalera, dejando que las partes involucradas en el conflicto ajustaran cuentas por sí mismas. Así pues, los tres ministros de otros tantos dioses, símbolos del equilibrio étnico y ejemplos de valor universal de la tolerancia religiosa en el barrio Ortà Mezàr, se daban puntapiés, se escupían y cada cual tiraba de la escalera hacia su propio templo. Mientras, el Borrachón, apoyado contra la pared de enfrente, silbaba haciendo girar en torno a su dedo índice la cadenita con la llave del candado del taller, una vez a la izquierda, luego a la derecha y viceversa. Yo, que me había plantado a su lado, me deleitaba con esa guerra religiosa que —lo sabía muy bien— iba a terminar, como siempre, en el café de Shukrí *el Albanés* al lado del mercado de los jueves, con una tregua, en torno a un espeso y dulce café turco y, como complemento, una cucharadilla de alfeñique en un vaso empañado de agua fría. Y en cuanto a mí, iba a terminar, sin lugar a dudas, con una ausencia no justificada de la clase de primera hora, seguida por la tradicional y muy cortés nota del Borrachón a nuestro tutor Stóichev, escrita en una hoja de un cuaderno mío y validada con una firma retorcida, digna del propio lord Disraeli, explicando que estuve ausente por razones familiares dignas de consideración.

El señor Stóichev iba a disculpar, como siempre, mi ausencia, henchido de solidaridad con las ideas de mis padres y de compasión por su destino.

Pero todo placer tiene su final, así como la misericordia y la paciencia divina no son infinitas, y sobre todo cuando se trata de Jehová, que es bastante más nervioso y vengativo que Su hijo.

Pues por la misma razón por la que yo me había escondido tan súbita y cobardemente entre el follaje de la higuera de la iglesia cuando mi boda con Araxi Vartanian, mi abuelo agarró su caja de herramientas y al instante puso pies en polvorosa, abandonando la escalera a las tres furias religiosas. En este caso no huía yo de mi abuelo, sino que él huía de mi abuela Mazal, que, tremebunda e indomable como las iracundas huestes de los macabeos, venía a administrar justicia.

En honor a la verdad y nada más que la verdad, debemos confesarnos incapaces de restituir en toda su autenticidad las palabras que siguieron. Porque el dialecto que la señora[16] Mazal usaba en semejantes conflictos interétnicos era una mezcolanza indescriptible de palabras eslavas con terminaciones españolas o viceversa, y de arcaísmos en hebreo con juramentos turcos intercalados, en una confusión general y obstinada de los géneros masculino y femenino, y todo este menú lingüístico rociado en abundancia con salsa ladina.

Total, que cualquier intento de reproducir en un texto literario esa indescriptible riqueza lingüística, tan característica de las ancianas del barrio, no sólo judías sino también turcas, albanesas, gitanas y sobre todo armenias, se vería condenado a un fracaso rotundo. Por lo que sólo haremos hincapié en las dos palabras españolas más utilizadas en este caso concreto: *borrachones* y *escalera*, a las que se añadía un nombre turco femenino, Zülfiye.

Así pues, bastó con que mi abuela se acercara a los tres eclesiásticos —que se daban puntapiés y se escupían y a los que calificó en su conjunto, de forma muy irreverente, de viejos borrachos y depravados— para que la sangría cesara al instante. Y en cuanto a la escalera, los tres la depo-

---

16. En español en el original. *(N. del T.)*

sitaron silenciosos y pusilánimes a los pies de mi abuela, en señal de paz y hasta de capitulación.

Un instante después, mi abuela me agarró de la oreja y a punto estuvo de alzarme en vilo:

—¿Y tú, *sersem oglu sersem* por qué *ne si na* escuela *ta bre*?[17]

El tema era serio y yo no me podía andar con rodeos, porque por entonces la lección de geografía iba a todo tren. Farfullé, culpable:

—Es que el abuelo ha dicho...

—¡*Ay siktir*[18] el abuelo y la iglesia y la sinagoga y la mezquita! ¡Largo de aquí y *salute* por mí al señor[19] Stóichev!

El señor Stóichev, como ya he aclarado, era nuestro profesor y tutor. Me las arreglé para esquivar con habilidad el tortazo que mi abuela se aprestaba a darme en la nuca y, un segundo después, ya corría hacia la escuela. En mi espalda botaba la cartera escolar de cartón con un escrito edificante en cualquier circunstancia: «El que estudie llegará lejos».

---

17. Cómica mezcolanza de español, búlgaro y turco que significa más o menos: «¿Y tú por qué no estás en la escuela, so imbécil?» *(N. del T.)*
18. Encendida blasfemia en turco, algo así como «A la mierda...». *(N. del T.)*
19. En español en el original. *(N. del T.)*

13

Semejante comienzo de semana era bien frecuente para mi abuelo Borrachón. Sí, queridos hermanos, víctimas inocentes de mi verborrea, el comienzo era malo, con escándalos y luchas intestinas de carácter religioso que, para el observador extraño y no iniciado, amenazaban con degenerar en confrontaciones étnicas y hasta en masacres. Pero no, no había el menor atisbo de que las cosas tomaran tan dramático cariz: con el espíritu de buena vecindad que reinaba en el barrio de Ortà Mezàr, bastaba con que el sol se sumergiera en los arrozales, enorme e incandescente por el bochorno veraniego, y con que soplara desde la llanura la primera brisa con aroma a heno y tierra tostada, para que los tres guías espirituales, tras terminar cada cual su oficio de la noche, se dirigieran dignamente a la taberna situada frente a los baños turcos. Allí, mi abuelo ya los esperaba con su vaso de anís y sus huevos cocidos de color marrón, como si nada hubiera pasado esa misma mañana.

La continuación está registrada y documentada por el señor Kostas Papadopoulos.

Si las cosas sucedían así a principios de semana, bien diferentes eran cuando ésta tocaba a su fin. Tomemos por ejemplo el jueves, después de que las amas de casa hubieran hecho sus compras en el gran mercado semanal, y éste, cansado y harto de cháchara, regateos y trolas, amainaba velas lánguidamente, hasta el jueves siguiente.

Entonces, las esbeltas mujeres turcas eran las primeras en dirigirse, taconeando con sus zuecos sobre el empedrado, hacia el viejo *hammam*, es decir, los baños turcos. Porque el día siguiente era viernes, día sagrado como ya hemos dicho para los musulmanes, y las turcas debían recibirlo limpias y fragantes.

Bajo la parra de la taberna se habían posicionado los admiradores más fervorosos de la belleza femenina, que bebían su anís blanco a pequeños sorbos, masticaban suavemente y, en su calidad de expertos, intercambiaban comentarios por lo bajo. Huelga agregar que contemplaban la procesión los tres líderes espirituales del barrio, a quienes poco después se unía corriendo mi abuelo, vistiendo todavía su ropa de trabajo y con la cara tiznada de óxido y hollín.

Aquel jueves, él se había encaramado al techo de la sinagoga del barrio, Beit ha-midrash, comparable al sanedrín de Babilonia en cuanto a palabrería, que no a sabiduría. Había levantado las tejas y fijado a golpes de mazo el nuevo revestimiento de zinc. El Borrachón había vuelto al seno de los hijos de Israel después de firmar una paz eterna e inquebrantable con el rabino —¡era tal vez la centésima paz eterna e inquebrantable!— y el buen rabí Menashé Leví le había dado un anticipo en concepto de retribución por agravios sufridos y lucro cesante. Fui yo quien le grité, después de asegurarme mirando a diestra y siniestra de que mi abuela no se encontraba por ahí cerca:

—¡Están saliendo! ¡Date prisa, abuelo, que ya salen las turcas!

La misión que se me había encomendado y que consistía en estar pendiente, ojo avizor, de cualquier movimiento que se produjera en la plazuela ante los baños turcos era estrictamente confidencial, por lo que, cuando el Borrachón llegó corriendo y se sentó jadeante junto a los tres religiosos, se volvió hacia el tabernero Pesho y, sin decir palabra, levantó cuatro dedos de la mano derecha y uno de la izquierda, lo que significaba cuatro anises y una limonada. La limonada era, desde luego, la recompensa a mi celo.

Y ahí estaban las turcas, saliendo con sus hatillos bajo el brazo, taconeando con sus zuecos en el empedrado, esbeltas y altivas, todas con prendas de color negro sobre los bombachos variopintos, con las caras despejadas o bien ocultas tras los pañuelos musulmanes, y llevando las más adineradas paraguas negros, enormes como la cúpula de la mezquita.

Como siempre la última, y siempre sola, pasó Zülfiye *hanım*, la viuda, blanca y rosada, de senos opulentos y exuberantes, lanzando miradas furtivas hacia la taberna. Su andar arrancaba ineludiblemente un suspiro profundo del pecho de los cuatro hombres, e Ibrahim *hodja* soltaba un doloroso y nostálgico «*Maşallah!*».[20]

El viernes era el día de las judías, que debían recibir limpias y frescas, y más que eso, la sagrada noche del sabbat, la del viernes al sábado. Van saliendo, pues, las judías en grupos, arreboladas y echando vapor como un panecillo recién tostado, y alguien desde la taberna suelta algo enardecido, y no del todo decoroso, en español o en turco, y otro chasquea la lengua. Las judías fingen no hacerles caso, pero se oyen risitas ahogadas y todo hace pensar que este piropeo les resulta agradable. Porque su raza está hecha así, ajena a cualquier ascetismo y a toda pudicia.

---

20. «¡Bravo!», en turco. *(N. del T.)*

Guiados por el afán de ser en extremo fieles a la verdad, debemos añadir que, bajo un pretexto u otro, el Borrachón siempre se las arreglaba para no asistir a esta inspección a las huestes judías. La causa exacta se desconoce, pero la hipótesis —propagada con regodeo por los tres pastores espirituales que se decían sus fieles compañeros— de que temía encontrarse cara a cara con su propia mujer, mi abuela Mazal, parecía bastante verosímil.

El sábado les tocaba el turno a las cristianas porque, como es sabido, el séptimo día, el domingo, es su día de descanso. Nosotros, los chavales, recién salidos de clase, nos entreteníamos en la plazuela para echar el ojo a las mujeres que salían de los baños.

—¡Caray, qué tetas! —formuló una vez el experto Mitko, el hijo de nuestro profesor Stóichev.

Mitko pasaba por ser el más competente de mis compañeros de clase en tan especial asignatura, pero se tragó asustado sus palabras porque, para su mala suerte, justo en ese instante apareció su padre detrás de él.

El maestro era muy flaco, con grandes ojos brillantes como los de alguien que ha estado enfermo de tuberculosis, y un pelo lacio y rebelde que a menudo se echaba hacia atrás para despejarse la frente. Su apariencia recordaba a un hereje medieval o bien a un anarquista exaltado. Esta segunda impresión no distaba mucho de la verdad, pues corrían rumores de que, siendo joven, había estado en la cárcel por urdir planes para lanzar una bomba contra el zar, cuando éste pasara por Plóvdiv camino de su residencia campestre. Se salvó de la pena capital por ser menor de edad en el momento de los hechos y porque, además, la bomba en cuestión, de fabricación artesanal y hecha con una lata de conserva, habría servido como mucho para ahuyentar a los gorriones del barrio.

Nosotros le saludamos a coro:
—¡Buenas tardes, señor Stóichev!

La guerra había terminado, la gente todavía estaba orgullosa de las hazañas del ejército búlgaro en las batallas contra los nazis en Yugoslavia y Hungría y teníamos un nuevo régimen político, pero a algunos aún les costaba acostumbrarse a los cambios revolucionarios que se habían producido en el ceremonial civil. Stóichev nos corrigió con templanza, apartándose de la frente su mechón rebelde.

—¡Camarada Stóichev! No señor, sino camarada... —Luego le espetó a su hijo en tono severo—: ¡Y tú, a casa enseguida!

Mitko hizo una mueca, un intento tan inútil como evidente de salir bien parado de la situación, como si todo fuera en broma, pero se marchó afligido.

El profesor saludó cortésmente con la cabeza a los tres religiosos sentados bajo la parra y ellos le respondieron con igual amabilidad y respeto:

—*Ho geldin*, maestro.
—*Ho bulduk*...[21]

En ese momento fueron saliendo de los baños las cristianas con sus bolsas en la mano y el cabello mojado, las más jóvenes con sombreros blancos de ala ancha y algunas incluso con parasoles multicolores para protegerse del tórrido sol de Plóvdiv.

Yo agité el brazo con gesto alegre tratando de llamar la atención de mi amiga Araxi, porque la divisé al lado de su madre, madame Marie Vartanian, pero ellas no me vieron. La señora Vartanian se detuvo, saludó con la cabeza al profesor Stóichev y éste le respondió de igual manera, aunque

---

21. «Bienvenido» y «buenos días», en turco. *(N. del T.)*

su saludo resultó poco menos que invisible. Me pareció que su pálido rostro de predicador exaltado se ruborizaba; él, turbado, se apartó de la frente el mechón rebelde.

La bella armenia detuvo su mirada en el maestro una fracción de segundo más de lo normal; una pequeña e imperceptible pero importante fracción de segundo. Luego cogió a Araxi de la mano y las dos se dirigieron hacia el coche de caballos que las esperaba y del que se apeó el señor Vartanian, en traje blanco de *shantung* y con panamá de ala ancha. Éste tendió la mano a su mujer para ayudarla a subir al coche y la señora Vartanian puso un pie en el estribo, pero antes de alzarse se volvió y lanzó otra mirada hacia el maestro.

Los dos caballos de pesadas grupas, que desprendían una gran altanería, arrancaron chispas al empedrado con sus herrados cascos, y el coche pasó a mi lado sin que las personas que iban en él notaran mi presencia allí. Sentí una punzada en la boca del estómago y un escalofrío recorrió mi vientre y mi pecho, como si mi corazón hubiera dejado de latir por un instante. Entonces aún no sabía que ese sentimiento extraño y desagradable eran los celos.

Esto ocurría en la época de Matusalén, cuando las mujeres del barrio Cementerio del Medio iban una vez a la semana a los viejos baños turcos, con sus orificios en las bóvedas redondos como ojo de pez, a través de los cuales la luz penetra humeante y giratoria.

A los hombres les tocaba ir a los baños el domingo. Eran unas placenteras mañanas dominicales, en que mi abuelo me llevaba consigo y contrataba para ambos los servicios de un masajista —un tártaro enorme, gordo como un eunuco— al que daba una generosa propina, como si no fuera el hojalatero del taller junto al puente de madera, sino el propietario de un caravasar de cien camellos.

Después del baño, los dos nos quedábamos tumbados en el fresco recinto destinado al reposo, masajeados por el tártaro hasta decir basta, relajados hasta la beatitud y envueltos en sábanas, bajo los ojos de vidrio de *hammam*, perdidos en la contemplación soñolienta de los infinitos espacios azules de Alá. Yo roía un *rahat-lokum*[22] con palo y el Borrachón me contaba sus tremebundas aventuras, vividas durante una campaña en que sus soldados atravesaron los Alpes a lomos de elefantes y en que su primer teniente y mano derecha fue un tal Aníbal.

---

22. Dulce turco de origen árabe muy difundido en toda la península Balcánica. *(N. del T.)*

14

Johann Sebastian Bach, Tocata y fuga

El Conservatorio está en el barrio de las Tres Colinas: tres gigantescas olas de granito que se entrelazan suavemente una con otra y que son resultado de un prehistórico tsunami tectónico. Sobre ellas se edificó la parte más vieja de la ciudad, razón por la que los romanos la bautizaron como Trimontium.

Me encuentro al borde del Anfiteatro Antiguo, al pie de la escuela: una enorme fosa de mármol ceñida por arcos de asientos desgastados por los siglos. Dicen que hace tiempo los arqueólogos descubrieron una inscripción lapidaria, casi ilegible, que dejaba constancia de que en este lugar, en el siglo III, se representó por última vez la tragedia *Medea*. Se desconoce por qué, pero fue la última función. Qué lástima. Siempre infunde lástima que un teatro se vea obligado a dar por terminadas sus funciones. O un circo. O que un actor hambriento deba abandonar los escenarios para vender palomitas de maíz. ¡De veras es una lástima! Tal vez la compañía fue declarada insolvente o bien los ancianos de la polis desearon ver algo más alegre. O bien desde el noroeste, desde los brumosos bosques y pantanos, se acercaban ya los invasores de las tribus bárbaras de los eslavos, a quienes importaba un comino la tragedia de

Medea de Cólquida, que por celos dio muerte a su rival y a sus dos hijos.

Seguramente nunca conoceremos la verdad. Pero en todo caso los actores son una especie obstinada y vanidosa: antes de dedicarse al comercio de las antiguas palomitas, dejaron una inscripción en piedra para que se supiera y recordara que estuvieron allí presentes. Y que actuaron. No representando cualquier cosa, sino *Medea*.

Allí abajo, silencioso e incesante, el torrente de automóviles se hunde en el túnel horadado en las rocas bajo el anfiteatro, y al sur, entre los vestigios de una columnata helénica, azulean los vigorosos macizos montañosos de los Ródopes. Ahí está la Torre del Reloj, edificada en los viejos tiempos otomanos y encaramada en la colina de granito, que aún hoy lleva su nombre turco de *Sahat-tepé*,[23] ahora con los repetidores de televisión pegados en su cumbre como un parche feo e insolente. Ahí está el edificio rojo del teatro incrustado en las empinadas rocas bajo la torre. Detrás de él se divisa el mar cambiante de las casas, campanarios de iglesias y tejados, y la cima de la siguiente colina, con el enorme soldado soviético de piedra montando erguido su guardia perpetua. Todo ello concede a esta ciudad, vetusta y portentosa, extraordinaria y probablemente única en su género, un aspecto casi irreal, poco menos que de decorado teatral.

Desde la escuela se oyen estudios musicales interpretados al violín o al piano, que se entrelazan y que de vez en cuando son dominados por los trinos repetitivos y juguetones de una flauta.

---

23. «Colina de las Horas», en turco. *(N. del T.)*

Abro con cuidado la puerta de la sala y al fondo descubro a Araxi, inclinada sobre un Petroff negro y lustroso. Sigue con atención los dedos de la alumna, le hace repetir el pasaje y luego lo toca ella misma a una mano, con la agilidad y experiencia de un maestro de pintura que emborrona ante los ojos de su discípulo un bosquejo del cuadro deseado.

Ella me dirige una mirada distraída y algo después se sobresalta, al caer en la cuenta de quién es el hombre de gafas con montura de pasta y gabardina al brazo que se ha apoyado en la pared.

—Bien, Nadia. Muy bien... Puedes irte, pero tienes que tocar también en casa. Quiero que seas capaz de interpretarlo incluso dormida, ¿de acuerdo? Y mañana nos vemos otra vez a las cinco.

La alumna recoge sus partituras, asiente con la cabeza y, antes de salir, me echa un vistazo lleno de curiosidad. Araxi me tiende la mano en silencio, con una expresión que no refleja ni alegría ni disgusto. Parece como si estuviéramos cumpliendo un acto banal, familiar, un acostumbrado rito diario que se repite desde hace cien años.

—Creía que ibas a venir más tarde. ¿Vamos?
—Como tú digas.

Estamos bajando los peldaños del teatro antiguo, bastante altos y casi impracticables, como tallados para un titán, y yo tengo que ayudarla mientras los salva uno por uno. Otra vez tiene la mano fría, incluso sin el Campari con hielo de ayer.

Nos sentamos sobre el mármol pulido, carcomido por el tiempo, y guardamos silencio.

Abajo, en el escenario, el mismo donde hace diecisiete siglos Medea desgarraba su túnica en un acceso de impotente rabia, unos tramoyistas están montando ahora los decorados de *Aída*. Sus golpes de azuela llegan hasta aquí con cierto retraso, sordos y lejanos, y el torrente de automóviles se zambulle silencioso en el túnel que hay debajo de nosotros... todos los sonidos nos alcanzan como absorbidos por un algodón.

Noto a Araxi extraña y distante, como si entre hoy y la tarde de ayer, cuando estábamos sentados a la sombra de la gran mezquita, hubiera ocurrido algo que cambió la posición de las estrellas. Y, en verdad, quizá deberíamos haber dejado todo esto en el taller del anciano griego. Como sucede tan a menudo en la vida, dos viejos amigos de la escuela se reencuentran, intercambian algunos recuerdos entrañables, se toman un trago juntos y eso es todo, hasta el próximo milenio.

Por fin Araxi se decide a hablar la primera.

—¿Has ido por lo menos a ver vuestra casa?

—Aún no. Pero mi abuela y el Borrachón no me perdonarían semejante descuido. Porque tengo entendido que sus días están contados y pronto sólo quedará de ella una parcela A, guión 4. Van a construir un hotel en su lugar. ¿Te imaginas? ¡Un hotel de cinco estrellas en nuestro barrio!

—¡Oh, qué orgullo! No te he preguntado hasta cuándo te vas a quedar en la ciudad.

—Me lo preguntaste. Te dije que hasta mañana, martes. Ahora ya no lo sé, depende.

—¿De qué?

—De quién. De ti.

—¿No estarás ligando conmigo, verdad?

—Tonterías. Pero esta mañana me he presentado en la oficina de reservas para confirmar mi vuelo de vuelta. He estado mirando un rato a través del escaparate y he desistido.

—No deberías haberlo hecho. El primer impulso es siempre el más acertado.

—Mi primer impulso ha sido subir aquí, a las alturas. He pensado: ¿y si nuestro encuentro no es fruto de la casualidad, sino la voluntad del destino? ¿O digamos más bien su secreto, su objetivo predeterminado? ¿Se nos perdonará que hagamos caso omiso y nos digamos adiós sin más, en una esquina en plena calle?

—¿Qué importancia tiene, sabiendo que eso ya ocurrió hace mucho? Hay cosas que suceden sin nuestra intervención, mi querido Berto, lo queramos o no. ¿Cómo se le llama a eso...? ¿Destino, karma, providencia divina? Da igual. Nos hemos reencontrado, como tú mismo has dicho, «en una esquina en plena calle», todo esto es maravilloso, ¿pero sabes qué es lo que temo ahora? Que no sepamos rebobinar la cinta y parezcamos unos decrépitos actores jubilados recordando enternecidos cómo actuaron antaño en *Tristán e Isolda*. Porque, además de los gratos recuerdos de funciones de despedida de los escenarios, celebradas con champán y todo, hay cosas que ocurrieron entre bastidores y que es mejor dejar en paz.

—¿Por ejemplo? —Ella no contesta a mi pregunta. Pregunto con cautela—: ¿Ha ocurrido algo... entre bastidores... de ayer a hoy? ¿Algo con tu marido?

—No. Con mi marido no. Ocurrió mucho antes. Pero prefiero que no toquemos recuerdos prohibidos.

—Ya. ¿Y cuáles son esos recuerdos prohibidos?

—Los que nos amargan la vida. La vida real que vivimos hoy. Antes de que, a su vez, se haya convertido en recuerdo. Porque entre las hojas del pasado no sólo hay violetas desecadas, sino también cardos. Odio y cuentas sin saldar. Y preguntas sin respuesta. Ahora, después de la caída del comunismo, se ha puesto de moda hacernos los mártires y regodearnos en el odio. Sobre todo ante los extranjeros. La gente hurga obsesivamente en los recuerdos, buscando con qué alimentar ese odio. Algunos incluso odian sin tener dónde hurgar y sin poder encontrar nada hurgando. Pero dejemos el pasado en paz; lo que tenía que pasar, pasó. Lo que fue, fue. La parte más bonita de la historia queda detrás de nosotros, cuando yo me transformaba en mujer y tú, todavía un tonto de remate, devorabas a mi madre con los ojos. Pero en fin, dejémoslo.

Me pierdo en mis pensamientos y aparto un rizo que le cae sobre el rostro. Entre sus cabellos de reflejos cobrizos se esconde un traicionero mechón grisáceo.

—Mi querida Isolda... ¿No me vas a contar lo que ocurrió? ¿O se trata de un acceso tardío de celos de tu propia madre?

Ella saca de su bolsito un paquete de cigarrillos baratos, me ofrece uno con un gesto mecánico y yo lo rechazo silenciosamente. Enciende el suyo, dispersa el humo con el dorso de la mano y mirando a lo lejos, hacia los azules Ródopes, dice, impasible:

—No has entendido nada, mi querido Tristán: no siento celos de nadie. Ni de ella, ni de ti. Además, hace mucho que ella ya no está, mientras que tú estás aquí. Aunque sea por muy poco. Fui yo quien te buscó, y no tú a mí, ¿verdad? ¡Y para serte franca, me alegro de que nos hayamos visto! Pero todo relato tiene su intriga. La nuestra no está en el encuentro de ahora, sino en nuestra separación de entonces...

Yo me daba cuenta de que ella temía algún recuerdo concreto, capaz de despertar a aquellos monstruos vagos y borrosos que duermen en cada uno de nosotros y se adueñan de nuestros sueños y pasiones. Estuve hojeando en mi alma el diario no escrito de aquellos días y no descubrí nada, nada que pudiera habernos separado. Bastante más tarde lo comprendí: habíamos estudiado en la misma escuela y caminado por la misma ciudad y bajo el mismo cielo, pero habíamos estado viviendo en mundos diferentes. Y yo había conocido el suyo muy poco.

Ella dijo:

—Entre ahora y entonces median años luz. Espacios cósmicos insuperables. No tratemos de franquearlos.

—Teóricamente no hay espacios insuperables.

—Sí, pero sólo teóricamente. O en las películas de ciencia ficción. Como *La guerra de las galaxias*.

—Sí, sí, la guerra. Creo que eso me dice algo. Pero me he olvidado un poco del argumento, ¿quieres refrescarme la memoria? ¿Qué pasó cuando emigrasteis a Francia? ¿Me lo puedes explicar?

—No.

—¿Por qué?

—Porque no.

15

El sonido de un piano nos envolvía, tierno y suave. Ya no había clases y Araxi y yo, con los dedos manchados de tinta, estábamos sentados en la cocina de su casa y comíamos rebanadas de pan untadas con mermelada. Esto ocurría en lo alto de las Tres Colinas, en el barrio armenio. A través de la puerta abierta se veía una parte del salón de esa antigua casa, con su techo de madera tallada y altas ventanas a la francesa. En nuestro barrio no había casas como ésa, hogares de ricos con escalinatas de piedra y verandas acristaladas, y si por la mañana Araxi debía recorrer un largo camino, por la calle empinada que bajaba primero hasta la gran mezquita y luego volvía a subir hasta nuestra escuela, era porque su madre enseñaba allí lengua francesa.

En ese momento madame Marie Vartanian, que para mí era la mujer más encantadora del mundo, estaba tocando el piano, y yo la veía desde ahí, desde la cocina, como en el marco de un cuadro. No sería hasta mucho más tarde que el pequeño y pecoso judío con gafas, el nieto del hojalatero Abraham el Borrachón del barrio del Cementerio del Medio, sabría que aquello que escuchó aquella tarde, que lo llenó de una ternura desconocida y se le grabó en el alma como si fuese un molde, era la *Tocata y fuga* de Johann Sebastian Bach.

La señora Vartanian tocaba bajo, para sí, y de vez en cuando nos dedicaba una mirada ausente, sin vernos, ensimismada en sus pensamientos.

Nosotros, como colegiales y perfectos granujas, lanzábamos las campanas al vuelo cada vez que un profesor se ausentaba, aunque fuese por causa de enfermedad u otras circunstancias penosas para el maestro. Pero esta vez recibimos sin el acostumbrado alborozo las palabras de nuestro tutor, Stóichev, cuando a mediados del curso escolar —era marzo y las vacaciones estaban todavía lejos— nos anunció con una voz sorda y algo atribulado que las clases de francés quedaban temporalmente interrumpidas. Araxi y yo estábamos sentados en el mismo banco y guardábamos religiosamente el secreto de nuestra «boda» en la iglesia de Santa Marina, el otoño del año anterior. La cogí del codo con una pregunta muda, pero ella lo apartó enfadada y susurró: «Está enferma».

Algo me sugería que no era verdad, que la radiante madame Vartanian no estaba enferma y que su repentina dimisión era un enigma que no nos era permitido descifrar.

Ahora yo me encontraba en su casa, en su cocina; desde el salón llegaba el sonido del piano y madame Vartanian nos lanzaba miradas preocupadas y ausentes.

Afuera sonó el timbre. Ella esperaba esa visita y enseguida apartó los dedos de las teclas, como si éstas se hubieran vuelto incandescentes. El padre de Araxi, el señor Jacques Vartanian, acudió a toda prisa desde el cuarto contiguo y, nervioso, dijo algo en francés. Su mujer se levantó un tanto rígida, se acercó a nosotros, nos dirigió una sonrisa vaga, como si se estuviera disculpando, y cerró con cuidado la puerta de la cocina.

A través de ésta, percibimos una conversación entre hombres; una voz desconocida y estentórea hablaba en armenio. Alguien soltó una carcajada, pero se calló enseguida. Luego se oyó el ruido de algo pesado y voluminoso arrastrado por el suelo.

Asustado, miré a Araxi con expresión interrogante. Ella hurgaba con el dedo en el tarro de mermelada, absorta, como si lo que ocurría en el salón la tuviera sin cuidado. O tal vez sabía demasiado bien lo que ocurría allí. Se relamió el dedo y preguntó en tono indolente:

—¿Son buena gente los comunistas?

—Claro que sí. El camarada Stóichev es comunista. Mi padre y mi madre fueron comunistas. Por eso los mataron. ¿Por qué lo preguntas?

—Porque sí.

Lanzó una mirada involuntaria hacia la puerta cerrada y no dijo nada más: a esa edad, las chicas ya saben lo que no se debe hablar ante extraños.

El ruido al otro lado se apagó; se oyó un portazo y poco después entró la señora Vartanian con los ojos enrojecidos por el llanto.

Araxi preguntó a su madre en francés:

—¿Qué ha pasado, mamá?

—Nada, nada...

Comprendí que estaba de más y me levanté.

—Tengo que irme. Gracias por la merienda, señora Vartanian.

Ella me acarició la cabeza y dijo en tono grave:

—No dejes de venir.

Salí al salón y enseguida reparé en que en la pared, allí donde minutos antes se apoyaba el piano, ahora había una mancha oscura. Con ésta ya eran tres. En las otras dos me había fijado, sin decir palabra, nada más llegar: una detrás del aparador que faltaba; la otra, en el suelo de madera, en el lugar donde estuvo una pesada alfombra persa desaparecida quién sabe cuándo.

El padre, Jacques Vartanian, estaba contando un fajo de billetes de banco sobre el anticuado y alto velador.

—Hasta la vista, señor Vartanian —dije.

El padre me miró distraído y movió la cabeza en señal de saludo, sin dejar de contar.

Mi amiga Araxi estaba apoyada contra el marco de la puerta de la cocina, con los brazos a la espalda. Lo último que vi antes de que la puerta exterior se cerrara detrás de mí fueron los ojos enrojecidos de la amable madame Vartanian, que se esforzaba por sonreírme.

SEGUNDA PARTE
La expulsión del Paraíso. O cómo Manush Alíev, el alma de las tabernas de Plóvdiv, aprende a conocer a su patria para amarla mejor.

16

—Mi padre fue un hombre bueno pero débil —dice Araxi—. Seguro que te acuerdas de los almacenes de tabaco Vartanian & Cía., en la avenida de los plátanos. Una gran familia armenia, rica y con muchas ramas. Mi padre no era más que una sombra de ese árbol y cuando llegó la nacionalización y cortaron el árbol, ¿qué quedaba para la sombra? Él no estaba preparado ni para ser rico ni para ser pobre. Entonces, todo cayó sobre los hombros de mi madre y ella asumió su cruz con resignación, como un destino del que nadie puede escapar.

Caminamos sin prisa en dirección al río, bordeando el parque central, el de los peces brasileños de mi abuelo, ahora presidido por un salón de bodas o algo por el estilo, no sé exactamente qué. En este lugar había antaño una cervecería popular a la que llamaban El Casino, un nombre algo pretencioso para este barrio. Hoy me parece que en aquel merendero, con sus verdes sillas de jardín plegables y con las mesas de tablas sin manteles sobre pies de hierro cruzados, con su cerveza un tanto agria y las coplas alegres y picantes del judío rumano Gyp, había algo más natural y más necesario para la gente que en este pomposo «salón de bodas», fruto de los nuevos tiempos, obsesionados por el deseo de aparentar.

Antiguamente, ante la entrada del Casino, mi tío, hermano de mi madre, vendía huevos que cocía en una tinaja: imperaba la regla de los pobres según la cual los clientes, en su mayoría pequeños artesanos y comerciantes con sus familias, podían traer también comida propia. Esto reportaba ciertos ingresos también a mi otro tío, el hermano de mi padre, que murió hace mucho. Se llamaba Judas; no el de las treinta monedas de plata, sino un hombre honrado y sencillo y bastante pobre. En el pasado lo habían procesado por participar en no sé qué conspiración comunista, porque había confeccionado falsos sellos de goma de comisarías de la policía para que los usaran militantes de la resistencia que estaban en la clandestinidad. El tío Judas, ya como preso, también había tomado parte en la estrafalaria excavación de un túnel para evadirse de la cárcel, misión que terminó en fracaso para los fugitivos, inexpertos en semejantes operaciones subterráneas y que, en vez de salir a la libertad, amanecieron en el calabozo.

Estamos caminando hacia esa parte antigua de Ortà Mezàr, cerca del mercado de los jueves, donde él vivía con su numerosa prole, a la que alimentaba con la venta de huevos cocidos, o bien con el grabado de sellos —oficio que, por cierto, ya le estaba prohibido por las autoridades—, y no pocas veces con lo que se terciara.

Aquí estaba el sector del barrio que los periodistas y políticos municipales llamaban, no sin cierta coquetería social, «la calle judía». La llamaban así por costumbre, o cuando tenían que hacer alarde de tolerancia étnica, o de una nueva forma de pensamiento social; aunque no era una sola calle, sino toda una telaraña de callejuelas polvorientas, callejones y plazoletas irregulares surgidas inopinadamente entre ellas. Después de esta descripción, uno podría quedarse con la impresión de que los judíos de antaño, los de la época de Matusalén o digamos, para mayor claridad, de antes de las grandes migraciones, de las que hablaremos más tarde, vivían en su propia parte del barrio, bien delimitada. Algo así como un gueto o, por ejemplo, la judería[24] toledana, rodeada de altas murallas y defendida por su propia guardia, que mis congéneres se vieron obligados a abandonar hace cinco siglos.

En efecto, en los tiempos de las estrellas amarillas y las persecuciones, los judíos no tenían derecho a abandonar esa zona, consumidos por alarmantes rumores y extenuantes temores nocturnos a una inminente deportación a Polonia. Por entonces, el barrio saboreó las mieles de la compasión humana en la misma medida en que sufrió el aguijón de aquel odio y aquel goce por el mal ajeno, infundados e inexplicables pero fácilmente inflamables, que esperan su hora agazapados en los rincones más oscuros de la sociedad.

Aquello no duró mucho, porque después de la guerra las relaciones de buena vecindad pronto retomaron su curso secular y en el barrio no quedó nada que se pareciera ni remotamente a un gueto. Desde luego, la mayor parte de las conversaciones, voces y exclamaciones, juramentos y canciones que el transeúnte aún podía oír por esas callejuelas era en aquel extraño español del que ya hemos hablado. Pero en el barrio no faltaban, en absoluto, familias turcas y búlgaras, y cada una hablaba más o menos la lengua de sus vecinos: los bulgaritos intercambiaban palabrotas en turco, y cada viernes por la tarde Izmet, el zapatero turco del barrio, saludaba respetuosamente a mi abuela con un «*Shabbat*

---

24. En español en el original. *(N. del T.)*

shalom», mientras que los judíos, cuando nacía o moría alguien en alguna familia mahometana vecina, enviaban una bandeja de empanadillas de queso que, a modo de denominación de origen, llevaban un nombre turco al que se enganchaba una terminación española: *burecas*.[25]

Sí, había quedado así —o casi—, en nuestros recuerdos y en las fotos del señor Papadopoulos, aquella parte del barrio poblada por unas existencias bienintencionadas y modestas, por no decir pobres, por artesanos y pequeños comerciantes mayormente sefardíes, y por ello denominada «la calle judía».

Ahora, Araxi y yo estamos caminando por esta «calle judía», y todo ha cambiado. El barrio está congestionado por bloques prefabricados de muchos pisos, uniformes, impersonales y grises, se supone que nuevos, pero ya con la pintura desconchada y con signos evidentes de abandono. Entre esas moles de cemento aparecen, apretujados y marginados, la pequeña sinagoga y el *Beit ha-midrash*, tan descuidado y antaño tan bullicioso, por el que mi abuelo trepaba con un soplete y una barra de estaño en la mano. Únicamente la ropa tendida en los balcones y las parras que han trepado hasta los pisos altos, recuerdo de las que había antes en los patiecitos sombreados, confieren cierto color y un toque meridional a esta monótona ola de hormigón que ha anegado el barrio.

Y en ninguna parte se pueden oír ya conversaciones en judeoespañol, ni una voz temblorosa y anciana tarareando en español la copla de las sirvienticas de Sierra Morena que languidecían de amor por el gitano[26] de piel morena Antonio Vargas Heredia.

---

25. Del turco *börek*, que significa empanada, pastel. *(N. del T.)*
26. En español en el original. *(N. del T.)*

Araxi se detiene y señala con la cabeza algo delante de ella, en dirección a una pendiente que desciende suavemente hacia el Maritsa, allí donde antaño las casuchas se espaciaban cada vez más para dejar sitio a los melonares a lo largo del río. Ahora ofrece un triste espectáculo: el de una tierra carcomida por las excavadoras, que en otros tiempos sacaron de aquí arena y grava y dejaron tras de sí montículos cubiertos de maleza y espinas, con charcos de agua estancada entre ellos.

Detrás de los desechos humeantes se apretujan contra el río unas casas pequeñas que casi se caen de destartaladas, algunas de ellas remendadas y apuntaladas recientemente y, por lo que se ve, superpobladas de indigentes gitanos que se han instalado sin pedir permiso a las autoridades. Ahora entiendo por qué ese remiendo cosido en el barrio por la miseria y la adversidad ha sobrevivido bajo la presión de los modernos tiempos de hormigón: el otro día, en el monasterio, aquel abogado con el chófer guardaespaldas ya me lo aclaró bastante. Es evidente que en este terreno, una vez que barran de él a los sin hogar que ocupan el espacio desalojado por los judíos, se construirá un hotel. Cinco estrellas, dijo el abogado Karalámbov. ¡Toda una constelación! Al mirar este triste paisaje y todo lo que lo rodea, me entran grandes dudas en cuanto al número de estrellas y el verdadero propósito de la empresa, pero esto carece de importancia. A la mítica inmobiliaria Mercurio el terreno le hace falta para algo, y ese algo, si no he entendido mal, se encuentra justo delante del... de mi abuelo... etcétera.

—Ve tú, yo te espero aquí —dice ella.
—¿Por qué? ¿Te desagradan los gitanos?
—No —me responde en tono tajante—. Me da vergüenza. Ve solo.

La zona ha cambiado mucho y el tiempo no ha dejado en ella aquellos signos perdurables que señalan el camino y por los que uno se puede orientar, aunque sea un siglo después, en los escenarios de su infancia: una fuente de piedra, el horno de la esquina, la mezquita y la iglesia ortodoxa o el taller de fundición, abandonado hace mucho, con los vidrios rotos y las tejas robadas: lugares todos ellos alojados sólidamente en mi memoria. De todos modos encuentro lo que fue, como quien dice, mi casa natal, porque aquí, entre estos patios y callejuelas polvorientas, crecí tras la desaparición de mis padres.

Aunque pequeña, de una sola planta a ras de suelo, nuestra casa era blanca y limpia, con cortinitas en las ventanas, una verja en el jardín y hasta limpiabarros para los zapatos sucios ante los tres escalones de entrada. El mérito de todo ello —reconozcámoslo— le correspondía al Borrachón, que, al margen de su afición a las tabernas, seguía la tradición judía de desvelarse con incesante solicitud y respeto por el hogar y la familia. Ahora la casa me parece asombrosamente pequeña; el techo se inclina por un lado, cubierto de chapas herrumbrosas, y casi toca el suelo.

El único signo que ha sobrevivido al paso del tiempo y que tal vez se remonte a la infancia de mis abuelos es la *mezuzá* clavada en el dintel: un pequeño cilindro ritual, obligatorio en aquellos tiempos para todo hogar judío, con una cita de la Torá en hebreo en su interior. Ahora la *mezuzá* está cubierta por gruesas capas de sucia pintura de color marrón y ya no puede cumplir con su antigua misión de bendecir a quien franquee este umbral.

Los geranios blancos y rojos que florecen en latas de conserva oxidadas y alineadas a lo largo de los escalones hundidos son testimonio de la insaciable nostalgia humana por una flor, por algo fresco y hermoso que sustituya los arriates de los jardines de nuestra infancia, hoy ausentes.

Desde mi aparición en el pequeño patio fangoso y descuidado, entre la mísera ropa tendida, los montones de objetos inútiles y la carcasa de un automóvil oxidado y destripado sin ruedas ni entrañas, de la casa mana —literalmente— una legión de niños seguida de mujeres, ancianas y viejos que, asustados y curiosos a la vez, me lanzan miradas silenciosas e interrogantes.

Es curioso cómo han podido caber tantos seres humanos en tan diminuto espacio, del que guardo en mi memoria un recuerdo nítido. Los niños, descalzos y sucios, son de una belleza increíble con sus grandes ojos llenos de confianza. No hay hombres jóvenes a la vista; seguramente están librando en alguna parte su triste batalla por el pan, de desenlace incierto. Y por lo que sé del destino fatal de los gitanos, muchos de ellos estarán entre rejas.

—Buenas tardes —digo.

No recibo respuesta. Todos me miran boquiabiertos, con perplejidad y hostilidad, y tengo la sensación de que sospechan que el forastero se trae algo entre manos y que ese algo huele a quemado.

Un anciano de piel muy oscura, casi azul de tan negra, con una cara arrugada como un trozo de papel de estraza estrujado, se acerca y me mira de través con sus ojos enrojecidos y empañados.

Pregunta en voz baja, pero con cara de pocos amigos:

—Tú eres del ayuntamiento, ¿eh?

—No —digo—. No soy del ayuntamiento.

Por lo visto, esta aseveración tranquiliza al viejo.

—Porque dijeron que el dueño estaba en el extranjero y que mientras no llegara, podíamos vivir aquí. Nos lo permitieron, papito...

Sin duda, el viejo miente, es difícil que nadie les haya dado semejante autorización. Pero él continúa con una voz servil y zalamera.

—...Y cuando llegue el dueño, nos vamos. Es la ley. Porque todo esto de aquí lo van a echar abajo. Eso dijeron. Pero adónde nos vamos a ir, esto no lo dijeron. ¿No serás tú, padrecito, ese dueño que vive en el país judío?

—Sí, soy yo —contesto.

¡Dios mío, este gitano debe de andar por los mil años de edad, pero me llama con humillante adulación «padrecito»! Miro desconcertado e impotente a mi alrededor: Araxi está todavía allí, en la elevación donde me ha abandonado tan cobardemente.

Una gitana se pone a gimotear con falsedad, me agarra la mano e intenta besarla. Es una señal para que todos los niños se echen a llorar, lo cual deberá ablandar el corazón del dueño.

Retiro la mano con cierta brusquedad, incómodo y a la vez asqueado por la autohumillación, por ese «padrecito» hipócritamente cariñoso, por ese paripé, por esa astucia mezquina y transparente de la mujer que finge gemir, por la miseria no sólo física, sino también espiritual a la que ha sido reducida esta gente.

«Me da vergüenza», había dicho Araxi.

Vuelvo a mirar confuso hacia allá arriba, como si ella me pudiera ayudar de algún modo. Entonces observo cómo, detrás de las casuchas y los desechos humeantes, arranca a toda velocidad un coche de lujo. Me ha parecido que era el Mercedes plateado del abogado Karalámbov. ¿Acaso nos están espiando esos constructores de hoteles de cinco estrellas?

17

Era San Jorge, la fiesta de los gitanos, despreocupada, alborotada y alegre como de costumbre. Por todo el barrio se oía desde lejos el retumbar grave de un bombo y un tintineo de panderetas, mientras el músico Manush Alíev, alma de las tabernas de Plóvdiv, le daba al clarinete, dirigiendo inspirado hacia el cielo sus inimitables interpretaciones musicales.

Las casuchas blancas y destartaladas descendían hasta los álamos de la ribera y más allá, a lo largo del propio río, donde una multitud de gitanos había montado sus andrajosas tiendas de campaña. Bajo la penumbra de los mimbres pastaban caballos desenganchados, y a su lado correteaban, persiguiéndose, gitanillos desnudos. Las eternas fogatas nómadas extendían sobre las aguas grasientas y perezosas del Maritsa el humo azulado de los trapos y la paja mojada que se consumían. Alrededor de largas mesas, hechas de tablones sin pulir y clavados de cualquier manera, se sentaban ancianos de ambos sexos bebiendo *rakía*, un aguardiente turbio, y mondando unos untosos huesos de carnero.

Quien no haya asistido nunca a una fiesta gitana desconoce lo que es gozar de la vida, embriagarse al máximo de alegría y despreocupación y no agobiarse con interrogantes sobre el día de mañana. Ahora, años más tarde, me doy cuenta de que en esa frivolidad hereditaria hay algo que está en armonía con la naturaleza, un código programado durante los milenios pasados en las cavernas, una incuria animal, pero también marcada por una sabiduría inconsciente y espontánea... Es, en fin, una manera de vivir nuestra fugaz existencia.

Cuesta creerlo, pero de todos cuantos hicimos novillos aquel día, ausentándonos de las clases de canto y de dibujo —asignaturas consideradas secundarias, por no decir inútiles—, los que mejor bailábamos el *köçek* éramos Araxi y yo: lo hacíamos incluso mejor que los niños turcos, con más júbilo y exaltación. Llevamos el Oriente en la sangre, puede que entre nuestras tribus haya un parentesco que se remonte a unos orígenes asirios muy lejanos, sin olvidar que nuestra vida en común durante los tiempos de la dominación otomana se mide en siglos. Araxi llevaba un vestidito blanco y acampanado con volantes, calcetines blancos y zapatos de charol: como siempre, parecía de otro mundo, infinitamente ajena a ese abigarrado y pobre gentío gitano. Y yo, tras tirar sobre la hierba mi cartera escolar, chascaba los dedos y trataba de mover el ombligo, como había visto en las bodas turcas y judías de nuestro barrio. Teníamos el pelo todavía mojado y pegado, porque hacía poco habíamos violado la rigurosa prohibición de los adultos y nos habíamos zambullido a nuestras anchas en los profundos y frescos remansos del Maritsa.

A un lado, y no sin aplicar crueles métodos pedagógicos, se esforzaban por enseñar ese complicado arte de la danza a un oso torpe e insumiso y amarrado con una cadena que le pasaba a través de la nariz. Mientras, el señor Kostas Papadopoulos, el gran cronista de aquellos tiempos, había plantado su cámara cerca del río y fotografiaba, a guisa de recuerdo y solaz para su futura vejez, a las jóvenes gitanas ataviadas con vestimentas chillonas, con una rosa prendida en el pelo color azabache y con el pecho reluciente y tintineante por las falsas monedas de oro que lo cubrían. A fin de tener algún detalle de color capaz de reemplazar el mar griego y los cisnes, sobre el muro revocado que servía de telón de fondo a las fotos —porque el señor Papadopoulos era un entendido en estos asuntos— un cartel multicolor de la agencia Balkantourist[27] decía: «¡Conoce tu patria para amarla mejor!».

El primero en callarse de repente fue el clarinete de Manush Alíev; el bombo dio unos golpes vacíos más y se apaciguó. Los últimos en percatarnos fuimos Araxi y yo.

Los gitanos sentados junto a las largas mesas se callaron y fijaron los ojos en el verde altozano.

Arriba acababa de detenerse un *jeep* de la policía, del que salieron a toda prisa y bajaron hacia nosotros el profesor Stóichev, su hijo Mitko y dos milicianos.[28] Un minuto después apareció un coche de caballos, del que se apearon los alarmados señores Vartanian. Araxi y yo intercambiamos unas miradas llenas de malos presagios.

Jadeantes, los recién llegados se detuvieron a nuestro lado y nos estuvieron mirando largo rato en silencio. Por fin, el primero en hablar fue el maestro:

—¿Qué hacéis aquí?

Yo tragué saliva, pero saqué fuerzas de flaqueza para decir:

—Es que los gitanos tienen fiesta, camarada profesor.

---

27. La empresa estatal de turismo de la Bulgaria comunista. *(N. del T.)*
28. Durante el régimen comunista, los policías búlgaros llevaban el nombre de milicianos. *(N. del T.)*

—¿Y por qué no estáis en la escuela?

No encontré un argumento de peso, pero esta vez fue Araxi la que dio la cara y se lanzó con audacia a ayudarme:

—Pues porque es el día de San Jorge y los gitanos tienen fiesta. Nos han invitado.

—Os han invitado, ¿eh? ¡Mira tú qué bien! ¿Y dónde habéis estado antes?

Nosotros callábamos. Él nos pasó una mano por el pelo y mostró a la señora Vartanian su palma mojada.

—¿No te he dicho que te prohibía bañarte en el Maritsa? ¿Te lo he dicho o no? —preguntó severamente la señora Vartanian. Araxi no contestó y su madre continuó—: ¡Dos niños se han ahogado! ¡La ciudad no habla de otra cosa!

Yo no comprendía por qué nos estaban riñendo: a fin de cuentas, los dos niños ahogados no éramos nosotros. Por lo visto, el mismo pensamiento cruzó la mente de Mitko, el hijo del profesor, porque, sin pensárselo dos veces, dijo:

—Además, aquellos dos niños no son de nuestro barrio...
—pero, fulminado por la terrorífica mirada de su padre, se vio obligado a morderse la lengua.

El señor Vartanian, de un carácter dulce y conciliador hasta la impersonalidad, y feliz de que a su hija no le hubiera ocurrido nada malo, le acarició la cabeza y dijo en tono tranquilizador:

—Vámonos a casa, Araxi...

Mi amiga dio una patada en el suelo con provocadora obstinación:

—¡No quiero! ¡Me quedo en la fiesta!

Su madre se le acercó con calma, le pegó una bofetada con la misma tranquilidad y dio media vuelta; se alejó pendiente arriba sin siquiera mirar hacia atrás. Araxi intentó contener las lágrimas por la afrenta recibida delante de todo el mundo, lanzó una mirada a su padre en busca de apoyo y, al ver su propia turbación, se fue detrás de su madre con la cabeza gacha. Jacques Vartanian se quitó el panamá blanco, movió en silencio la cabeza en señal de despedida y con la misma sumisión se marchó tras su familia. Un minuto después, se oyó en lo alto el chasquido de los cascos de los caballos sobre el suelo y el coche desapareció detrás de los álamos.

En medio del silencio que se produjo, el maestro Stóichev preguntó:

—¿Dónde está Sali?

El gitanillo Sali era un compañero nuestro de clase que, en los meses en que no llovía, siempre venía a la escuela descalzo. El niño salió escurriéndose de entre el gentío, donde se había escondido para que no le viera el profesor, y dijo en tono culpable:

—¡Soy yo!

—Sí, ya veo que eres tú. ¿Dónde está tu padre?

Un gitano enorme y barbudo dio un paso adelante y dijo con una voz provocadora y grave, ronca por el tabaco y el aguardiente:

—Yo soy su padre. Me llaman Mümün, el alcalde de los gitanos. ¿Por qué?

—Tenemos que hablar, Mümün.

—Bienvenido a nuestra mesa, maestro. Honra nuestra fiesta con tu presencia y luego hablaremos. ¡Y vosotros, los de la milicia popular, adelante y acomodaos, por favor!

Se sentaron uno frente al otro a la larga mesa de madera y Mümün, sin quitarle ojo al maestro, le tendió el aguardiente. Lo hizo un tanto erizado y expectante, como para ver si le daba asco beber de la botella común. Stóichev tomó dos tragos largos, se secó los labios con el dorso de la mano, luego secó el gollete y se la devolvió. Entonces el alcalde de los gitanos se la tendió a los milicianos, pues la prueba continuaba. Los dos policías se miraron turbados: tenían prohibido beber alcohol estando de servicio. Por otra parte, era incómodo negarse ante tantas miradas silenciosas y tensas. Al fin, los dos transgredieron resueltamente la prohibición y uno tras otro levantaron la botella de aguardiente turbio y alta graduación.

—Gracias —dijo el gitano—. No nos habéis ofendido. Te escucho, maestro.

—¿Por qué tu hijo Sali lleva tres semanas sin venir a la escuela?

—Estamos en verano, maestro. En verano los gitanos no estudian. En verano, los gitanos trabajan. Y ya nos toca.

—Y en invierno se ausenta porque dice que no tiene zapatos.

—Así es —asintió el padre con docilidad—. No hay dinero para zapatos.

—Pero para aguardiente sí lo hay...

Esta vez Mümün no contestó; sólo abrió las palmas de las manos, grandes como palas. ¿Acaso tenía sentido tratar de explicar la impenetrable lógica de la vida gitana?

El profesor Stóichev alzó la voz para que le oyera toda esa gente apiñada que estaba formando un muro.

—¡El proletariado gitano, compañeras y compañeros de la minoría, debe enviar a sus hijos a la escuela! Vosotros también, hermanos y hermanas gitanos, debéis tener vuestros propios intelectuales, vuestros médicos, escritores, ingenieros...

Sus últimas palabras quedaron suspendidas de forma absurda en el silencio general. Un niño de pecho lloriqueó y desde el río relincharon caballos, ladraron perros. Por fin, una gitana vieja dijo con una voz cavernosa, poco menos que masculina:

—¿Y quién va a tejer canastas, jefe? ¿Quién va a clavar

herraduras a los caballos? ¿Quién va a hacer bailar a los osos? ¿Y quién dirá la suerte por las líneas de la mano?

Uno de los milicianos, el sargento, espetó, sombrío:

—¿Quién va a robar gallinas?

La gitana asintió con toda tranquilidad:

—¡Tú lo has dicho, jefe! ¿Quién va a robar gallinas? —Sus palabras fueron ahogadas por una risa general. Ella miró heroicamente a su alrededor antes de proseguir—: Si el prado tiene un solo tipo de hierba, no es bueno, no sirve para hacer buen heno. Tampoco se puede hacer un jardín con un solo tipo de flor. Tiene que haber varias y de todos los colores. Los gitanos somos gitanos y ya está; que sean otros los que se hagan doctores.

El profesor suspiró con aire abatido, incapaz de hacer la menor objeción. Finalmente recurrió a los argumentos legales:

—Escuchad: en la República Popular de Bulgaria la educación es obligatoria. Y el que no envíe a su hijo a la escuela deberá pagar una multa. ¡Y punto!

El alcalde de los gitanos sacó una bolsa de cuero de su ancha faja de herrero, la arrojó con fuerza sobre la mesa y le desató el cordel:

—¿Cuánto quieres, maestro? —El profesor agitó la mano, desesperado. El alcalde Mümün repuso con sorna—: O sea, que por eso has llegado a esta fiesta gitana con policía y todo, ¿eh? ¡Ésta es una gran fiesta para nosotros, compadre: es San Jorge!

—Es por otra cosa, Mümün. Hemos venido por otra cosa. Una cosa que no es nada buena...

Esto lo acababa de decir el sargento, mientras hurgaba en su cartera plana y le tendía a Mümün una hoja doblada en cuatro. El alcalde desdobló la hoja y le dio unas cuantas vueltas entre las manos, pero por lo visto no sabía leer, así que se la pasó al maestro.

Después de echar una mirada rápida al texto, Stóichev levantó perplejo la vista hacia los milicianos y luego hacia Mümün, y yo noté cómo su nuez de Adán saltaba arriba y abajo cuando tragó saliva con desconcierto.

—Lee —dijo el gitano.

Nuestro profesor suspiró, volvió a tragar saliva y empezó a leer. Transmito el texto de forma aproximada, tal como lo retuve en la memoria, pero recuerdo que era algo odioso, al estilo de las más frías y desalmadas resoluciones burocráticas. Decía más o menos así:

> ... En cumplimiento de la resolución del Consejo Regional de Plóvdiv número tal y tal... ordeno que el barrio gitano, construido ilegalmente junto al río, sea evacuado y destruido en el plazo de diez días. Los habitantes de la zona referida, así como también los de los aduares gitanos instalados provisionalmente en la región, deben establecerse en residencia fija en la comarca de Vidin con arreglo a un calendario establecido por el Consejo Popular Comarcal de Vidin. En caso de incumplimiento serán impuestas sanciones de hasta doscientas levas y hasta un año de trabajos forzados.
>
> Vicepresidenta Darakchieva

El alcalde Mümün quedó como petrificado por la noticia. Su mirada, llena de impotencia, recorrió a las personas que lo rodeaban y se detuvo en el enmudecido Kostas Papadopoulos del taller Eternidad, como si el griego pudiera aclararle el caso. Por fin preguntó, con voz grave:

—¿Por qué? ¿Acaso os hemos hecho algo malo? ¿Acaso os hemos ofendido en algo? ¿Por qué, maestro? ¿Qué tiene de ilegal si por ley no tenemos derecho a nada? ¡Ni a una casa, ni a un hogar!

El profesor callaba. En lugar de él, contestó el sargento.

—Es una orden, Mümün. Aquí van a construir grandes bloques de viviendas.

—Sí, sí, van a construir bloques —repitió mecánicamente el gitano—. ¿Y dónde está esa Vidin?

—Lejos, junto al río Danubio —explicó el profesor.

—¿Por qué debemos largarnos al quinto infierno, por qué al lado del Danubio, por qué no nos quedamos aquí, al lado del Maritsa? Nosotros somos de aquí, compadre, somos de Tracia. Aquí es donde hemos nacido, aquí es donde tiraron nuestros ombligos.[29] ¡Hemos bebido de esta agua, la del Maritsa! ¿Por qué ahora nos mandáis al carajo, al lado del Danubio?

El profesor Stóichev seguía callando, pues él no tenía respuesta a la pregunta. Luego levantó la botella y bebió varios tragos largos. Mümün dio un puñetazo a la mesa de tablas, con lo que las botellas de aguardiente y de limonada y las bandejas con grandes trozos de carne de oveja saltaron y tintinearon. Luego gritó algo en gitano, algo imperativo y perentorio.

Entonces Manush Alíev alzó su clarinete y empezó a tocar una triste melodía gitana, llena de duende y desolación. El bombo retumbó, después de él hizo repicar la pandereta, tímida pero cada vez más trepidante.

—¡Me cago en esta puta vida gitana! ¡Arriba, maestro!

Y el profesor se levantó.

Los dos, con los brazos abiertos, comenzaron a bailar uno frente a otro un pesado y lento *maani*. El bombo mar-

---

29. Tradición que consiste en tirar el cordón umbilical del recién nacido a un lugar donde sus padres creen que podrá tener suerte en la vida. Por ejemplo, si lo tiran al mar, el pequeño será navegante, si lo meten entre las hojas de un libro será escritor, etc. Y por extensión, la expresión «aquí nos tiraron el ombligo» significa «aquí nos sentimos a gusto». *(N. del T.)*

caba el ritmo dando golpes pausados y solemnes, el clarinete hacía florituras lastimosas y apasionadas y la cara del profesor, que antaño quiso matar al rey en nombre de un porvenir más justo, expresaba toda la desesperación y toda la pena del mundo.

Unos diez días más tarde yo estaba en lo alto de la ribera, lloraba y no me avergonzaba de ello. Mi abuelo el Borrachón me había apretado con fuerza la mano y callaba, sombrío y ensimismado.

Allí abajo, la caravana de carretas cubiertas de harapientas mantas y repletas de niños y míseros enseres domésticos, seguidas de los potrillos y perros que correteaban tras ellas, ya desaparecía por el polvoriento camino que bordeaba el río.

El primero en acercársenos fue Manush Alíev.

—Adiós, Abraham. ¡Eres un gran tipo, que lo sepas! ¡No te olvidaré nunca!

El Borrachón le tendió la mano y ambos se despidieron como verdaderos hombres, como viejos marineros que han hecho juntos arduas travesías por las largas, larguísimas rutas de los mares de tabernas.

—Bendito seas, Manush. Mucho hemos bebido tú y yo, y mucho hemos cantado. Estemos agradecidos por ello: ¡nos alcanza para dos vidas!

No hacían falta más palabras.

Manush Alíev alzó su clarinete y se fue tocando tras los suyos, hacia espacios nuevos y azules donde, con las velas restallando al viento de la tristeza y la alegría, bogan tabernas desconocidas.

Sali se nos acercó corriendo y dijo entre lágrimas:

—Hasta la vista, camarada profesor...

El maestro lo levantó en vilo y le besó las mejillas húmedas.

—Hasta la vista, Sali. ¡Y vayáis donde vayáis, quiero que estudies!

—Lo haré, camarada profesor.

Sali y yo, frente a frente, nos mirábamos y llorábamos. Y no nos dijimos nada, ni una palabra.

Mümün, el alcalde de los gitanos, llegó montando a caballo y, desde su silla, le tendió su manaza de herrero al profesor.

—¡Dios te guarde, maestro! Y tú perdona, Abraham, si te he ofendido alguna vez.

—¡Que seáis felices allá, Mümün!

Mümün levantó a su hijo con una sola mano y lo puso delante de sí en la silla. Luego tiró de las riendas del caballo y bajó galopando, tras la caravana de carros que iba alejándose.

Meneando pesadamente las ancas, el último en perderse en la verde sombra de los mimbres fue el oso, y detrás de él cerraba la procesión el *jeep* de la milicia, que avanzaba despacio.

Todavía humeaban las fogatas de los gitanos cuando dos *bulldozer* arrancaron con un mugido y se pusieron manos a la obra, aplastando las casuchas como si fueran de cartón. Como un castillo de arena, se desmoronó también el muro encalado en el que colgaba el letrero de la agencia Balkantourist: «¡Conoce tu patria para amarla mejor!».

Y yo, agarrado aún de la mano del Borrachón, seguía llorando en lo alto del verde altozano.

—¿Por qué? —preguntó caprichosamente Araxi, mi amiga y fiel conjurada en nuestros pequeños complots y secretos.

—¡Porque yo lo digo! —contestó con calma su madre, madame Vartanian—. Nosotros tenemos que hablar con el señor... con el camarada Stóichev, y Berto y tú vais a salir a jugar. ¡Y punto!

La orden era terminante, una sentencia inapelable.

Estábamos en el salón semivacío de la familia Vartanian, el de los techos tallados en madera y las altas ventanas a la francesa, pero hacía tiempo que no sonaba en él la *Tocata y fuga* de Bach. Junto a la mesa, cubierta de un mantelito bordado y un poco anticuado, estaba sentado el profesor Stóichev, en una postura incómoda y visiblemente cohibido.

Madame Vartanian cambió de tono y me dijo con afabilidad alentadora:

—Cómete primero el dulce.

Lancé una mirada interrogativa a Araxi; yo era su paje, su servidor, su esclavo, y no hacía nada sin su consentimiento. Y menos en un momento como ése, cuando nuestro tutor se encontraba allí en visita oficial. Araxi hizo un signo afirmativo con la cabeza: me lo permitía.

Engullí a toda prisa el gran higo verde oscuro y lustroso

por el jarabe. Estuve a punto de atragantarme, bebí un poco de agua y, aún con la boca llena, llegué a articular:

—Hasta luego, camarada Vartanian. Hasta luego, camarada Stóichev.

La «camarada» Marie Vartanian me sonrió, pues esa forma de dirigirme a ella resultaba absurda en mi boca. A su vez, nuestro profesor se rió algo forzado y bebió un poco de agua. Volví a reparar en la gran nuez de Adán de su cuello alargado y flaco. A pesar del ambiente tenso, cuyas causas yo no entendía, esa nuez de Adán que se movía con cada trago me pareció cómica, como si hubiera engullido un ratoncito que ahora corría arriba y abajo.

Araxi me tiró del brazo y los dos nos precipitamos como locos escalera abajo. En la veranda, acristalada con triángulos simétricos de diversos colores, a través de los que el sol penetraba en chorros abigarrados, ella se detuvo jadeante, cerró los ojos, extendió los brazos y los apoyó contra la pared. Bañada por una luz rubí, se hizo de fuego y pareció resplandecer, como si ardiera en un incendio, después de lo cual dio un paso a un lado y la cara se le apagó: ahora se encontraba en el campo de luz de un triángulo azul. Y empezamos nuestro juego preferido: el de los colores. Cambiábamos de sitio y nos volvíamos sucesivamente verdes, anaranjados o violetas...

Cuando me hice amarillo, Araxi se inclinó de repente hacia mí y me dio un beso rápido en los labios. Eran las reglas del juego que ella se había inventado. Luego me cogió de la mano y me arrastró impaciente al patio.

Detrás de la casa había un cobertizo para guardar la leña y el carbón para las estufas, y contra ella se apoyaba una escalera de pintor de brocha gorda. Mi amiga me hizo una seña en silencio, y los dos trepamos sigilosamente y fuimos deslizándonos por el escarpado techo de tablas cubierto de hule negro, desde donde podíamos observar a nuestras anchas el salón. Las ventanas estaban abiertas y la brisa agitaba suavemente las cortinas transparentes. El profesor Stóichev y la señora Vartanian seguían sentados uno frente al otro junto a la mesa cubierta por el mantelito.

No recuerdo si captábamos el profundo sentido de la conversación sostenida allí o bien éste se me aclaró muchos años después, cuando, ya mayor, rebobinaba una y otra vez la cinta de los recuerdos superponiendo inconscientemente mis apreciaciones más tardías a la vieja escena. Pero, en todo caso, entonces ya no éramos tan pequeños e ingenuos como para no comprender de qué se trataba...

El maestro Stóichev hacía girar en su mano el vaso de agua, ya vacío.

—Espero que no haya venido solamente para hablarme de las obras de reparación de la escuela... —empezó con dulzura Marie Vartanian.

—En realidad vengo por Araxi... —dijo turbado el profesor, sin atreverse a mirarla, como si sus ojos pudieran revelar algo que él ocultaba celosamente.

—Le escucho.

—Ella trabaja bien... en líneas generales. Pero lo que me preocupa es que últimamente está distraída, como si hubiera perdido el interés por los estudios.

—Tenemos ciertos problemas familiares, como usted sabe; quizá sea ésta la causa. O a lo mejor se debe a su edad, a las primeras... ¿cómo lo diría...? Emociones amorosas. Creo que está enamorada de Berto.

—¿Esto no le preocupa? Los dos son todavía muy jóvenes.

—¿Por qué me ha de preocupar? También su naturaleza es joven e inexperta. Ella también necesita hacer sus ensayos. Como sucede cuando uno estudia piano: primero aprendes las octavas y hasta mucho más tarde no llegarán las piezas difíciles.

Sus miradas se encontraron, pero el profesor terrorista apartó enseguida la suya: en ese instante, la cosa más importante del mundo para él era el vaso de agua vacío que tenía en la mano.

—Siento admiración por usted —dijo—. Usted es una persona de ideas libres. Mientras que nosotros seguimos encadenados por nuestros prejuicios...

Por toda respuesta, ella sonrió y luego se encogió de hombros.

Con la punta de su cucharilla, Stóichev rozó el higo que tenía en el plato y que ni siquiera había tocado; mientras, la bella armenia esperaba con paciencia, y el hecho de que la conversación no avanzara le traía sin cuidado.

Por fin, él se decidió a continuar.

—Me he enterado por el comité municipal del Partido de que van ustedes a emigrar, a marcharse al extranjero...

—Así es, emigramos. Sólo estamos esperando el permiso de las autoridades.

El profesor se perdió un instante en sus hermosos ojos oscuros.

—¿Por qué?

Ella guardó silencio largo rato, como vacilando sobre si responder a la pregunta o no, y finalmente repitió, con una expresión de infinita desolación:

—Emigramos. No es nuestro deseo, pero debemos hacerlo, nos vemos obligados a ello.

—¿Quién los obliga? Seguramente, ahora están pasando dificultades, lo comprendo. Pero, por favor, no tomen una decisión precipitada. Lo que sucede actualmente en nuestro país son sólo medidas temporales. Excesos desatinados. Las cosas se van a calmar y todo se pondrá en su sitio. Al fin y al cabo, Bulgaria es su patria.

—¿Y eso ya lo saben en sus... departamentos de cuadros o como los llamen? Estoy llamando de puerta en puerta como una pordiosera, no se me permite enseñar francés ni piano. Me han despedido de la escuela, usted lo sabe, porque se supone que soy un elemento burgués. ¡Ni siquiera un ser humano, sino «un elemento»! ¿Y cuál es la patria de los elementos, señor... perdón, camarada Stóichev? ¿Por qué nos aniquilan, de qué somos culpables?

—Entiendo... —consintió, abatido, Stóichev—. Pero quiero que usted también lo entienda: nadie se propone aniquilarlos... a ustedes personalmente. Se aniquilan las bases económicas y políticas de una clase, no a personas en particular, sino su clase. ¿Comprende usted lo que le quiero decir? Así es este período político.

—El futuro de mi hija es un asunto personal mío... ¡y no del período político! Y según usted, ¿cuántos decenios va a durar ese período?

El profesor volvió a tocar con la cucharita el higo que ni pensaba comerse, lo hizo girar en el pequeño platito oriental en forma de caracola y pareció como si ese juego centrara toda su atención. Por fin dijo:

—De todos modos, quisiera que lo comprendiera: está naciendo un mundo nuevo, y nace con dificultades, con excesos, errores y equivocaciones. Y tal vez con ideas vagas en cuanto al futuro... Pero al final deberá ser mejor y más justo que el anterior...

—Yo no tengo esta impresión. Ustedes están construyendo un mundo cruel.

Por lo visto, Marie Vartanian había tocado una fibra particularmente sensible, porque Stóichev se salió de pronto de sus casillas, tiró con brusquedad la cucharilla y ésta resonó sobre la bandeja de metal. Su voz adquirió un desagradable tono chirriante y ronco.

—¿Cruel, dice? ¿Cruel? ¿Sabe usted que pisa una tierra impregnada de la sangre de hombres y mujeres valientes que querían construir un mundo mejor? ¿Quién es cruel, los asesinados o los asesinos? ¿Conoce usted el mundo del que nos estamos despidiendo tan dolorosamente? ¿Se hace una idea de cómo eran sus fábricas de cigarrillos o sus almacenes de tabaco? ¿Sabe que allí una de cada dos obreras contraía tuberculosis? ¿Sabe que esas chicas trabajaban doce horas al día por un mendrugo de pan? ¿Sabe lo que significa «selección»? ¡Es una maquinaria que se tragaba incluso ese mendrugo de pan! Entonces echaban a las obreras a la calle como si fueran trapos usados... para que se hicieran prostitutas o sirvientas. ¿Sabe usted todo eso?

Ella se levantó de golpe y se volvió de espaldas al profesor, pero su tono siguió siendo asombrosamente tranquilo.

—Estoy enterada de los asesinatos. Se hablaba de ellos en susurros, corrían rumores... Y me compadecía de las víctimas; es algo humano y natural cuando uno ve el cadáver de una estudiante muerta a tiros en la calle. Pero esos infelices existían para mí en una realidad que yo no comprendía, que no era la mía. O simplemente sabía muy poco de ella. Tampoco sabía nada de las fábricas, nunca entré en ellas. No eran nuestras: mi marido trabajaba allí como jefe contable. Nosotros sólo somos parientes de los propietarios. No éramos pobres, pero tampoco millonarios. Pero esto no tiene importancia: hasta entre los millonarios Vartanian hay personas buenas, magnánimas y generosas. Y ahora, cuando nos vemos realmente en un aprieto, ustedes nos privan incluso del mendrugo de pan por el que, como decía usted, trabajaban las chicas de las fábricas... Gracias por su visita y por la clase de política elemental, señor Stóichev. Por favor, no le diga nada a Araxi de nuestra conversación. Ella aún no sabe que vamos a emigrar.

El profesor se puso en pie y cogió del suelo su vieja cartera de hule, con un barniz agrietado y desconchado que pretendía imitar el cuero.

—Perdone si he sido brusco... Le ruego que me disculpe. ¿Puedo ayudarles de alguna manera?

Ella no se volvió y repitió:

—Gracias por su visita.

Él aguardó un instante y, al darse cuenta de que ella no le iba a acompañar hasta la puerta, salió del salón, cerrando silenciosamente la puerta detrás de sí.

Marie Vartanian se quedó largo rato así, inmóvil y ensimismada, y luego se acercó a la ventana. Entonces vio nuestras dos caras con ojos muy abiertos.

Esperábamos que pusiera el grito al cielo, que nos regañara por haber escuchado furtivamente conversaciones ajenas. Pero nos dijo, tranquila:

—Bajad de ahí enseguida. ¡Os vais a caer y os romperéis el cuello!

Los colores del recuerdo

En esta hora temprana de la noche, estoy acompañando a Araxi a su casa. Está lloviznando y la calle está desierta, y el asfalto mojado refleja la luz azulada y mustia de las farolas. Los faros de los coches que pasan a toda velocidad nos alumbran rítmicamente con sus destellos fugaces; luego nos envuelve de nuevo la penumbra húmeda de la ciudad.

Después de aquella breve y desagradable visita a la casa de mis abuelos, que no ha dejado en mí el entrañable sentimiento de un encuentro con mi infancia, sino más bien una sensación pegajosa de culpabilidad y desagrado, cenamos en un pequeño restaurante del barrio, en los confines del casco antiguo, en aquel laberinto de callejuelas llamado desde tiempos inmemoriales la Trampa. En el pasado, este pequeño barrio detrás de la mezquita era, en efecto, una ratonera para los borrachos, con su ristra interminable de tabernas de las que el Borrachón siempre salía con dignidad, pero no sin nuevas deudas contraídas con el respectivo tabernero. Reconozco que he entrado en el pequeño restaurante con el recelo esnob de un forastero llegado de otros mundos, más ricos, pero la trucha lacustre de los Ródopes en salsa tártara y el vino helado han estado a la altura de los locales parisinos de alta cocina.

La conversación decaía, y nosotros tampoco nos esforzábamos por mantenerla viva. No se me borraba de la memoria el cuadro de aquella desdichada familia gitana, la humillación y el lastimoso fingimiento de la mujer que había tratado de besarme la mano. Incluso en un momento dado Araxi, al parecer percatándose de mis sentimientos confusos, ha levantado la vista hacia mí, me ha sonreído y me ha acariciado el dorso de la mano con un gesto alentador, como hace un adulto con un niño. Eso da coraje al novato inexperto que no tiene ni idea de las cosas de la vida. Pero no ha dicho nada.

No ha querido que tomáramos un taxi.

—Vayamos a pie —ha propuesto—, me gusta caminar cuando llovizna.

Era inútil tratar de convencerla con el argumento de que, cuando llovizna, los que van a pie se mojan. Seguramente ya lo sabe. En un momento dado tiembla por el frío de la noche, me coge del brazo y mete la mano en el bolsillo de mi gabardina. Como siempre, su mano está fría; yo la aprieto para calentarla, pero ella no reacciona. Creo que ni se da cuenta.

En el cruce de calles, ante uno de aquellos bloques prefabricados uniformes e impersonales, Araxi se detiene y alza la vista.

—Hasta aquí —dice—. Yo vivo ahí arriba, en la tercera planta. La ventana azul. Mi marido está viendo la televisión. ¿Quieres subir?

—No, ahora no.

—¿Cuándo?

—Hay tiempo. Lo he pasado bien contigo.

—Creo que yo también —dice ella en voz baja—. Buenas noches...

Pero ninguno de los dos se mueve, como si tuviéramos algo más que decirnos.

El semáforo de la esquina arroja sobre nosotros breves intervalos de luz roja, ámbar o verde.

Digo:

—Como entonces, en la veranda de tu casa.

—Casi. Pero con una pequeña diferencia: entonces teníamos doce años. O trece, no me acuerdo. Cuando tú te volvías ámbar, yo te besaba. Era la regla del juego.

—Ahora, cuando te vuelvas verde, te voy a besar yo.

—¿Es necesario?

—Por supuesto.

—En ese caso...

El semáforo baña su cara de verde. Yo me inclino y rozo muy suavemente sus labios con los míos. Un instante después viene la luz ámbar, Araxi se zafa suavemente y desaparece en la entrada del edificio.

Yo permanezco allí, sin moverme, y me vuelvo rojo, otra vez ámbar y otra vez verde. Entonces me subo el cuello de la gabardina y echo a andar por la desierta calle mojada.

Un coche me alcanza y se desplaza despacio en paralelo a mí. Ensimismado, apenas lo noto cuando la ventanilla del copiloto baja y una voz amable me dice:

—Suba, profesor Cohen. Le llevamos a su hotel.

Dios mío, otra vez aquel abogado... ¿cómo era su apellido? ¡Karalámbov!

Respondo seco, con hostilidad:

—Gracias, ya voy bien a pie.

—La lluvia arrecia, se va usted a mojar.

—Ya estoy mojado. Y váyanse al diablo. ¿Por qué se me pegan de esta manera?

El Mercedes plateado sigue deslizándose con obstinación junto al bordillo.

—¿Por qué se enfada, profesor? Sólo queríamos hacerle un favor...

—¡Pues si quieren hacerme un favor, quítense de mi vista!

El abogado no contesta, el cristal sube deprisa y el coche acelera y se precipita por el resplandor azul del túnel que atraviesa el casco antiguo.

TERCERA PARTE
De la viuda Zülfiye *hanım*, del uso de las almendras garrapiñadas como mensaje secreto y de la locura de los deseos, pecaminosa, pero tan dulce.

20

Un pícaro resplandor baila en los ojos del viejo bizantino Kostaki cuando saca de la gran caja plana, ya oscurecida por el tiempo, unas fotos que tienen el color marrón amarillento del honorable sepia y en las que está perpetuada la imagen de una turca guapa, algo metida en carnes. Araxi y yo contemplamos las fotografías y las dispersamos sobre la mesa. En algunas, a la mujer se la ve ligera de ropa hasta la indecencia y emperifollada como una bayadera, con collares de perlas falsas y docenas de pulseras. En otras, viste el austero *galabieh* de mujer musulmana, con una mano descansando en una mesita alta, ante el famoso telón de fondo de la antigua Grecia con su inconcebible azul marino y sus cisnes.

Habíamos decidido hacer una visita breve al señor Papadopoulos y llevarle una botella de anís, unas anchoas y aceitunas griegas, pero él no nos ha dejado escapar tan fácilmente. El viejo griego sufre de soledad, y su «hálito del tiempo», la fuerza de atracción de las fotos guardadas celosamente, es su astuta artimaña para retenernos un poco más en su taller, ya desierto y polvoriento.

Así, sin percatarnos, hemos caído en su trampa. Y no sólo nosotros: el buen anciano también es víctima de su propia treta. Porque el recuerdo de esta espléndida turca lo ha arrastrado y sumergido como en un dulce ensueño.

—¡Ay, ay, ay! —exclama el griego—. Zülfiye *hanım, güzel hanım! Gül gibi!*[30] ¡Mantequilla y miel, pero también almendra amarga!

Vuelvo a fijarme en la bella turca, que tiene cierto aire a Sarah Bernhardt, en las fotos amarillentas de sus papeles exóticos.

Y, en efecto, qué milagro de la carne femenina, aunque la naturaleza, en su arrebato, se mostrara de una generosidad algo excesiva, adaptándose a los gustos de Oriente.

—¿Dónde estará ahora? ¿Está viva?

Kostaki me mira asombrado.

—Han pasado mil años desde entonces, *dzhan*. Pero ¿qué importa? La mujer hermosa está viva mientras siga en los sueños de los hombres.

Araxi, que me está observando con la cabeza apoyada sobre sus puños apretados, dice:

—Creo que en tus sueños también estaba.

—En mis sueños estabas tú, querida. Mientras que Zülfiye *hanım* era mi pasión carnal.

—¿Con doce años que tenías?

—La edad no tiene nada que ver. Yo tenía cinco años cuando sentí por primera vez deseo carnal por una amiga de la familia, por sus pechos grandes y su olor a caramelos de violeta.

—Así es —me apoya el griego con toda la seriedad del mundo—. Hay una palabra turca, *merak*, que traducen como «deseo», pero no es lo mismo. En turco, *merak* es algo más profundo, oriental, abrasador. Uno nace con *merak* en la sangre y muere con él. —El anciano calla,

---

30. «¡Hermosa mujer! ¡Rosa y diablo!», en turco. *(N. del T.)*

reflexiona un rato y agrega, con recóndito anhelo—: ¡O a causa de él!

Merak. Una palabra que utilizaban también los judíos, pues había pasado a su judeoespañol con el significado de pasión fatal, posesión, anhelo insaciable de alguien o algo. Creo que al Borrachón lo consumía semejante *merak* por Zülfiye *hanım*, un arrobamiento ardiente por una turca que no se puede expresar en ningún idioma que no sea el turco.

En otras partes del mundo, los hombres así de ofuscados envían unas flores a la elegida de su corazón, como dicta la costumbre, o, si pertenecía a la alta sociedad, una alhaja de diamantes. Pero yo no sé si en aquellos años en nuestro barrio de Ortà Mezàr uno podía —o se permitía— comprar o enviar flores a nadie, y si mal no recuerdo, éstas sólo estaban destinadas a los cementerios o a los ramos de bodas. Y de las alhajas de diamantes, ni hablar: no existía nada parecido, a no ser en los cuentos de Sheherezade que leía la gente.

Quizás ahora parezca extraño o incluso ridículo, pero para expresar sus ardientes sentimientos por la bella viuda, mi abuelo no empleaba, a modo de expresión secreta (o utilizando otra palabra turca, *nişan*), diamantes ni flores, sino almendras garrapiñadas. En ello no había nada del otro mundo: la gente enviaba como *nişan* a sus amadas *lokum*,[31] o a veces un paquetito de *nöbet-şeker*,[32] y el público más refinado, una caja de bombones, que las más de las veces eran de soja, vulgar sucedáneo del chocolate, porque después de la guerra el cacao era muy escaso. Pero por lo visto Zülfiye sentía una profunda pasión por las almendras garrapi-

---

31. Dulce árabe hecho a base de almidón y azúcar. *(N. del T.)*
32. Una especie de azúcar en grandes cristales opacos (en turco). *(N. del T.)*

ñadas, y el mensajero de mi abuelo, el que se las llevaba, era un servidor; ¿quién si no?

Huelga aclarar que esos dulces mensajes eran enviados sin que mi abuela Mazal tuviera el más mínimo conocimiento del asunto. Yo cumplía esta misión secreta tan concienzudamente como la tarea de buscar a mi abuelo por las tabernas, deber que mi abuela Mazal me encomendaba tan a menudo. Y no sólo porque había hecho voto de silencio, por el cual él me había consagrado caballero de la Orden de Santiago, sino también por la prosaica razón de que, por el servicio y la discreción, yo recibía una recompensa en especies, o —si empleamos un término ofensivo pero más apropiado al caso— un soborno, que consistía en una decena de almendras garrapiñadas. Las recibía con la severa y edificante advertencia de que ni se me ocurriera trincar alguna del paquete que iba a ser objeto de mi misión como recadero. El Borrachón nunca dejaba de prevenirme de que había contado las almendras en persona, cosa de la que yo dudaba, y sigo dudando mucho, basándome en mi propia experiencia.

Así pues, sirviendo a mi abuela Mazal en sus pretensiones económicas respecto a su marido, y a la vez a mi abuelo el Borrachón en sus secretas expresiones de amor hacia Zülfiye *hanım*, y teniendo en cuenta lo que ocurrió un memorable viernes al anochecer, yo era —lo reconozco— una especie de doble agente.

Ahora, en el taller de Kostaki, entre las desparramadas fotos de Zülfiye, emerge de entre mis recuerdos aquel lejano viernes por la noche, víspera del sabbat solemne y luminoso. Como acababa de decir el viejo griego, esto pasó hace mil años...

La sinagoga estaba llena de judíos piadosos y desde arriba, desde la sección reservada a las mujeres, a través de la afiligranada reja de madera, veíamos las cabezas de los hombres y sus hombros cubiertos por pañuelos blancos a rayas azules, los *talet*. Yo ya tenía edad suficiente para ir a los baños de hombres, con mi abuelo, pero, por razones desconocidas, mi abuela insistía en que, en instantes tan sagrados, yo estuviese en la sinagoga pegado a ella, con las mujeres. La causa más probable era la desconfianza que ella sentía por ese hereje del Borrachón y su dudoso celo religioso. Y vigilaba, desde arriba, que él no intentara escabullirse antes del fin del oficio y, de paso, que yo no hiciera otro tanto.

Haribi Menashé Leví cantaba bien y con fervor, de espaldas a la gente, balanceándose levemente al compás de las estrofas bíblicas. Me gustan estos cantos de sinagoga, de los que emanan una misteriosa angustia desértica y una piedad implorante por el pueblo de Israel.

Incluso desde arriba, desde lo alto del templo, saltaba a la vista el ultrajante desinterés del Borrachón por el sacramento que tenía lugar: miraba a su alrededor y apenas reprimía los bostezos antes de echar a hurtadillas un nuevo vistazo al periódico *La Voz de la Patria*, que tenía doblado en ocho en las manos. Por lo que se atrasaba constantemente con su «amén», como aquellas ovejas distraídas que siempre corretean balando para alcanzar al rebaño y siempre quedan rezagadas.

Parecía que tampoco el rabino estaba plenamente dedicado a su excelso cometido espiritual de unión con Dios, porque desde arriba noté en dos ocasiones cómo, todavía de espaldas a la piadosa asistencia colmada de temor divino, sacaba de debajo del *talet* su reloj de bolsillo y le echaba una rápida y furtiva mirada.

En un momento dado mi abuelo se sobresaltó —debió de haberse quedado embobado leyendo algún artículo de su periódico—, se abrió camino entre la multitud de fieles y salió deprisa de la sinagoga.

Lamentablemente, yo no fui el único que vio lo que acababa de suceder. Lo vio también mi abuela, que me cogió del codo y me susurró en voz baja pero imperativa:

—¡A por él! ¡Enseguida! ¡Y no pierdas de vista a ese bellaco ni por un segundo!

Desde luego, transmito sus palabras en traducción libre, pues ya hemos arrojado la debida luz sobre las inalcanzables formas lingüísticas hispano-turco-eslavas que empleaban las viejas judías de nuestro barrio.

Afuera clareaba todavía la luz del atardecer, y los plátanos proyectaban largas sombras: un aviso a los respetables descendientes de la tribu de Abraham para que volvieran a sus hogares, porque la noche no tardaría en cubrir la tierra con su manto del sabbat. Llegaba la hora de que las almas se preparasen para la silenciosa serenidad y el alegre reposo del sábado.

El Borrachón salió de la sinagoga, lanzó una mirada furtiva a su alrededor y, con fingida indolencia, hizo girar en torno a su dedo la cadenita con la llave del taller; al no ver nada sospechoso, se sumergió en el laberinto de callejuelas. Me da vergüenza reconocerlo, pero yo le seguí, cumpliendo la tarea que me había encomendado mi abuela, aunque ya intuía a qué revelaciones me iba a conducir mi bajeza.

Poco después, el Borrachón se deslizó velozmente por un pasaje entre dos casas, obstruido de cardos y ortigas y tan estrecho que dos almas apenas hubieran podido cruzarse, y se detuvo junto a una tapia de piedra, medio derruida a trechos. Yo, por mi parte, me encaramé a esa tapia y ocupé una posición cómoda detrás de la esquina que formaba.

Mi abuelo volvió a mirar a su alrededor, abrió la portezuela, se agachó y entró.

Era un patio trasero, bien escondido de las miradas ajenas por el espeso follaje de las higueras, los membrilleros y los granados, en cuyas ramas ya se veían algunas frutas maduras. Un sendero de grandes guijarros conducía a una casa blanca de dos plantas, y entre el abigarrado encaje de manchas de sol y de sombra, bajo los racimos de la parra, vi en persona a la viuda Zülfiye *hanım, gül gibi*: ¡mantequilla y miel, pero también almendra amarga! Estaba junto al pozo vestida con una camisa de cáñamo larga con hilos de seda y mojada que, pegada a su cuerpo, esculpía sus formas, y el pelo mojado y suelto le caía hasta la cintura. Valiéndose de una escudilla, la turca sacaba agua del cubo de madera y la derramaba sobre su pierna, que había puesto sobre un guijarro redondo.

Sintió la mirada del hombre sobre ella y, agachada como estaba, volvió la cabeza hacia el Borrachón. Lo miró desde abajo y una sonrisa apenas perceptible floreció en sus labios de carmín.

Mi abuelo gimió, a punto de desfallecer:

—¡Zülfiye, paloma de mi corazón! ¡Ay, Zülfiye *hanım*!

Zülfiye se llevó un dedo a los labios: «Chist».

Entonces él siguió en voz más baja, después de observar a su alrededor en busca de un eventual testigo.

—Zülfiye, paso esta noche a visitarte, ¿eh?

Sin responder, ella colocó el otro pie sobre la piedra y se dispuso a echarle agua encima, pero me pareció que, al hacerlo, se subía un poco la húmeda camisa de cáñamo y seda y descubría un poco más su muslo blanco como la nieve. Vertió el agua, dirigió a mi abuelo una mirada brillante y densa como aceite de rosas, se echó el largo cabello al otro hombro y por fin dijo, con su profunda voz gutural:

—Ven. Pero ven tarde, cuando los vecinos se hayan dormido. Compra anís y almendras garrapiñadas y ven.

Y sin prestarle más atención, vertió el agua sobre sus zuecos, se los calzó y se fue taconeando ruidosamente con ellos por el sendero hacia su casa.

Y yo, encaramado aún a la tapia tras la esquina, veía desde lejos la mojada y larga camisa de cáñamo y seda pegada a su espléndido cuerpo, que con cada uno de sus pliegues alababa la generosidad de Alá.

Esto fue un viernes al atardecer, víspera del sabbat sagrado e inviolable para los judíos, día de purificación espiritual, de alegría y reposo…

21

Palomba *de la alma mía*...

Mi abuelo iba a arreglarse la fachada a la barbería de Alipi, su barbero de cámara y proveedor de chismes «de primera mano», cuyo angosto local se encontraba en la plaza histórica, ya familiar para el lector, que había frente a los viejos baños turcos. El aprendiz, según se estilaba en aquellos tiempos, intentaba tocar la mandolina, atormentando sus cuerdas para arrancar de ellas algo remotamente parecido a una *canzonetta* italiana, y desde la calle, un servidor, agachado, miraba boquiabierto las gruesas sanguijuelas que se retorcían en un tarro lleno de agua. Esto era una tapadera para mi misión de espía, de gran responsabilidad pero también de gran vileza. Esas asquerosas sanguijuelas servían para sacar sangre, un remedio curativo universal que se contaba entre las competencias profesionales de los barberos.

En la puerta abierta de par en par se balanceaba una cortina de cañas de junco ensartadas en largos hilos, alternadas con abalorios azules. Éstos, como todo el mundo sabe, protegen contra el mal de ojo. En aquellos tiempos, semejantes cortinas de espadaña no eran sólo un elemento decorativo, que hacía un ruido agradable cada vez que entraba y salía algún cliente, sino también, y sobre todo, un medio de protección contra moscas y mosquitos.

Armado de unas tijeritas finas, Alipi se afanaba en arreglar la corta barba del Borrachón, todavía espesa pero ya entrecana, y en un momento dado preguntó, con la curiosidad propia de todo barbero:

—No tendréis una boda en casa, ¿eh Abraham? ¡Porque con lo guapo que te estás poniendo...!

Mi abuelo se levantó de la silla, se miró de cerca en el espejo, se infló la mejilla con la punta de la lengua para asegurarse de que no quedara ningún pelo sin retocar y sólo entonces repuso, procurando adoptar un tono de indiferencia:

—Es que voy a reunirme con el secretario del Partido. Hablaremos de unas obras de reparación en las oficinas del comité municipal.

—¿Cómo? ¿A estas horas?

—Qué se le va a hacer, es un hombre ocupado —dijo mi abuelo con voz tranquila—. «Ven esta noche», dijo, «y discutimos el asunto con calma. Nos tomaremos un coñac y a ver...»

—¡Un gran jefe, todo un comandante guerrillero!

—Así es, un héroe. Y me respeta mucho. Anda, échame un poco más de colonia.

Alipi usó el pulverizador con generosidad mientras el Borrachón hurgaba con las puntas de dos dedos en el bolsillo de su chaleco en busca de dinero. Pero cuando el barbero dio por terminada la operación con la colonia, de pronto mi abuelo cambió de parecer y dijo, despreocupado:

—Apúntalo en mi cuenta, Alipi. La semana que viene te lo pago todo de una vez.

—Como quieras, Abraham...

No creo que a Alipi le encantara la repentina decisión del Borrachón de aplazar el pago, pero el barbero no se lo tomó a mal porque cada cual conocía la situación del otro y el servicio al fiado formaba parte del código no escrito de la buena vecindad en el barrio del Cementerio del Medio. Incluso, a pesar de su decepción, el barbero cepilló con el mayor esmero la chaqueta de mi abuelo, quien dio unos céntimos de propina, pero no a él, sino al aprendiz, tal vez para recompensar la dedicación con que el chaval estaba aprendiendo a tocar la mandolina, ese arte sutil de los gondoleros venecianos y de los aprendices de barbero de Plóvdiv.

—Que os vaya bien.

Mi abuelo apartó la cortina de juncos con abalorios azules y entonces se dio de bruces conmigo.

—¿Y tú qué estás haciendo aquí, eh?

—Nada —contesté—. Miro las sanguijuelas.

—¡A casa enseguida! ¡Vaya cosas te da por mirar!

—¿Y tú adónde vas?

—¡No es asunto tuyo!

—¿Ah, no? —dije, no sin cierta sorna, antes de añadir, provocativo—: ¿Y qué le digo a la abuelita?

El Borrachón me miró con cara de pocos amigos:

—¡Si insiste mucho, dile que estoy con el Dalai Lama!

—¿Y ése quién es?

—Un colega. Un hojalatero de otro barrio. ¡He dicho que a casa enseguida!

Doblé la esquina, obediente, pero cuando volví a mirar con atención la plaza, vi a mi abuelo subiendo los tres escalones de piedra del colmado.

Salió de allí poco después, oprimiendo con una mano la chaqueta abombada contra el pecho: sin duda había escondido algo debajo.

La noche estaba cayendo cuando el Borrachón se deslizaba por las callejuelas silenciosas, sólo iluminadas por la luz que manaba de las pequeñas ventanas cuadradas. El alumbrado público no funcionaba, fenómeno frecuente en nuestro barrio, así que yo podía seguir tranquilamente a mi abuelo a cierta distancia, pegado a los muros de las casas.

Éste se volvió a deslizar por el pasaje entre las casas, que ya estaba oscuro como boca de lobo, y se detuvo ante la tapia de piedra de la viuda. Arriba, entre las ramas de las higueras y los granados, brillaba con cálida luz anaranjada una ventana solitaria, como una puerta iluminada que conducía a los ignotos júbilos del edén.

La baja portezuela que daba acceso al patio trasero se cerró de un ligero portazo y un instante después divisé la sombra del Borrachón entre el espeso follaje junto al pozo. Esperé a que se alejara y se hundiera en la oscuridad, salté la tapia y avancé sigilosamente por el empedrado que conducía a la blanca casa de Zülfiye.

Lo vi de nuevo mientras fue subiendo lenta y discretamente la empinada escalera de madera que chirriaba, traicionera, bajo sus pies. ¡Paso a paso, peldaño tras peldaño, por la escalera chirriante y celestial que llevaba al paraíso!

Yo me quedé abajo, agazapado en la noche.

El Borrachón se detuvo ante la puerta, bajo la cual se filtraba una franja de luz. Aguzó el oído: desde dentro se oía el sonido suave y tierno de un *saz*, o, para mayor claridad, una especie de laúd oriental, y a Zülfiye interpretando con su voz gutural una canción turca. Mi abuelo llamó con los nudillos de los dedos y susurró:

—¡Zülfiye! ¡Zülfiye *hanım*!

Volvió a llamar bajito, el *saz* enmudeció y hasta mí llegó la voz de la viuda:

—Bienvenido, Abraham. ¡Adelante!

Cuando el Borrachón abrió la puerta, lo vi bañado por una

luz anaranjada, y en su haz mi abuelo me pareció realmente hermoso, con su soberbia prestancia de patriarca bíblico.

Lo vi avanzar con un paso coqueto y danzarín de viejo mujeriego, con la botella de anís en una mano tendida y el cucurucho de almendras garrapiñadas en la otra. Se detuvo en el umbral, donde lo vi perfectamente, inundado de luz y con toda la impaciencia amorosa del mundo dibujada en el rostro.

Entonces se le fue apagando la sonrisa poco a poco.

Porque en el interior, justo enfrente de él, estaban sentados en los divanes abigarrados el pope Isaías, *haribi* Menashé Leví e Ibrahim *hodja*. Ante cada uno de ellos, sobre redondas mesitas turcas de cobre repujado, descansaba una botella de anís. Y no era difícil adivinar el contenido de los tres cucuruchos que acompañaban esas botellas.

Mi abuelo estaba como petrificado, incapaz de dar un paso hacia el interior y cerrar la puerta tras de sí e inconsciente todavía del naufragio de sus sueños más dulces.

El primero en soltar una risotada fue el rabino, al que siguieron el pope y el *hodja*, y por encima de todas ellas aleteó como una paloma la risa de la viuda Zülfiye, gutural y sin malicia.

Entonces el Borrachón se echó a reír también, al principio de mala gana, pero luego cada vez con mayor sinceridad, y rió en un crescendo que fue en aumento hasta que su risa se convirtió en una vigorosa carcajada, capaz de despertar a todo el barrio del Cementerio del Medio junto con sus muertos. Zülfiye tiró enseguida de los faldones de la chaqueta al Borrachón, que se desternillaba, lo hizo entrar y, después de echar un vistazo afuera, cerró la puerta detrás de él.

En el patio volvió a reinar la oscuridad.

En ese punto del desarrollo de los acontecimientos, yo ya

podía suspender mi indigna misión de espía, correr y denunciar ante mi abuela Mazal toda la amarga verdad sobre las visitas nocturnas de su marido al Dalai Lama.

Podía hacerlo, pero no lo hice, y no por razones de índole moral, ni mucho menos, sino por curiosidad, que era más fuerte que mi sentido del deber. No sé quién demonios me sugirió la idea, pero resulta que me encaramé a una de las gruesas estacas que apuntalaban la parra y me fui arrastrando por el precario entramado de varas horizontales y alambres tendidos entre ellas. Me deslicé entre el follaje y los racimos, mientras uno de mis brazos o de mis pies quedaba atrapado sucesivamente en la trampa de los espacios vacíos. Y este arrastrarse en la oscuridad, entre la tierra y el cielo estrellado, continuó hasta el momento en que apoyé la cara en la pequeña ventana entreabierta.

Dentro, los tres santos padres y el Borrachón, que ya se habían acomodado en los divanes, bebían con expresión beata el blanco anís a pequeños sorbos, y hasta mí llegaba con claridad la voz cálida y gutural de Zülfiye *hanım*, que cantaba acompañándose al *saz*.

Vi cómo Ibrahim *hodja* se atusaba la barba con aire soñador antes de decir:

—¡Ay, ay, Mariam! En verdad, Alá te ha elegido. Te ha elegido y purificado, y te ha elegido a ti entre todas las mujeres del universo. ¡Así está escrito en la tercera sura!

Se levantó para acariciar el muslo de aquella a quien, según la tercera sura, había llamado Mariam, pero el pope Isaías le dio un celoso golpe en la mano:

—¡Sin tocar!

Por lo visto, entre los cuatro admiradores de Zülfiye regía algún acuerdo, porque al instante el *hodja* retiró la mano, con aire confuso. La turca le dirigió una sonrisa socarrona y provocadora y siguió cantando.

Le tocó el turno al buen rabino, una leyenda en el barrio no sólo en su calidad de pastor espiritual judío, sino de padre respetuoso y esposo solícito.

—¡Ay, Zülfiye, Zülfiye, a qué pecados nos induces! Pero está escrito: «¡Qué hermosa eres, amiga mía! ¡Qué hermosa eres! Vuélvete, vuélvete, oh Sulamita, vuélvete y te miraremos. Los contornos de tus muslos son como joyas. Tu ombligo es una copa redonda a la que no le falta bebida...» ¡Así está escrito en el Cantar de los Cantares y lo escribió el propio rey Salomón! ¡Vamos, corderito mío, Zülfiye *hanım*, vamos, anda, que mi corazón no aguanta más!

Llena de comprensión y respeto por el servidor del más antiguo de los dioses allí representados, la viuda asintió con la cabeza, dejó el *saz* y cogió la pequeña pandereta. Se levantó, se desembarazó del colorido chal de Bujará con un movimiento de hombro, agitó sus brazos blancos como cisnes, tamborileó sobre la pandereta con dedos ágiles como los barbos plateados del Maritsa y comenzó a bailar un *maani* lento y sensual.

Los hombres palmotearon por lo bajo al ritmo de los movimientos de la viuda, cargados de deseo, y el Borrachón no se contuvo y gimió con una voz sorda:

—¡Ah, querida mía, dolor dulce de mi corazón! ¡Ah, *palomba* de la alma mía!

Más que el significado importa la entonación, pero de ésta no se puede tener una idea sin ayuda de una partitura.

El padre Isaías añadió con voz grave, a guisa de un cántico ortodoxo, su lamento cantado:

—Ay, ten piedad de nosotros, que nacimos con el pecado original...

Esto avivó fuegos aún más profundos que ardían en el cuerpo de Zülfiye: se quitó y tiró lejos de sí el chalequito de terciopelo bordado, se desembarazó en menos que canta un gallo de su blusa de seda y dejó al desnudo su vientre redondo, que vibraba de oculta pasión.

Entonces, con los ojos brillantes, el *hodja* lanzó gimiendo su apasionado «*Maşalláh!*», que el lector ya conoce: un gemido doloroso, al borde mismo del sufrimiento físico.

Poco después, los cuatro hombres barbudos y honorables, con hijos, nueras y nietos, con poderosos y ubicuos dioses que todo lo veían, habían hecho un corro alrededor de la viuda, daban palmas y se contoneaban, olvidándose del mundo entero y entregados de lleno a la gran pasión del pecado.

Pero en este mundo todo se paga tarde o temprano, cosa que el Borrachón, en su calidad de parroquiano de tabernas, sabía muy bien. El Tabernero Celestial, alabado sea Su nombre, no deja que nadie escurra el bulto y deje de pagar su cuenta. En esa avanzada e impía hora nocturna del sabbat alguien debía cargar con la expiación, y el dedo de Jehová, quién sabe por qué, me señaló a mí, el observador lateral, el menos implicado en los acontecimientos que tenían lugar. De pronto me di cuenta de que algo iba mal: el cielo dio un vuelco y por un instante las estrellas y el suelo estuvieron al revés, y se oyó un ruido tremendo de varas que se rompían. Traté de agarrarme a las ramas y los alambres, pero sólo asía el oscuro vacío a mi alrededor para darme cuenta de que toda la parra se estaba derrumbando, hasta que por fin di en el suelo, enredado en hojas, listones y racimos.

La primera en acudir corriendo con un quinqué en la mano fue Zülfiye —que a toda prisa se había cubierto los hombros con el chal—, seguida por el Borrachón y los tres religiosos. La viuda se inclinó sobre mí, asustada y sin entender nada, y yo dije lloriqueando, en un tono lastimero:

—¡Ay, mi pierna!

En semejantes circunstancias, es toda una dicha que te ocurra una desdicha: ¡en vez de darte una paliza, se desvelan en cuidados por ti!

Empezaron a iluminarse las ventanas de algunas casas vecinas: el recóndito secreto de cuatro corazones palpitantes de amor estaba a punto de revelarse. Y ya hemos dicho al principio de esta historia que el rumor es como una brisa leve que trae desde el Maritsa su olor a caballos y arrozales, y penetra incontenible por todas las rendijas. Al día siguiente, ese rumor iba a correr, lento pero persistente, de boca en boca, y el barrio que llevaba el nombre inmerecido y sombrío de Cementerio del Medio se desternillaría de risa, en la que a veces podría percibirse una pizca de envidia masculina.

22

Fiel hijo del Partido

Yo estaba acostado en casa con la cara arañada y con el pie escayolado apoyado sobre un cojín. Encima de mi cama, en un marco ovalado, colgaba la foto de mi padre y mi madre con las cabezas muy juntas, obedeciendo al concepto escenográfico que les impuso por entonces el gran fotógrafo Kostas Papadopoulos. Y a un lado de la foto, clavados en la pared con chinchetas, blanqueaban los dos certificados de los que tan orgulloso me sentía, ambos del mismo tipo, con banderas rojas cruzadas y con una estrella de cinco puntas del mismo color encima de ellas. Uno concernía a mi padre y el otro a mi madre, ambos caídos heroicamente —así decía el texto— en la lucha contra el fascismo.

El cristal izquierdo de mis gafas estaba agrietado, y a través de su fina telaraña yo observaba el mundo fragmentado en pedacitos y recortado por líneas de frentes militares.

Y hablando de frentes militares, conviene precisar cuanto antes que mi abuelo, de pie junto a la puerta abierta, guardaba un silencio áspero, como si participara en una confrontación judicial. Mientras, mi abuela Mazal, no sin dirigirle antes una mirada fulminante, se inclinó sobre mí, me acarició la frente y, con la afabilidad embaucadora del poli bueno, dijo:

—Vamos, sé buen chico, mi angelito. ¿Vas a decirme ahora la verdad? ¿Cómo te has roto la pierna?

—Si ya te lo he dicho: me he caído de un árbol.

—¿Y dónde estaba ese bellaco de tu abuelo?

Eché un vistazo al Borrachón, que me pareció muy abatido y angustiado, sin el menor rastro de su antiguo aplomo de patriarca bíblico. Sentí lástima por él.

—¿Qué? —repitió mi abuela, pero ya bastante más amenazadora—. ¿Piensas hablar?

Yo, con los labios apretados, callaba obstinadamente y me imaginaba que era mi propio padre comunista en un interrogatorio practicado por la policía fascista.

—Te estoy preguntando si piensas hablar. Y nada de mentiras, ¿eh?

Por fin susurré:

—Bueno, de acuerdo...

—¿Qué, dónde estaba tu abuelo? ¡Di la verdad!

Tomé aliento, tragué saliva y al fin dije:

—Con el secretario del Partido.

—¡Mientes! ¡Los dos mentís!

Le dirigí una mirada cándida a través de mis gafas agrietadas y, como digno hijo de mi padre y caballero de la Orden de Santiago, respondí:

—¡El Partido nunca miente!

Luego cerré los ojos, cansado, y me hice el dormido.

Oí a mi abuela y a mi abuelo cuchichear en ladino. Reñían, pero esto no era nada nuevo ni alarmante, pues lo hacían todos los días. Luego oí que la abuela salía cerrando con cuidado la puerta tras de sí.

El Borrachón se acercó y se sentó en el borde de la cama. Me quitó con precaución las gafas, las dobló y las colocó en la mesita de noche a mi lado. Luego se inclinó y me besó suavemente en la frente.

Y yo seguía haciéndome el dormido.

23

El desconcierto y una impotencia que raya en la estupidez se apoderan de mí siempre que me adentro en el territorio gris de las ventanillas, con los empleados cansados, los ascensores estropeados, los horarios de atención al público, las flechas con indicaciones y los modelos de formularios en los tableros de madera, que, más que ayudar, acaban de confundirte definitivamente. En una palabra, me cuesta orientarme en esa galaxia burocrática, en ese gigantesco agujero negro de las oficinas administrativas, fiscales y demás, en ese torbellino absurdo y demoníaco que absorbe el tiempo humano y los nervios. A diferencia de los bancos o las compañías de seguros, donde te ofrecen hasta café aunque sólo hayas ido allí a pedir un consejo, los funcionarios de estos lugares maldecidos por Dios se muestran sulfurados contigo por naturaleza, tan mortalmente ofendidos y hostiles como si hubieras ido a profanar sacrílegamente su santuario, en el que se sienten como sacerdotes intocables. Todo ello lo sé por experiencia, y siempre siento miedo cuando franqueo el umbral de tan sacrosantos sitios, no importa en qué confín del mundo se encuentren.

A duras penas me abro paso entre la cola sumisa de personas que aguardan en la escalera de caracol de la oficina administrativa municipal. El edificio no parece haber cambiado mucho desde los tiempos de mi adolescencia, cuando el Borrachón reparaba su tejado enchapado de zinc y yo, con los ojos llorosos por el humo, le ayudaba calentando el soldador de cobre en el brasero hasta ponerlo al rojo vivo.

Si he comprendido bien, hoy reparten no sé qué ayudas europeas a los «socialmente vulnerables». Ésta es la nueva denominación de la pobreza, más elegante y menos molesta. Supongo que mi modo de vestir es un rasgo distintivo de clase, porque ninguna de estas personas mustias, que forman de dos en dos en la escalera de la solidaridad de quienes tienen hacia quienes no tienen —la mayoría, ancianos que terminan de gastar unas ropas de época remota— protesta cuando avanzo sin ponerme a la cola.

Avanzo jadeando por el largo pasillo sin ventanas de la tercera planta y trato de orientarme en medio de los letreros. Ante cada una de las puertas a ambos lados del pasillo hay gente esperando, sorprendentemente paciente y resignada con su suerte. Bajo la fría luz de las lámparas de neón sus rostros parecen desangrados, con una palidez cadavérica. No me queda otra opción que unirme a esta compañía disciplinaria y ponerme en la cola ante el departamento de «Bienes inmuebles».

Puede que mi intención de legalizar, en mi calidad de heredero, la presencia de aquella familia gitana en la casa de mi infancia parezca extraña y hasta reveladora de un cierto complejo. Pero es que en otros tiempos ya fui testigo de una expulsión del paraíso, cuando las tabernas de Plóvdiv y su gran druida el Borrachón perdieron para siempre a su increíble y frenético músico Manush Alíev, y yo, a mi compañero Sali, el gitanillo, que llegaba a la escuela descalzo incluso en pleno otoño fangoso. Y aquello me bastó para dos vidas, recuperando la expresión de mi abuelo.

No niego que la idea es bastante sentimental, y si yo fuera político, seguro que los medios de comunicación del bando enemigo me acusarían de populismo primitivo, y los más radicales me dirían que la miseria no se puede combatir con caridad burguesa, sino con revoluciones. Pero ni unos ni otros habrían caído en la cuenta de que esta idea está motivada por mi antipatía espontánea —y, a decir verdad, infundada— hacia aquellos tipos de Mercurio, constructora de hoteles de cien estrellas. Soy consciente de mi impotencia ante el dinamismo imparable de la vida; sé que aquellos parajes abandonados donde proliferan los viejos neumáticos de automóviles, las tazas de inodoro rotas y la desdicha humana no pueden permanecer así eternamente. Pero jugar al póquer y ganar con unos míseros cuatro sietes a la poderosa escalera de corazones del adversario, que ya se sentía triunfante, es una dulce satisfacción con la que sueña todo jugador.

Así pues, me pongo en la cola y espero.

Sigo sin quitarme de encima el recuerdo de la lluviosa tarde de ayer, de la sensación áspera y palpitante de que había ocurrido algo prohibido pero emocionante que tal vez no debiera haber ocurrido. ¡Aquel beso fugaz y casi fraternal para darnos las buenas noches, frente a la casa de Araxi! ¿He dicho fraternal? No del todo, para qué disimulármelo a mí mismo; por primera vez, espontáneamente y sin haberlo pensado antes, empiezo a desear a esa armenia que ya no es joven pero todavía es bella, y que ni siquiera intenta camuflar con subterfugios cosméticos de chamán los signos inexorables de la edad. El semáforo solitario con las luces que se alternaban rítmicamente, el asfalto mojado y el roce silencioso de sus labios fríos... ¿A quién besé en realidad, a la Araxi de hoy, a mi querida amiguita de antaño o al recuerdo de nuestra deslumbrante profesora de francés, madame Marie Vartanian, que entonces tenía más o menos la edad que ahora tiene su hija? ¿Y de dónde viene este estúpido anhelo al cabo de todos estos años, que nos han cambiado a nosotros y a todo? ¿No revela algo profundamente oculto y codificado ya en la época de nuestra infancia, algo inconsciente y no realizado, escondido en los pliegues más recónditos del alma? Como en el fondo de las mágicas cubetas llenas de líquido revelador del señor Kostas Papadopoulos, cuando sobre la placa fotográfica iban surgiendo poco a poco las imágenes ocultas en ella, y los instantes del pasado, agazapados en la emulsión, retornaban y cobraban realidad.

Por fin me encuentro en la sacrosanta oficina del anhelado servicio administrativo.

La gran sala que hay tras la frontera de cristal de las ventanillas está repleta de escritorios y empleados, pero yo me pongo precavidamente bajo el letrero que dice «Información». La funcionaria frente a mí me hace esperar el tiempo suficiente para sumirme en conjeturas sobre el sueldo que debe de cobrar para vestir tan bien, y hasta con cierta pretensión de elegancia. Un pensamiento tonto, porque no es éste el único sitio donde las chicas bonitas visten por encima de sus posibilidades.

Bebe café de un vaso de plástico, fuma un cigarrillo y no me hace el menor caso, aunque no tengo la sensación de que esté ocupada en algo. Toco cortésmente el cristal con una uña y, como resultado, recibo una mirada llena de fastidio.

—Sí. ¿Qué hay?
—Se trata de una propiedad inmueble...
—¿Bien urbano, parcela en el campo, restitución?
—Una casa... si se le puede llamar así...
—¿Dirección?

—Calle de la Estrella Roja, número 3.
—No existe ninguna calle con ese nombre en este sector.
Sonrío con condescendencia.
—¿Cómo que no existe? ¡Si yo nací en ella!
—Todo el mundo nació en alguna parte. A lo mejor es su nombre antiguo. Pero a fecha de hoy podría llamarse por ejemplo Princesa Clementina. Y antes de que usted naciera, a lo mejor era Santa Parasceves. Y antes todavía, Mithad Bajá. Sólo es un ejemplo. La vida sigue su curso, señor. Aquí, cada nuevo alcalde cambia los nombres de las calles según el color de su chaqueta.

La joven no carece de sentido del humor, pero a mí eso no me sirve de gran cosa.

—Vaya usted al catastro —se apiada ella—. Allí le harán una verificación para establecer de qué calle y de qué propiedad se trata y le darán un plano de la finca.

Dios mío, yo soy catedrático de... al diablo, qué más da de qué, pero ni siquiera conozco el significado de esa palabra. Pregunto, algo incómodo:

—Perdone... ¿qué significa eso?
—¿El qué? ¿Catastro?
—Hasta ahora nunca he tenido que... Pero da igual, no importa: seguro que usted misma puede ayudarme a encontrarla. La casa está en esa zona, Ortà Mezàr...

—Tiene usted buena memoria. Hace mucho que la zona se llama Central.

—Sí, sí, entiendo: la chaqueta del alcalde. La casa, como le decía, pertenecía a mis abuelos, pero ambos fallecieron. La propiedad es una herencia, yo me apellido Cohen. Albert Cohen. Mi abuelo materno era Abraham Alcalay. Puede que en algún lugar de sus archivos...

Noto que, al fondo de la sala, un hombre gordo y calvo, que ya no está en absoluto en su primera juventud, levanta la cabeza de su ordenador, da una vuelta en su silla giratoria y se fija en mí. No le conozco, y seguro que para él sólo soy un bicho raro que ni siquiera sabe lo que es un catastro.

—¿Trae usted documentos notariales sobre la propiedad, las actas de defunción de los propietarios y un certificado del juzgado donde conste que usted es el único heredero?

Esta joven no tiene un pelo de tonta y, por la expresión idiota y desesperada que se ha dibujado en mi rostro, se percata enseguida de que tiene ante sí a un ignorante absoluto en cuestiones legales.

—¿Qué es lo que quiere usted exactamente? —pregunta ella con paciente condescendencia— ¿Entrar en posesión de la propiedad, venderla, permutarla...?

—Verá usted... me encontré en ella a una familia gitana numerosa...

—Ya. Se han instalado sin permiso. Nada nuevo. Escriba usted una solicitud al consejo regional y comunique la dirección. Los echarán de allí con policía y todo.

—Lo que pasa es que yo no quiero echarlos. Quiero que se queden allí con mi autorización. Legalmente... Como inquilinos, digamos, o algo por el estilo. Una simple formalidad, ¿entiende?

La mujer me mira perpleja.

—¿Espera recibir un alquiler? ¿De unos gitanos? ¿Pero usted en qué mundo vive, señor?

Tengo que reconocer la verdad. Contesto con la desesperación de un náufrago:

—En otro, señorita. Soy ciudadano israelí...

—¡Vaya, otra vez esas propiedades israelíes! —Y agrega con fastidio—: Son un absoluto lío: nunca se sabe cómo ni cuándo fue adquirido el derecho al usufructo. Usted se ausenta durante una eternidad y de repente, ¡venga, devuélvanme la casa! ¡Toma tus trapos y dame mi muñeca! Si quiere un consejo, diríjase usted a un abogado. No sé en su país, pero aquí no podrá arreglárselas solo. Y menos aún con gitanos. Pero eso es problema suyo. Vaya al catastro.

La joven me da la espalda y vuelve a ocuparse de su café, por lo que supongo que la audiencia ha terminado.

Voy bajando, profundamente desanimado, por la escalera donde la gente espera todavía su generosa limosna europea por valor de una decena de euros cuando, de repente, me acuerdo de aquel abogado de Mercurio, Karalámbov. ¿No será en verdad la única opción que me ha deparado el destino?

Desde arriba, alguien me llama en voz alta:

—¡Albert Cohen! ¡Berto!

Me detengo y levanto la cabeza: hacia mí está bajando con dificultad aquel hombre gordo y calvo de la oficina de bienes inmuebles. ¿Y éste quién es? ¡Si no le conozco!

A eso mismo aluden sus primeras palabras:

—¡No me has reconocido!

—No —confieso.

—Mitko, de quinto A, ¿te acuerdas? Dimítar Stóichev, el hijo del profesor. De nuestro tutor.

¡Demonios, cómo puede cambiar uno con los años! O sea que este hombre gordo, fofo y calvo es Mitko, el experto en «esos temas», que iniciaba a nuestra pandilla del barrio formada por papanatas ignorantes en la vida sexual del ser humano, tan llena de apasionantes secretos.

De verdad estoy gratamente sorprendido por este inesperado encuentro, aunque en él, como en un espejo cruel y displicente, puedo ver los signos indiscutibles de mi propio envejecimiento. Pero también los lejanos y dulces destellos de una adolescencia que se me escapó. Aún no he llegado a expresar mis sentimientos cuando Mitko repone con rapidez:

—No nos deben ver juntos. Ya te lo explicaré. Detrás de la esquina hay una pequeña cafetería. Siéntate allí, yo voy cuando pueda.

Y sin esperar mi respuesta, me da la espalda y sube corriendo y jadeando por la escalera, con su cuerpazo rollizo y torpe.

Yo ya me he tomado un café cuando él llega corriendo y se sienta, todavía jadeante, junto a la pequeña mesita redonda. Sus pulmones silban ligeramente cada vez que aspira aire, seguramente tiene asma.

Tras el cristal de la cafetería fluye la vida de Plóvdiv, siempre agitada y populosa, como en toda ciudad meridional. Nunca he comprendido, ni comprenderé jamás, que en sus calles se vea a tanta gente a todas horas, ni de dónde viene y adónde va. A lo mejor no tienen ningún objetivo, salvo andar y dejar pasar el tiempo, sin más. ¿Acaso no es una de tantas maneras de vivir? ¡Tan meridional, y no de las más desagradables!

—¿Qué vamos a tomar? —pregunto.

Él titubea, echa una mirada a las botellas, multiplicadas por los espejos y bañadas por las luces trepadoras de varios colores, fastidiosas hasta el límite de lo posible, miserable propensión de los pobres a una ostentosa pompa. «¡Como en Europa!» es una expresión que uno puede oír por estos sitios a cada paso.

—Yo estoy de servicio, no debo... —Pero luego dice, con la determinación de un suicida—: Bueno, va. ¿Un coñaquito? Pero pequeño.

Nos tomamos un coñaquito y después otro. Todos pequeños.

—¿Cómo te va? —pregunto, mientras.

—Tirando, más o menos. Tengo tres hijos y una mujer con

diabetes, hipertensión e isquemia cardíaca. Pero mejor no hablar de eso. ¿Y tú?

—Pues... también mejor no hablar. Pero sin la isquemia. ¿Tiene algún sentido que le explique con detalle los problemas que se producen en las paradas de autobús de Israel?

Tomamos otro sorbito del coñac.

—¿Mi padre? —responde a mi pregunta sobre el profesor Stóichev—. Murió hace mucho. Su anhelado mundo de fraternidad y justicia social se vino abajo, y él y yo tuvimos desavenencias. Mi padre se peleó con todos, lo expulsaron del Partido, lo despidieron de la escuela... Finalmente se dio a la bebida y murió solitario e incomprendido. ¿Te acuerdas de nuestra profesora de francés, la camarada Vartanian?

—¿Tú qué te crees? Profesoras como ella no se olvidan nunca.

—Mi padre estaba enamorado de ella.

—Creo que yo también —digo.

No presta ninguna atención a lo que acabo de decir; al fin y al cabo, por aquel entonces no éramos más que unos adolescentes, animados por unos impulsos vagos que nadie se tomaba en serio.

—Ese amor imposible acabó por destruirlo definitivamente. Y también destruyó a nuestra familia, pues lo distanció de mi madre. Ella no era mala, pero no mostraba la menor comprensión por sus depresiones: él se creía dolorosa y personalmente responsable de las infamias que se cometían.

—¿Qué se le va a hacer? Así son las pasiones humanas —digo—. ¿Otro coñac? ¡A la memoria de nuestro profesor el camarada Stóichev!

Derramamos en el suelo unas cuantas gotas en homenaje a la memoria del maestro con cara de hereje medieval o de anarquista exaltado, que falló en su intento de matar al zar en nombre de la justicia mundial pero acabó matándose a sí mismo a base de alcohol.

Por fin acometemos el tema de la propiedad sobre la finca.

—Escucha, Berto: en la zona cercana al río están en juego grandes intereses mafiosos. Y cuando a la mafia se le mete algo entre ceja y ceja, la gente razonable debe mantenerse a una distancia segura. Aquí todos los días hay asesinatos, explotan coches. Los grupos mafiosos se llevan a matar, seguro que has leído nuestros periódicos. Algo así como Chicago cuando la ley seca. Aquí hay tantos asesinatos por encargo como te puedas imaginar. ¡No te aconsejo que te metas, o saldrás escarmentado!

—¿Realmente son tan poderosos los bandidos de este país?

—¿Y los del tuyo? ¿O es que allí os tratan con guantes de seda?

Me fijo en su rostro enfermizo y abotagado y hasta ahora no me doy cuenta de lo inteligentes y tristes que son sus ojos.

—Aun así —digo—, he decidido no darles la casa. ¡No mientras pueda!

Él suspira, bebe un sorbito de coñac y me mira a través de su copa.

—Bueno, como quieras, pero yo ya te he prevenido. Ándate con ojo que yo te saco los documentos. Es ilegal, pero hoy en día, ¿quién hace caso a las leyes? También tengo en mente a un abogado. Un hombre honesto, cosa rara por aquí. Y de ahí en adelante, os ponéis manos a la obra, pero andando con pies de plomo, ¿eh? ¿En qué hotel estás?

—En el Novotel.

—No me busques, yo te encontraré. Estoy contento de que nos hayamos visto, Berto. Ojalá te quede una noche libre para mí: ¡a ver si pillamos una buena mona!

—¡No hay problema! Y no hurgues en tus bolsillos: ya está pagado.

Él acepta de buena gana mi pequeña mentira.

Lo vuelvo a ver a través del cristal del escaparate, gordo y calvo, vistiendo un traje viejo que le queda estrecho. Mitko, mi compañero de quinto A, me saluda con la mano y se mezcla con la multitud. Me da la sensación de que está algo achispado.

24

Concierto para flauta y marido

Hace un calor poco habitual para la época; los vientos fríos, portadores de lluvia y niebla, aún esperan su hora, agazapados en el norte en los pliegues de los Balcanes. El sol dorado se acerca al ocaso y bajo sus suaves rayos centellea el Maritsa, allá en la llanura, como envuelto en papel de estaño.

Araxi y yo paseamos despacio por los patios de la ciudad vieja en los que estos días se celebra, como cada otoño, la tradicional exposición al aire libre. Es asombrosa la cantidad de pintores que se han reunido en este espacio tan angosto sin pelearse ni odiarse a muerte: son representantes de escuelas y estilos extraordinariamente tolerantes y benévolos unos con otros.

Es una vieja tradición que estos patios, empedrados con grandes baldosas cuidadosamente barridas, se transformen en el escenario de una exposición colectiva. Muchos de los lienzos que albergan sus muros blancos ocuparían un digno lugar en las prestigiosas galerías parisinas del barrio de Saint-Germain-des-Prés. A decir verdad, algunos ya lo han ocupado, pero, contrariamente a las cigüeñas, nunca más han regresado a su nido natal. En estas latitudes balcánicas el artista no puede permitirse perder una venta si se presenta un comprador, ofrezca lo que ofrezca, siempre que el precio no sea muy humillante. Aunque no conozco otra parte del mundo donde las cosas sean distintas. La diferencia consiste sólo en el precio. En algunas latitudes, éste debe asegurar al pintor al menos una vida decente; aquí, se contenta con que le alcance para pasar algunas noches en una taberna en compañía de una botella de vino y una chica.

Escuelas antiguas y nuevas, artistas viejos y jóvenes, apólogos y detractores de lo que los críticos de arte llaman «realismo»...

Aquí están los únicos lienzos que no se pueden comprar y que ya se han convertido en piezas de museo: los Plóvdiv de los artistas locales Tsanko Lavrénov y Zlatiu Boyadzhíev. Una ciudad de colores, luces e historia que irradia el calor y los tonos del Mediodía; una ciudad corriente a primera vista, pero iluminada por el sentimiento divino de festividades incesantes, polifónica e inconfundible.

—¿Existió alguna vez un Plóvdiv así? —pregunto.

—¿Por qué alguna vez? Hoy aún existe, aquí, en los lienzos —contesta Araxi.

—Quiero decir que tal vez haya existido sólo en la imaginación de los pintores y jamás en la realidad.

—La imaginación no es otra cosa que un agregado de la realidad. El *Infierno* de Dante, *Tannhäuser*, *La Última Cena*... todas estas obras son reencarnaciones de la vida real. Como la Virgen del icono georgiano. La que estuvisteis contemplando el otro día, ¿te acuerdas? ¿No es única siendo tan real y tangible? O los cuentos, hasta los más fantásticos: el Principito, Alicia, la lámpara mágica de Aladino... y ese extraño Karlsson que vive encima del tejado. Todo es realidad si existe bajo alguna forma, aunque sea en espacios paralelos o virtuales: ellos también forman parte de la existencia. Tal vez incluso su parte más verdadera y más humana.

La idea me parece divertida: incorporar al mundo real todo el universo inabarcable de la imaginación humana.
—Claro, tú eres artista. Para vosotros, realidad e imaginación van de la mano y se completan mutuamente, sin que haya líneas divisorias...
Ella no responde enseguida, sino que me dedica una mirada peculiar en la que leo una indecible tristeza.
—Sí las hay, Berto. Sí hay líneas divisorias. Por ejemplo, entre nosotros dos. Y ahora estamos a punto de violarlas penetrando en un espacio prohibido. No paralelo, sino prohibido. Un antimundo de lo intocable. En vano tratamos de rozarnos y enmendar lo que desaprovechamos durante nuestra infancia real, que desde hace mucho no es más que una magnitud imaginaria. La raíz cuadrada de menos uno. En semejante espacio existe también nuestro querido Kostas Papadopoulos, Kostaki el Eterno, en singular combate con sus recuerdos de bromuro... ¿cómo era?
—Bromuro de plata.
—La vida tal como es y la vida tal como quisiéramos que fuera. Por ahí es por donde pasa la frontera. Lo que ocurrió y quisiéramos que no hubiera ocurrido. O que hubiera ocurrido de otra manera. Caminos por los que hemos andado y que resultaron equivocados, y otros de los que hicimos caso omiso pero que tal vez eran los certeros. En algunas cosas nos precipitamos y en otras nos retrasamos, siempre hicimos las cosas a destiempo y nunca dimos con el instante preciso. ¡Y el pájaro azul echó a volar! Lo que fue es irreversible. No son posibles las correcciones con efecto retroactivo, no tenemos derecho a un segundo intento, como los atletas. No podemos recomponer el puzzle para obtener una imagen distinta.
Araxi se da cuenta de que se ha perdido en unos pensamientos cuya lógica interna sólo comprende ella, sonríe y trata de anular lo que acaba de decir.

—¡Pero en fin, no digo más que sandeces!

Me coge del brazo y me arrastra hacia arriba, por la calle empedrada con grandes baldosas.

Bajando hacia nosotros con los brazos abiertos, viene un hombretón barbudo que sonríe de oreja a oreja.

—¡Araxi, amor mío!

Tiene la voz áspera y ronca: seguramente fuma y bebe mucho. Le da un beso en la mejilla y a mí me oprime cierto sentimiento de celos: ¿y éste de dónde sale?

—Te presento a Pavka, un pintor que se cree un genio. Y él es...

—¡Déjame adivinar! —levanta una mano con los dedos azules de alguna pintura indeleble—. ¡Tu amante!

—Aún no —digo, tratando de hacerme el gracioso.

—Ya no —corrige Araxi con la mayor seriedad.

El pintor se vuelve hacia mí con expresión confusa:

—Perdone. Soy el rey de las meteduras de pata.

—No importa, aunque, sin ánimo de ofender, yo soy republicano.

Él hunde su índice azul en el hombro de Araxi.

—Mañana inauguramos una exposición colectiva, no te olvides.

—Lo sé, vamos a ir —dice Araxi, y me dirige una mirada interrogante, como solicitando mi aprobación.

—¿Y pronunciarás unas palabras en nombre del sector musical, si puedo llamarlo así?

—Más bien me las callaré: será mejor que os sigan considerando unos genios. Toda sociedad se basa en ilusiones de masa.

—Eres... ¿sabes lo que eres? Una armenia descarada sin pelos en la lengua. Pero yo te quiero. ¡Me chiflan las armenias descaradas que no tienen pelos en la lengua!

Siguen otro beso y una tierna caricia en la barba rizada y

pelirroja del genio, y yo procuro no ponerme celoso: ¿con qué derecho iba a estarlo? Ya se han esfumado en la eternidad aquellos días lejanos ante los viejos baños turcos, y después de todo, Araxi Vartanian no es nuestra profesora, madame Marie Vartanian, por quien yo sentía celos de nuestro tutor Stóichev.

Estamos sentados uno al lado del otro en la casa de unos comerciantes ricos; fue construida a mediados del siglo XIX, en los tiempos del despertar nacional búlgaro previos a la Liberación, cuando los habitantes de estas regiones renunciaron definitivamente y en conciencia a pertenecer al Imperio Otomano. La gran sala de la primera planta, algo así como una antecámara, restaurada cuidadosamente con sus tallas en madera y sus muebles antiguos, se ha transformado en salón de música de cámara.

Mozart. *Concierto para flauta y piano en sol mayor...*

Araxi ha cerrado los ojos, y nuestros brazos reposan uno al lado del otro sobre los respaldos arqueados de las sillas vienesas. En un momento dado la miro, extiendo el meñique y rozo suavemente su mano, como para sacarla del embeleso. Ella cubre la mía con la suya y la acaricia. A lo mejor se trata de una reacción inconsciente, de un simple reflejo, porque no da señal de recordar mi presencia, absorta de lleno en la música.

Pero esto no dura mucho: de pronto Araxi retira la mano y crispa los dedos, así como el caracol se refugia en su concha cuando se ve en peligro.

Susurra sin mirarme:

—Mi marido.

Vuelvo con disimulo la cabeza hacia la escalinata de madera donde, de pie, hay un hombre flaco y alto, cuyo cabello cano no concuerda con su rostro relativamente joven. Su cara pálida, de cutis estirado y transparente, le confiere un refinamiento aristocrático, casi femenino. Los ojos, hundidos en sus órbitas y con sombras oscuras, parecen de alguien que está gravemente enfermo o lo ha estado no hace mucho.

No sé cuánto lleva el hombre en la escalinata, pero es obvio que ya nos ha visto porque, cuando nuestras miradas se cruzan, él sube la cabeza esbozando una sonrisa cortés apenas perceptible. Araxi le indica con señas que no hay asientos libres cerca, pero su marido la tranquiliza con un gesto.

Nunca sabré si ha visto nuestras manos acariciarse; en cualquier caso, en los días siguientes no lo dará a entender.

Mozart. *Concierto para flauta y piano*.

Con cuidado, deslizo varias veces la mirada hacia allí, hacia la escalinata de madera, y siempre encuentro la suya, concentrada y llena de curiosidad.

25

Vamos a cenar cerca de la casa de Lamartine, en un restaurante que infunde respeto por su lujo discreto, su cristalería y su porcelana fina. Dicen que fue construido sobre los vestigios de un monasterio de derviches, edificado a su vez sobre ruinas romanas aún más antiguas. Tal vez sea así, pero podría tratarse de una buena imitación, de una ocurrencia de los arquitectos locales, quién sabe.

La tarde es cálida y apacible, sin el menor soplo de viento, y decidimos quedarnos en el patio interior, con un pozo en el centro y que, a mi parecer, evoca el jardín de un harén más que de un monasterio.

El marido devuelve la carta al camarero.

—Para mí algo sin carne, algo dietético.

—¿Una ensaladilla rusa? La mayonesa está muy fresca.

—No, algo sin huevos.

Comienzo a sentir cierto embarazo.

—Tal vez no debiéramos haber venido aquí. Si está usted enfermo...

—Por favor, no se preocupe, pidan ustedes lo que quieran. La comida es lo último por lo que podría envidiar a alguien.

Araxi fuma con aire ausente y no hace el menor esfuerzo por desempeñar el papel de anfitriona que debe entretener a su invitado. Permanecemos callados mientras nos sirven nuestras chuletas de cordero con *risotto*. El vino es sureño, con mucho cuerpo. El camarero llena mi copa y la de Araxi, pero el marido pone la mano encima de la suya.

—A mí no. Agua mineral, por favor.

Araxi y yo bebemos en silencio; por un instante cruzamos las miradas y las apartamos. El marido dice:

—Me alegro de haberle conocido. Araxi me ha hablado mucho de usted.

—Bueno, no tanto —interviene ella en tono impasible.

—Entonces será la forma en que me lo has contado —replica él suavemente, por lo visto sin ánimo de iniciar una discusión.

Antes de llevarme a la boca el pedazo de carne que tengo pinchado en mi tenedor, alzo la vista y encuentro los ojos de él, llenos de tensa curiosidad.

—No estamos en situación de igualdad —digo—. Araxi no me ha contado nada de usted.

—Yo no soy interesante. Para ella.

Araxi lo mira, pero ni confirma ni desmiente sus palabras.

—¿Es usted de Plóvdiv? —pregunto, sólo para cambiar de tema.

—No, de provincias.

Alzo las cejas con asombro, ya que Plóvdiv no es la capital de Bulgaria, pero él se apresura a aclarar:

—La provincia tiene su propia provincia. Yo soy un forastero, llegado del campo. Reconozco a los nativos al primer vistazo y con envidia: ustedes se acuerdan de los nombres antiguos de las colinas, de los barrios, de las calles... Como si hubieran vivido en un siglo diferente, más humano. Porque nosotros no estamos habitando barrios, sino complejos. Así se llaman en este país los hormigueros de cemento en que pasamos la noche. No calles con nombres, sino bloques con números. Es ésta la suerte de los extranjeros procedentes de las pequeñas provincias.

Araxi dice en el mismo tono llano, como si nada de lo que ocurre en esta mesa la afectara de cerca:

—Encima, el chico de campo es modesto. Eso es lo que le distingue: su modestia proverbial. Lo que no le impide ser físico nuclear, favorito de todas las Masha y Natasha de Dubná.[33]

—Ah, ¿Dubná? ¿Usted hace bombas? —pregunto en broma.

—No. Accidentes.

Carraspeo turbado: mi broma ha resultado grosera.

Empiezo a darme vaga cuenta de lo que puede haberle ocurrido a este hombre delicado y pálido, precozmente canoso. El nombre de Chernóbil cruza mi mente como un relámpago. Acto seguido, la imagen de nuestro pequeño taller de bombas atómicas en Dimona, en los confines del desierto del Néguev. Y un ingenuo bienintencionado, llamado Vanunu y olvidado ya por todos, que en algún lugar de Judea expía su sentencia a cadena perpetua por haber revelado al mundo lo que pasaba allí. Y, según parece, el hombre que tengo ante mí no cumple una sentencia más clemente; la única diferencia es que él no la expía en la cárcel.

—Bien, Gueorgui, pide la cuenta —interviene con premura Araxi, con el notorio deseo de poner fin a esta conversación.

—Está pagada —digo yo, satisfecho de haberlos engañado cuando les he dicho que iba al baño.

—¡Pero cómo! —protesta el marido—. ¡Usted es nuestro invitado!

---

33. Centro de investigaciones nucleares de la Unión Soviética donde trabajaron muchos científicos de los países del Este, entre ellos Bulgaria. *(N. del T.)*

—Acaba de quedar claro que el forastero en Plóvdiv es usted y no yo. Además, debo recordarle que soy nieto de Abraham el Borrachón. A lo mejor no ha oído hablar de mi legendario abuelo, pero Araxi lo conoció. ¡Él no soportaba que las cuentas las pagara otro!

En este momento se acerca el camarero trayendo en una bandeja una botella de champán y tres copas. Los tres intercambiamos miradas interrogantes. Por fin Araxi dice:

—Nosotros no hemos pedido esto.

—Se lo envían los señores de aquella mesa.

Al otro lado del viejo pozo, que debe de llevar decenios sin cumplir su cometido y que a efectos de seguridad está cubierto con una cúpula decorativa de hierro forjado, unos hombres se ponen en pie con las copas levantadas para brindar. Como ya he comentado, soy corto de vista, así que me cuesta reconocer a alguien desde esa distancia y a la escasa luz de las lámparas de mesa. Vete a saber por qué, supongo que se trata de unos bizantinólogos que han decidido matar el tiempo por estos parajes tracios, a la espera de que los recoja el avión.

Me levanto y me dirijo hacia allí con la copa de champán en la mano. Alguien viene a mi encuentro y, cuando al fin está cerca, reconozco al abogado Karalámbov. Sin duda ha evaluado erróneamente mi comportamiento, porque viene hacia mí con una amable sonrisa. Ya es tarde para dar marcha atrás; nobleza obliga, como dicen los franceses, y más aun cuando uno lleva una copa de champán en la mano.

—A su salud, señor Cohen.

—Gracias… ¿Pero acaso hace falta que nos encontremos hasta en la sopa?

—¿Le estoy importunando con algo? De ser así, lo siento. Usted ya sabe que Plóvdiv no es una ciudad pequeña, pero todos sus puntos neurálgicos se sitúan en una zona de un kilómetro cuadrado. No es extraño que la gente se encuentre aquí más a menudo que en Londres.

—Tampoco en Londres los encuentros son siempre agradables.

El abogado sonríe afable; por lo visto, no es susceptible.

—No comprendo cómo he provocado su ira, profesor. Yo no le obligo a nada, ni pretendo imponerme. Pero creo que no hay impedimento para que nos entendamos como personas civilizadas. Perdone si me inmiscuyo en sus asuntos, pero debería olvidarse de su filantropía hacia los gitanos. Esa panda de miserables piojosos, carteristas y roba gallinas de mala muerte no pertenecen al mismo mundo que usted. Y usted ya vio en qué estado se encuentra esa zona: está condenada. Es mejor que seamos socios que adversarios, ¿no? Además, usted puede retrasar las cosas, pero no cambiarlas, ni siquiera con un arrendamiento ficticio.

—Desde luego, está bien informado.

—Soy abogado. Mi profesión exige que me informe bien. Pero dejemos los negocios para las horas diurnas: ahora es momento de echar una cana al aire. ¡A su salud, señor profesor!

Todo este ceremonial de restaurante, con brindis y demás, tras el cual se oculta algo distinto de lo que se ha dicho, no me hace ninguna gracia, y trato de dejar mi copa sobre el borde de piedra del pozo de la forma más expresiva posible. Pero lo hago con torpeza y no doy con el canto, la copa se estrella sobre las baldosas y salpica los zapatos y el pantalón del abogado. Éste saca un pañuelo del bolsillo de su chaqueta y empieza a secarse.

—¡Oh, lo siento...! —balbuceo, desconcertado.

—No es nada, señor Cohen, descuide. Además, ¡una copa rota trae buena suerte! —dice Karalámbov, aunque sus ojos revelan una ira contenida.

Me siento incómodo, tanto por mi comportamiento infantil, desmesurado y grosero desde todos los puntos de vista, como porque todo esto ha ocurrido en presencia de Araxi y su marido.

Lo sucedido me acaba de poner de un humor de perros, después del concierto en sol mayor para flauta y marido.

Mi único consuelo es que la copa rota trae buena suerte.

Lecciones de ciencias naturales

Las niñas llevaban su propia vida, con sus pequeños secretos de chiquillas, que por lo demás no nos interesaban. Nosotros, los chavales, teníamos nuestros propios caminos hacia el conocimiento, menos espirituales y más terrenales, y asimilábamos, embriagados por la vehemencia de la naturaleza, el sabor y las fragancias de todo cuanto nos rodeaba y crecía a nuestro alrededor. Éramos muy curiosos y siempre estábamos un poco hambrientos. Y cuando no conseguíamos robar de algún patio manzanas aún verdes o bien nísperos de sabor áspero, estábamos dispuestos a probar cualquier cosa que pudiera ser comestible. Conocíamos las hojas picantes y las flores ácidas, las vainas verdes con sabor a rábano y las flores dulces y fragantes de la acacia, cuando a comienzos del verano sus racimos grandes y blancos aparecían colgando por las pendientes de las colinas de Plóvdiv. Demasiado impacientes para esperar a que madurasen, devorábamos golosamente las ciruelas jóvenes de hueso todavía blando, llenas de un jugo amargo y altamente tóxico que por la noche nos daba fiebre; entonces nuestras abuelas, desconcertadas e impotentes, trataban de curarla aplicándonos compresas con vinagre.

Y cuando, pasados los vientos cálidos del verano, a fuerza de errar sin rumbo fijo nos encontrábamos mucho más allá del Maritsa, donde los campos estaban todavía verdes, masticábamos el ajo silvestre, las semillas lechosas de los girasoles aún por madurar, los ácidos vástagos de las vides y los cálices melíferos de las flores, o bien, con las manos arañadas hasta sangrar, recogíamos las zarzamoras apenas rosadas y las endrinas agrias que nos daban dentera. Es decir, que tanto las chicas como los chicos, cada cual siguiendo sus propios caminos trazados a través de los milenios, hojeábamos con avidez el libro infinito de la naturaleza y aprendíamos sus divinos secretos. Y no sólo los de las plantas, sino también los de los seres humanos, porque éstos también tienen su olor y sabor inconfundibles, y entre ellos también los hay picantes, ácidos o melifluos; algunos despiden aromas embriagadores y otros pestilentes, y aun otros encierran en el fondo de su alma un hueso amargo y ponzoñoso capaz de provocar fiebre.

Nos gustaban los días, por cierto raros, en que nuestro tutor Stóichev decidía de pronto suspender las clases y llevarnos a pasear por la naturaleza. Esto significaba un día sin aburridas lecciones y, en el peor de los casos, una redacción en clase de lengua y literatura búlgaras sobre el tema «Una excursión al campo».

Él nos hablaba con pasión del origen de las especies, de las leyes naturales, del sol y las estrellas, y nosotros le escuchábamos embelesados. Pero no siempre, qué va, no siempre. Eran tantos los saltamontes en los claros, los renacuajos en las charcas junto a los arrozales, eran tantas las margaritas con que las chicas se trenzaban pequeñas coronas, que no nos quedaba tiempo para concentrarnos en los graves problemas que tendríamos que solucionar cuando un día, según las previsiones del camarada Stóichev, el sol se apagase. Por de pronto éste brillaba, resplandeciente y alegre, y nosotros lo disfrutábamos con la despreocupación primitiva de los animales; aspirábamos las fragancias del heno recién segado, de la tierra tostada y de los rediles, y la futura muerte inevitable de nuestro astro nos importaba muy poco, pues teníamos la certeza de que nos las apañaríamos de algún modo.

Sin embargo, aquel jueves otoñal, dos años después de la guerra, fue diferente a los demás días en que nuestro profesor nos llevaba al campo para ofrecernos una nueva entrega de su apasionada saga sobre las maravillas de la naturaleza. Nos habían avisado para que fuéramos limpios y bien vestidos y no olvidáramos nuestros pañuelos rojos de pioneros. En el aire flotaba la alegre expectativa de una aventura nueva y desconocida.

Esta nueva aventura empezó con un camión. Encima de la cabina del chófer había una pancarta roja donde se leía en letras blancas: «¡Adelante hacia el socialismo!». Los banderines tricolores[34] que ondeaban chasqueando a ambos lados completaban el ambiente de fiesta. En la cabina, junto al conductor, iba sentado el camarada Stóichev, ataviado con un traje oscuro, corbata y un clavel rojo en la solapa. Nosotros, todo quinto A, íbamos de pie en el remolque, agarrados unos a otros, felices y despreocupados, gritando y cantando todo lo que se nos antojaba, y el viento agitaba nuestros cabellos y nuestros pañuelos.

Inicialmente, el camión viajó por el camino de tierra blanda que iba paralelo al río, y el sol primaveral que se reflejaba en sus aguas lanzaba por momentos destellos deslumbrantes entre los álamos alineados a lo largo de la orilla. Luego, cuando seguimos campo a través por los prados, el camión empezó a bambolearse y todas sus piezas a crujir, y

---

34. La bandera búlgara tiene tres franjas horizontales: blanca, verde y roja. *(N. del T.)*

nosotros dábamos tumbos a izquierda y derecha. Los chicos reían y las chicas buscaban cualquier pretexto para soltar gritos estridentes. Araxi se apretaba contra mí porque tenía miedo, según ella, pero en realidad nos sentíamos alegres: yo cantaba hasta desgañitarme y ella chillaba.

Y ahí estábamos, formando al pie de una tribuna de tablas montada en un dos por tres en medio del campo, cantando con el orgulloso sentimiento de participar en el gran acontecimiento que iba a tener lugar. Dirigía el coro nuestro tutor, tan solemne y radiante como si en ese momento se estuvieran haciendo realidad los anhelos más luminosos de la humanidad. El camarada Stóichev tenía sus razones para sentirse triunfante, aunque a nosotros, sus alumnos, se nos escapaba la importancia histórica de lo que estaba sucediendo. Y lo que sucedía era que en ese lugar se sentaban las bases de la primera cooperativa de trabajo agrícola, que debía unir a los que tenían y a los que no tenían, para aglutinar las parcelas pequeñas y disgregadas de los pobres en un enorme campo cooperativo, que se extendería hasta los azules Ródopes e incluso más allá, hasta el propio comunismo.

Abajo, en torno a la tribuna, ya se había reunido toda una muchedumbre, y por todas partes se detenían carretas campesinas de las que, alegres y excitados, se bajaban cada vez más participantes del gran acontecimiento.

Ondeaban banderas y el viento inflaba las pancartas —como velas de un barco que zarpara hacia mares remotos—, que decían: «¡Mediante la cooperativa, hacia una nueva vida!» y «¡Viva el camarada Stalin, guía de la humanidad progresista!». Y él, el camarada Stalin, nos miraba desde un gran retrato. Miraba con expresión bondadosa, habiéndose quitado por un instante la pipa de la boca, como si se dispusiera a decirnos unas palabras cariñosas y bonitas.

La banda de música de la guarnición, que acababa de llegar en un autobús militar viejo y abollado, anegó en un santiamén con sus marchas marciales nuestro frágil corillo, pero esto no nos afligió, porque nos colmaba la orgullosa conciencia de participar en un acontecimiento sin par.

Sentimiento que también afianzaba el señor Kostas Papadopoulos, quien, en un frenesí, sacaba fotos sin cesar, como temiendo que las generaciones venideras fueran a lamentar profundamente la existencia de lagunas en su archivo.

A un lado ronroneaban tractores alineados como para desfilar en una procesión, nuevecitos y relucientes, engalanados de flores y ramitas de sauces, como si se dispusieran a ir a una boda, más que a un combate por una vida nueva. Uno de los tractores estaba provisto de un dispositivo quitanieves. No pudimos dejar de preguntarnos de qué iba a servir en ese acto, ya que la nieve y las nieblas invernales quedaban aún bastante lejos.

Se dio una señal, la música cesó como cortada de un tajo y se produjo un silencio solemne. Alguien sopló en el micrófono y luego le dio unos toquecitos con un dedo. Arriba, en la tribuna, un personaje de muchos humos —tal vez el secretario del Partido, el que era amigo íntimo del Borrachón, o a lo mejor algún otro, no sé— se puso a hablar, pero no oíamos nada, salvo palabras sueltas que el viento traía hasta nosotros.

Luego, de repente, retumbó crujiendo el megáfono de la camioneta alemana estacionada a un lado y a buena distancia, trofeo heredado de las compañías propagandísticas de Goebbels. Probablemente el cable hacía mala conexión y el mitin pasó a adoptar un giro extraño. La gente miraba hacia el orador sin oír ni entender nada, o bien, como obedeciendo una orden, volvía la cabeza en el sentido opuesto, cuando el cable hacía contacto de pronto y en el altavoz resonaban fragmentos entrecortados del discurso.

Y ese discurso histórico que marcaba el inicio de la vida nueva y feliz sonaba más o menos así:

«... pañeros y compañeras... los campesinos pobres y desposeídos...régim... koljosiano soviético que es un ejemplo y una inspir... perialismo y las fuerzas belicistas... el propio camarada Stalin, nuestro amado maest... una vida feliz para todos los trabajadores del campo... amos a echar abajo los linderos de nuestra pobreza... de bienestar del pueblo... terna amistad con la gran Unión Soviética... iunfo del socialismo en nuestra querida patria...¡Hurra!»

El cuadro sería incompleto si omitiéramos que, en tres ocasiones, el himno nacional empezó a retumbar sin ton ni son para interrumpirse al cabo de un momento. Las causas permanecerán ignotas para siempre, pero lo más probable es que los de la camioneta alemana tampoco lograran seguir el acontecimiento, y de vez en cuando decidieran que aquel discurso interminable y machacón —y es que en aquellos nuevos tiempos todos los discursos eran interminables y machacones— había tocado a su fin.

Todos gritábamos «¡hurra!» y, si mal no recuerdo, tampoco faltó la tradicional joven en traje folclórico que llevaba un enorme pan redondo con una escudilla de sal encima. Había también la típica cinta tricolor tendida entre dos palos, que fue cortada solemnemente por el jerarca, como si allí no empezara «una nueva vida», concepto abstracto y demasiado vago para la gente, sino algo concreto y bien visible, como por ejemplo una vía férrea.

Los tractores, que hasta ese momento zumbaban por lo bajo, soltaron de repente un tremendo rugido y se lanzaron al ataque.

Entonces sobrevino el incidente.

Desde la hondonada cubierta de mimbreras, donde el río más que verse se adivinaba, avanzó una multitud silenciosa.

Eran turcos de los pueblos vecinos, guiados por nuestro mulá Ibrahim *hodja*. Se dirigían hacia los tractores, cual una muralla móvil de hombres, mujeres, niños y ancianos; iban surgiendo desde la hondonada semejantes a una ola irresistible que amenazara con anegarnos, y los feces rojos parecían un campo de amapolas campestres agitadas por el viento. Uno tras otro, los tractoristas, jóvenes que acababan de terminar sus cursos de tres meses, detenían confusos las máquinas.

Frente a ellos se detuvo también la silenciosa muralla de turcos.

El jerifalte, aquel que acababa de hablar en el mitin, gritó a nuestro tutor:

—¡Stóichev, anda a ver qué quieren ésos!

El maestro avanzó sorteando los grandes terrones de tierra recién arada. Tenía un aspecto algo estrafalario con ese traje de etiqueta y un clavel rojo en la solapa. Se detuvo ante el *hodja* y lo saludó con respeto:

—*Hoşgeldin, hodja efendi*.[35] ¿Qué hay?

Solemne y taciturno, Ibrahim *hodja* hizo una reverencia ritual.

—*Hoşbolduk*,[36] profesor, pero no podéis pasar de aquí. Ahí, en la colina, empieza el cementerio turco.

El maestro se rió y pronunció unas palabras que sonaban como un texto de las patéticas películas documentales de entonces.

---

35. «Bienvenido, señor *hodja*», en turco. *(N. del T.)*
36. «Bienvenido sea usted», en turco. *(N. del T.)*

—¿Ah, sí? Vamos a construir una nueva vida, *hodja*, una vida diferente. ¡Y ahora no estamos para cementerios! Vosotros tampoco queréis que vuelva a haber parcelas de sembrados tan pequeñas como remiendos en el calzón de un mendigo, ¿no? Todo esto será colectivo, del pueblo, desde aquí hasta el pie de la montaña.

—Bien, que sea hasta la montaña —consintió pacífico el *hodja*—. Pero haced el favor de no arar la tierra del cementerio.

—Este cementerio es viejo, *hodja efendi*. Es del año de la pera y está abandonado. Ya tenéis otro, nuevo y mejor, al otro lado del río, ¿no?

—Pues si es viejo, eso significa que aquí reposan nuestros ancestros desde tiempos remotos. No los toquéis, no perturbéis su sueño y os bendeciremos todo un siglo.

El profesor Stóichev, que tiempo atrás soñó con prender la mecha de una implacable revolución mundial de los pobres y los desamparados contra los ricos y dueños del mundo, miró a su alrededor indeciso y confuso. Semejante resistencia por parte de los pobres y los desamparados no estaba prevista en su teoría, y por de pronto la práctica también se le resistía.

Entonces corrió hacia allí el mandamás y gritó, airado:

—O sea que eres tú quien los incita, ¿eh, *hodja*? Te voy a arrancar la barba, que lo sepas. ¡Te la voy a arrancar pelo por pelo!

—Como tú digas, señor —repuso, manso, el *hodja*—. Pero no paséis por el cementerio, os lo suplicamos.

El jefe hizo un gesto imperativo con la mano y al instante acudieron corriendo dos milicianos:

—¡Arrestadle!

El profesor intentó arrancar al *hodja* de las férreas garras de los policías.

—¡No haga eso, camarada Tánev! ¡Nos podemos entender por las buenas!

—¡Tú no te metas, maestro, si no quieres pasarlas negras también! Con el enemigo de clase uno no se entiende por las buenas. ¡Lleváoslo!

No vi quién de los dos fue el primero, pero ambos milicianos empujaron con violencia al profesor y éste cayó al lindero arado. Luego agarraron al *hodja* y lo arrastraron, pero los turcos se abalanzaron contra ellos con un grito de indignación para salvar a su sacerdote. Azorados, los policías levantaron sus metralletas alemanas y dispararon al aire dos cortas ráfagas de advertencia.

Cundió el pánico, se oyeron chillidos de mujeres y las madres turcas cogieron a sus hijos para retirarse corriendo hacia el río. Y en medio de todo ese alboroto, desde la tribuna, una voz alegre se elevó a través del megáfono por encima del barullo general:

—¡Abajo la religión, el opio del pueblo! ¡Tractoristas, montad los caballos de hierro! ¡Por la nueva vida, al ataque, adelante!

Tronó la banda de música de la guarnición y un tractorista, con un dispositivo quitanieves acoplado a la parte delantera de su máquina, arrancó del suelo e hizo rodar ante sí las lápidas sepulcrales cubiertas de cardenillo y desprovistas de inscripciones; detrás de él, rugieron los demás «caballos de hierro», según una canción de la época, y revolvieron la bendita y pringosa tierra de Tracia.

El profesor Stóichev permaneció desconcertado y pensativo en medio del barbecho arado, secándose despacio la tierra húmeda que se le había pegado a la cara. Y el señor Kostas Papadopoulos, el gran cronista bizantino, llamado a reflejar en negativo y positivo «el hálito del tiempo», estaba sentado sobre una piedra funeraria volcada, procurando reparar su destrozada cámara fotográfica.

Asustados, cogidos de la mano, Araxi y yo mirábamos con ojos desorbitados y no acabábamos de entender qué había ocurrido exactamente durante esa clase de ciencias naturales. Detrás de nosotros ondeaban banderas y, desde el gran retrato, nos miraba bondadoso el camarada Stalin, guía y maestro de la humanidad progresista, que por un instante se había quitado la pipa de la boca, como si se dispusiera a decirnos unas palabras cariñosas y bonitas...

27

Está lloviznando, y los montoncitos de hojarasca otoñal desprenden un humo que extiende sobre las tumbas una neblina azulada.

Araxi y yo caminamos por el cementerio de Plóvdiv. Ella, friolera, se ha subido el cuello del abrigo y ha hundido las manos en los bolsillos. De vez en cuando se ve a alguna mujer solitaria arreglando las flores marchitas sobre la tumba de un ser querido; nos cruzamos con una procesión de gente pobre, guiada por un sacerdote que farfulla entre dientes una oración, o tal vez sea una maldición dirigida a este tiempo de perros.

Ninguno de los dos dice palabra.

Las cruces de las parcelas ortodoxas dan paso a las pirámides y las estrellas rojas, y a continuación viene el cementerio católico, con sus ángeles de mármol en actitud protectora y sus sauces llorones.

Y aquí está el camposanto sefardí donde yacen diversos Béjares, Sevillas y Toledos. Procurando huir lo más lejos posible del cristianismo que se les pretendía imponer por la fuerza, sus ancestros recorrieron el largo y polvoriento camino que mediaba entre sus existencias española y otomana para acabar yaciendo otra vez al lado de sus vecinos cristianos.

Nos detenemos ante la tumba del Borrachón. La ovalada foto enmarcada en porcelana procede de aquel retrato colectivo donde mi abuelo está sentado entre los tres eclesiásticos, como Napoleón entre sus fieles generales; pero ellos no están allí: los generales no figuran en la imagen. Tampoco están los cisnes, ni las tabernas, ni el inigualable Manush Alíev con el clarinete, ni la viuda Zülfiye. No está mi abuela Mazal: ella reposa en la tierra rojiza de Israel. Por eso no siento ninguna afición particular por los cementerios: les falta lo esencial. ¡Hasta la muerte está ausente, porque es el reverso de la vida y no pinta nada entre los que ya se han ido de ésta!

—Tu abuelo era un hombre extraordinario. ¡Recuerdo que la pasión bullía a borbotones en su corazón!

—Así es. Como dijo Manush cuando se despidió, «¡Eres un gran tipo, Abraham!».

—¿Y tus padres? ¿Dónde está su tumba?

—Nadie lo sabrá jamás. Después de la guerra enterraban a los guerrilleros en fosas comunes, en las zonas donde los mataron. No he ido nunca por allí y nadie me ha podido decir dónde están los restos de mis padres.

Recojo una piedrecita y la coloco con cuidado sobre la lápida, junto al marco de porcelana con el retrato del Borrachón. Sobre las tumbas judías en derredor, invadidas por la maleza y sumidas en el abandono, descansan bien una piedra solitaria, bien un montoncito de gravilla.

—¿Y esto por qué? —pregunta Araxi.

—Entre los judíos es así desde que el mundo es mundo. En el desierto no hay flores. Lo que hay son vientos que se llevan la arena de las tumbas. Es para que no vuele la arena, ni tampoco el recuerdo.

Entonces Araxi se agacha a su vez y coloca una piedrecilla en memoria del Borrachón.

Seguimos por las alamedas armenias.

Ahí están también ellos, en un marco ovalado de porcelana muy similar: madame Marie Vartanian, la inigualable, y el señor Vartanian, con aquel panamá blanco con que ha quedado en la memoria de la gente que vivía en el barrio del Cementerio del Medio, así como de los de más arriba, los del barrio armenio. A todas luces es una foto tomada por Kostaki Papadopoulos en alguna fiesta, porque en el retratito ambos sonríen joviales, radiantes y abiertos a las alegrías de la vida.

—La foto miente —dice Araxi—. Aquí sólo está sepultada mi madre.

—¿Y tu padre?

—Ya te lo contaré, pero aquí no. Ahora quedémonos callados un rato.

Un poco más tarde, cuando el silencio se vuelve pesado, digo, incómodo:

—Ni siquiera hemos traído flores...

—No hace falta. No me gustan los cementerios. ¡Puede que sea una mala hija, pero no me gusta venir aquí! Vámonos.

Estamos caminando; ya no necesitamos clases de ciencias naturales, pues algo hemos aprendido sobre la naturaleza muerta, y también sobre la viva, aquella que esconde un hueso ponzoñoso en el fondo del alma, un hueso con sabor a almendra amarga.

Guardan silencio las tumbas ortodoxas, católicas, judías, armenias y musulmanas. Nunca ha reinado la paz entre los vivos. Los muertos demuestran más sabiduría.

El viento levanta torbellinos de humo de los pequeños montones de hojas otoñales, como un aquelarre de espíritus azulados que se han empeñado en bailar.

Sigue lloviznando, y nosotros caminamos y nos fundimos en esa neblina.

Acabamos de volver del cementerio y estamos sentados en casa de Kostaki Papadopoulos. Araxi ha querido que pasáramos a ver al viejo, y ahora bebe té a sorbos y se calienta las palmas de las manos con la taza. Encima de nuestras cabezas se balancea una pantallita de cartón chamuscado, haciendo vacilar el espacio, estirando y encogiendo las sombras.

Con las gafas sobre la punta de la nariz, Kostaki ha extendido un casete fotográfico enrollado, de los que antes llamábamos «seis por nueve», e intenta ver a contraluz las imágenes que figuran en él.

—Aquí está la primera granja cooperativa. Aquí estáis vosotros con el profesor Stóichev, y la banda de música de la guarnición. ¡Sí, aquí está! Cuando removieron el cementerio turco. Fue un gran pecado, Berto *dzhan*, un gran pecado. ¡No se debe hacer la guerra contra los muertos!

—Siempre se ha hecho —digo— y se hará. Pero los vencidos siempre serán los vivos.

Araxi se ha inclinado sobre su taza de té, bebe y nos observa en silencio a través del vapor.

—Qué más da: ¡la función ha terminado!

Kostaki enrosca la cinta «seis por nueve», la coloca en el

cenicero delante de él y antes de que adivinemos su intención, raspa una cerilla y la enciende. El celuloide se consume rápido, siseando y echando una llama espesa y nauseabunda.

—¿Pero qué haces? —exclamo.

—Hay cosas, *dzhan*, que más vale que no se recuerden. Dejemos que la hierba vuelva a crecer.

29

Era de noche y afuera se oyó el lúgubre retumbar de los bombos, algunos cercanos y otros desde lejos: «¡Pum! ¡Pumpam! ¡Pum!».

Me levanté asustado de la cama y vi a mis abuelos. Estaban de pie junto a la ventana abierta, con los ojos fijos en la oscuridad. Mi abuela Mazal iba en camisón, con el pelo gris suelto llegándole hasta la cintura, y el Borrachón, en camiseta, con el pantalón puesto a toda prisa y con chancletas.

Me acerqué descalzo a ellos y me subí a una silla para ver qué pasaba. Pero no vi nada: la calle estaba oscura como boca de lobo. Sin mirarme y sin decir palabra, mi abuelo me pasó el brazo alrededor de los hombros.

—¿Qué es esto, abuelo?

—El ramadán bairam. Una gran fiesta de los turcos. No han probado bocado en todo el día y ahora se van a sentar a comer. Por eso tocan los bombos: son la señal de que es hora de cenar.

—¡Tengo miedo! —gimoteé.

—Yo también —dijo el abuelo—. Esto me da mala espina. Están cuchicheando entre sí. Se traen algo entre manos.

—Ayer me encontré a Ismet, el zapatero —agregó mi abuela en ladino. Así es como hablábamos: nosotros en búlgaro y ella en ladino—. Parecía inquieto, preocupado. Estaba clavando tablas sobre la puerta de su taller. Le pregunté qué hacía, pero él dale que dale con el martillo y no me respondió. Tal vez porque tenía la boca llena de clavos.

—¡No seas idiota, mujer! ¡Lo importante no es lo que tienes en la boca, sino en la cabeza! —Y el Borrachón repitió—: Esto me da muy mala espina, se traen algo entre manos...

Volví a mirar afuera y me di cuenta de que se iban iluminando cada vez más ventanas de las casas vecinas, judías como la nuestra, y desde ellas se asomaban escrutando las tinieblas otras personas desveladas.

¡Pum! ¡Pum-pam! ¡Pum!...

Día de otoño, mustio y gris.

La pequeña plaza ante los viejos baños turcos estaba atiborrada de carretas, de turcos y turcas, de niños, ancianas, búfalos, mulas y fardos, de enormes bultos de alfombras de muchos colores, camas desmontadas, mesas, bandejas, braseros de cobre... Rebuznaba un burro asustado y en alguna parte sonaba una *zurna*, el clarinete turco, triste y solitario...

A un lado, en la acera ante la taberna, justo bajo la parra, nos habíamos apiñado nosotros, los «otros» del barrio del Cementerio del Medio. El barbero Alipi había aparecido ante su cortina de caña salpicada de cuentas azules; el tendero Meto, macedonio de Prilep y antiguo *comitadji*, y ahora vendedor de diversos objetos útiles para el hogar, entre ellos el anís y las almendras garrapiñadas, aguardaba de pie ante su colmado, en el tercer peldaño de la escalera.

Pregunté asustado:

—¿Adónde van, abuelo?

—Se van —repuso sombrío el Borrachón—. Les removieron la tierra de su cementerio y se van.

—¿Adónde?

—A alguna parte, qué más da. Adonde no les remuevan la tierra del cementerio.

Alguien me cogió de la mano; era Araxi. Traía una gran pelota multicolor, de importación: en nuestro barrio no se vendían como ésas.

Captó mi mirada y respondió, sin que yo se lo hubiera preguntado:

—Se la podemos regalar a Mehmed como recuerdo, ¿no?

La llevé de la mano, entre los búfalos recostados perezosamente, hacia la cabeza de la caravana de caballos y bueyes que se preparaban para partir. Allí, en medio del caos de enseres domésticos y aperos agrícolas, descubrimos a Mehmed, el pequeño turco que venía a la escuela sin calcetines y con unos chanclos forrados demasiado grandes. Estaba ayudando a su padre a enganchar los caballos al carro, sobrecargado de colchones y trastos.

—Mehmed —grité—. ¡Mehmed!

Él se volvió y nos miró con salvaje e inexplicable rencor.

Quedé desconcertado, pero Araxi, siempre más resuelta que yo, tendió la mano y le dio la pelota.

—¡Toma, Mehmed! Como recuerdo.

El turco cogió la pelota y la tiró con rabia, y ésta rebotó y rodó entre los pies de las bestias. Luego saltó al carro, al que ya se había subido todo un enjambre de niños. Sobre los colchones estaba acostada una anciana tan decrépita que ya no parecía de este mundo, y su boca, abierta y desdentada, estaba torcida en una sonrisa enajenada y absurda. Mehmed propinó un brutal latigazo al pobre caballito y éste arrancó guiado por el padre, que llevaba las riendas.

Tras la carreta fueron desfilando mujeres a pie, una llevando una caldera de cobre, otra un cántaro, otra dos tubos de estufa oxidados e inútiles debajo del brazo... Y pasaron sin dignarse a mirarnos.

Otra lección imprevista de ciencias naturales: cómo se siembran los dientes de dragón del odio en un suelo abonado por la intolerancia. Un odio estéril y devastador, que no sólo apunta a quien lo ha merecido, sino que lo devora todo a su paso. Un odio ilógico, porque hace que paguen justos por pecadores y rebasa, o incluso olvida, las causas que lo han engendrado. Empieza su existencia como una espora anidada en los pliegues más recónditos de la conciencia y espera su hora, royendo el alma por dentro y engordando, hasta que un día salta afuera transformado en un monstruo terrible de cien patas, ávido de sangre.

Cuentan que hace mucho tiempo, todavía en la época de la dominación turca, los albaneses de nuestro barrio se vengaban unos de otros. Una *vendetta* interminable y sangrienta enfrentó a varias familias generación tras generación, y ambos bandos ya habían olvidado cuándo y por qué empezó todo aquello.

A medida que pasaban los años de mi juventud y de mi madurez fui adquiriendo una conciencia cada vez más profunda y clara de la esencia de ese mal, cuyo principal caldo de cultivo es el rechazo. Como cuando sientes —o te hacen sentir— que tú, tu grupo, tu capa social o tu tribu sois distintos de los demás por determinados signos, que estáis estigmatizados por una marca de alteridad. Cuando penetra hasta lo más hondo de tu alma la oscura amenaza que esconde la cruz negra dibujada en tu puerta con alquitrán, o que encierra la estrella amarilla cosida sobre tu pecho; cuando te atenaza la garganta la soledad desesperada del negro en una sociedad de racistas blancos, la del judío en medio de los nazis, cuando cada fibra de tu ser sabe qué significa ser ateo entre creyentes, comunista entre mezquinos pequeñoburgueses o disidente entre comunistas de estricta obediencia.

Nuestro profesor Stóichev no participó en esta lección de ciencias naturales, aunque habría podido revelarnos sus profundidades más oscuras. Creo que le avergonzaba demasiado tomar parte.

Pero de haber estado ahí, acaso nos hubiera repetido una y otra vez su pensamiento favorito: que todo en esta vida tiene su lado oculto y que ese lado oculto no siempre es visible o sencillo de descifrar. Es invisible, pero existe, como la cara oculta de la luna, y nuestro deber, eso decía el camarada Stóichev, es buscarlo, estudiarlo y comprenderlo. En este caso concreto no se trataba de la luna, sino de la Media Luna, y Araxi y yo no tardamos en tomar conciencia de su lado oculto y bien diferente.

Molestos y desconcertados, Araxi y yo volvimos con mi abuelo justo en el momento en que se le había acercado el mulá Ibrahim *hodja*.

Ambos, el Borrachón y el mulá, se miraron un rato, y luego el turco agarró a mi abuelo por el cuello, como si fueran dos luchadores a punto de iniciar el combate, y lo sacudió. Entonces dijo:

—¡Adiós, Abraham! ¡Adiós, viejo borracho y mujeriego! Que Dios os guarde en buena salud a ti y a Mazal, yo la quiero mucho, y también a tu nieto Berto; míralo, con la boca abierta como un papanatas ante un pedazo de turrón. Y perdona si te he ofendido de algún modo. Tú y yo hemos compartido muchos años de vida y nos hemos pasado de listos el uno con el otro, y al final el Maligno ha podido con los dos.

—¡Perdóname tú también! —dijo mi abuelo, y por primera vez en su vida vi en sus ojos unas lágrimas no provocadas por el humo del brasero—. Ojalá tengáis más suerte allá donde vais. ¡Y bendito seas, hombre de Dios!

El *hodja* le tendió su rosario de grandes cuentas de ámbar.

—Toma, lo compré en los santos lugares de Jerusalén cuando los dos fuimos de peregrinaje, ¿te acuerdas?

—No, no me acuerdo —repuso con cuidado mi abuelo, viendo venir la trampa—. Debía de estar borracho.

—En cambio, presumiste delante de Zülfiye de haber ido tú también y de ser un *hadji*[37] como yo. ¿No? O a lo mejor puede que lo soñaras.

—Yo no soñé nada de nada, viejo. ¡Eres tú el que sueña bobadas! Yo estuve en Jerusalén en tiempos del emperador Vespasiano. En persona. ¡Combatí contra sus legiones cuando tú aún estabas en el cojón izquierdo de Alá! ¡Vaya sinvergüenza, quién eres tú para decirme si soy un *hadji* o no! ¡Eh, Berto, díselo!

Yo me encogí de hombros: desconocía la respuesta. Sabía de su campaña cuando atravesó los Alpes a lomo de elefantes, y también estaba enterado de su hazaña cuando, siendo dux y hojalatero supremo de Venecia, hundió con un solo trirreme de combate la poderosa flota de los sarracenos; pero era la primera vez que oía hablar de esa guerra que había librado contra los romanos.

En un tono sereno y pacífico, el *hodja* le confirió el título honorífico:

—¡Bueno, que sea como tú dices, *hadji*! ¡Adiós, peregrino Abraham, y que nunca puedas liberarte de las cosas buenas de la vida!

Volvió a reinar la paz y los dos se dieron un beso mezclando sus barbas.

Luego Ibrahim *hodja* se acercó al pope Isaías y al rabino Menashé Leví, que esperaban con paciencia su turno. Dirigió a cada uno el *temennah* ritual, un saludo mahometano, y dijo con gran tristeza, en un tono poco menos que implorante:

---

37. Cristiano que ha estado de peregrinaje en Jerusalén, o bien mahometano que ha visitado La Meca y Medina. *(N. del T.)*

—Perdona, Menashé, hijo de David. ¡Y tú también, padre Isaías! Perdonad si os ofendí de algún modo. Pero no hay remedio: nos vamos. ¡Es la voluntad de Alá y así se hará!
—¡Perdona tú también, Ibrahim! ¡Que Dios te bendiga! —respondieron a coro los dos, y le saludaron con una profunda inclinación.

Se besaron tres veces para despedirse y luego el mulá siguió a los suyos.

Lejos, a la cabeza, allí donde estaban los primeros carros, resonó una triste *zurna* y retumbó un bombo. Ante nosotros fue desfilando, silencioso y desordenado, el tropel de emigrantes.

Y de repente la vimos: ¡Zülfiye *hanım*! Estaba sentada en el pescante y miraba derecho ante sí.

Mi abuelo gritó con una descabellada esperanza en la voz:

—¡Zülfiye! ¿Me oyes, Zülfiye *hanım*?

Pero ella no se volvió, sino que sólo se cubrió más la cara. La viuda seguía mirando al frente a través de la estrecha abertura de su velo cuando el carro pasó muy cerca del pope Isaías y de *haribi* Menashé Leví. Ya no tenía aquella mirada reluciente y densa como aceite de rosas.

Los emigrantes continuaron marchando, y carretas, búfalos y rebaños de ovejas desfilaron despacio.

Mi abuelo me cogió una mano a mí y otra a Araxi mientras por sus mejillas rodaban unas lágrimas que ni siquiera se preocupaba de enjugar. Y nunca sabré por qué lloraba el Borrachón: si por Zülfiye *hanım*, por su amigo y rival Ibrahim *hodja* o por esa vida de mierda tan mal concebida por los tres grandes dioses.

Kostas Papadopoulos pone la retorcida cinta fotográfica «seis por nueve» en el cenicero que está delante de él sobre la mesa, raspa una cerilla y le prende fuego. El celuloide se consume rápido, con una llama que sisea, humeante y nauseabunda.

—¿Qué haces? —pregunto.

—Hay cosas, *dzhan*, que más vale que no se recuerden. Dejemos que la hierba vuelva a crecer.

Araxi me observa por encima de su taza de té, con la que se calienta las manos heladas tras el paseo por el cementerio, y en sus ojos se ve el brillo entre irónico y alegre de quien hace mucho comprendió unas verdades que el bobalicón sentado frente a ella aún tardará mucho en captar.

La cinta se consume, suelta una última bocanada de humo y se convierte en una materia entre gris y negra privada de recuerdos.

31

El rosario de ámbar

El Borrachón ya había bebido bastante, y seguía empinando el codo mientras tarareaba una cancioncita; yo, algo incómodo, daba sorbos a mi botella de limonada en la taberna frente a los baños turcos.

Junto a nosotros se sentó sin decir palabra el camarada Stóichev, que suspiró pesadamente. Era más bien un doloroso gemido, pero mi abuelo tardó mucho en alzar la mirada, fija hasta entonces a través de la mesa en un punto infinitamente lejano. Él puso un vaso grande ante el maestro y lo llenó de vino hasta que empezó a desbordar.

Stóichev, que seguía callado, lo levantó, lo apuró de una vez y se enjugó los labios con el dorso de la mano. Luego preguntó, con expresión abatida:

—¿Qué ha pasado, Abraham?

—Pues ha pasado lo que vosotros preparasteis, camarada. ¿No les enseñabais a cantar *Bandiera rossa* en turco? ¡Ellos confiaron en vosotros y cantaron el «*Karmızı bayrak yaşasın*»![38] ¿No los animabais a votar por vosotros con la papeleta roja? Ellos os creyeron y votaron. Hasta que la cagasteis y se armó la gorda. Así está la cosa, amigo mío.

---

38. «Viva la bandera roja», en turco. *(N. del T.)*

—No debían marcharse. Se cometen errores, pero se perdonan. Todo podría haberse arreglado.

—Hay cosas, compadre, que no se arreglan así de fácil... ¿Sabes qué retiene al barco en el muelle? ¡El ancla! Si no, la tempestad se lo lleva. ¿Y sabes cuál es nuestra ancla? Los muertos, amigo, los muertos. ¡Un ancla hundida en la tierra! La vida es como un rosario: se va un hombre y viene otro. ¡Mira!

Y el Borrachón comenzó a pasar una tras otra las cuentas del rosario de ámbar de Tierra Santa que le había regalado Ibrahim *hodja*.

—¡Ancestros... abuelos... padres... hijos... nietos... biznietos! Esta cadena que ensarta a tantas generaciones es un gran misterio, maestro. Une a los que están bajo tierra con los demás, los que caminamos por su superficie. *Verstehen?*[39]

De pronto el Borrachón tiró con rabia del rosario con ambas manos, el hilo se rompió y las grandes cuentas de ámbar rodaron al suelo una tras otra con un ruido sordo, tan lentas y ligeras como si fueran de goma. Mi abuelo ladeó la cabeza y apretó los dientes, como siempre hacía cuando a la borrachera se sumaba la mala uva:

—¿Lo ves? —continuó—. Cuando nada las sostiene juntas, se dispersan por el mundo. Cada una rodará a alguna parte e irá a parar a alguna esquina. ¡Pero son cuentas separadas, ya no son un rosario! *Verstehen?*

Sirvió de nuevo al maestro y a sí mismo y los dos volvieron a vaciar sus vasos de un trago.

Yo presentía que esa noche el Borrachón iba a acabar como una cuba, según su propia expresión, y me escabullí sin ser visto. Poco después estaba tirando, traicionero, del

---

39. «¿Entiendes?», en alemán (en realidad, está en infinitivo: «entender»). *(N. del T.)*

brazo de mi abuela Mazal para guiarla a través de la pequeña plaza.

El aprendiz de la taberna ya había recogido las desparramadas cuentas del rosario, y las estaba colocando con timidez encima de la mesa cuando la avasalladora sombra de mi abuela se cernió sobre el Borrachón. Ella lo agarró por debajo de las axilas sin decir nada y sin muchos miramientos, y el Borrachón se levantó dócilmente, sin oponer resistencia, como un niño. Se hurgó los bolsillos y sacó un mísero billete arrugado, pero el profesor le cogió la mano.

—Deja, pago yo.
—¡Chitón! ¡Cuando Abraham invita, no paga otro!
—Siguió hurgándose los bolsillos y al fin hizo un gesto con la mano y gritó hacia el tabernero—: Pesho, ponlo en mi cuenta. La semana que viene te lo pago todo de una vez...

Mi abuela le tiró del brazo con insistencia y él echó a andar, pero de repente se escapó de su férreo agarre y volvió atrás. Puso su pesada mano de hojalatero bajo el borde de la mesa y con la otra recogió las cuentas de ámbar. Y una vez que las hubo dejado caer en su bolsillo con la concentración propia de los borrachos, sin que ninguna se le cayera al suelo, volvió a andar dócilmente con las rodillas algo dobladas, sostenido a un lado por mi abuela y al otro por mí.

Y en la callada plaza resonó con alegría su canción preferida:

> «Acércate a la ventana, ay, ay, ay,
> *Palomba* de la alma mía...
> Que a la hora temprana, ay, ay, ay,
> Me muero, amor, de frío...»

Hasta yo, todavía un renacuajo humano, sabía que esa paloma había volado y que no iba a volver nunca más.

Cuarta parte
Del octavo día de la semana, cuando el correo de París está mano sobre mano mientras el ciudadano mayor Lúkov sobrepasa el plan de extracción de hulla.

Trenes a ninguna parte

El whisky dorado llena los vasos: la inauguración de la exposición colectiva está en su apogeo. Desde la terraza sobre las Tres Colinas se extiende el panorama de la ciudad, con sus cerros verde oscuro como islas que emergen del mar de bruma transparente, con la Gran Mezquita a nuestros pies, la vieja Torre del Reloj en la loma de enfrente, y el valle de Tracia que se hunde en una crepuscular modorra azulada y por el que serpentea el lienzo de cáñamo del Maritsa, cada vez más oscuro.

Se nos acerca nuestro anfitrión, un tipo extraño y con gafas que sostiene bajo el brazo, por idiota que parezca, un gallo blanco, imponente y bien vivo. Igual que las estrellas de cine llevan a sus perritos favoritos.

—Les voy a presentar —dice Araxi—. Él es el catedrático Albert Cohen, bizantinólogo. Nació en Plóvdiv, pero huyó a Israel para que sufriéramos su ausencia. Y él es el grandioso protector de las artes conocido como Nacho la Cultura. Una pieza de museo de Plóvdiv. En otros tiempos era una especie de alcalde del casco antiguo, mientras que a fecha de hoy, durante el neolítico democrático, es propietario de una galería privada.

—Y de un gallo —añade con orgullo el hombre.

—He oído hablar de usted y de su gallo —digo.
—No pasa nada. —Y Nacho acaricia la cresta del gallo—. Nosotros soportamos la fama con valentía.
—¿Está vivo?
—¡No lo toque, que pica! —advierte el anfitrión, y estampa un beso en la mejilla de Araxi—. Ésta también pica, así que ¡mucho ojo con ella! Se lo digo porque los judíos me caen bien. ¿Tenéis bebida?

Y habiéndose asegurado de que todo lo relativo a los judíos y al alcohol está en orden, se esfuma como un fantasma llevándose a su gallo.

Los dos estamos en el porche con suelo de madera. Abajo, en el verde césped del patio, alrededor del antiguo pozo de mármol y a lo largo de la maciza tapia encalada donde cuelgan los lienzos de los pintores, se ha reunido mucha gente. Todos con un vaso en la mano, forman pequeños grupos. Araxi intenta ejecutar un amplio gesto panorámico y derrama su whisky.

—A falta de alguna definición mejor, a esto se le podría llamar la élite intelectual de la ciudad, con sus estrellas nacientes y las que están en declive.
—Vale, pero esto no es motivo para que derrames tu bebida.
—¡Ya estoy borracha!
—Tienes mucha prisa.
—El que la tiene es el alcohol.
—¿Sabe tu marido que estás conmigo?
—No sé mentir. ¿Por qué, acaso importa?
—A mí no, pero quizá a ti sí.

Ella hace un gesto de menosprecio y vuelve a beber.

Se nos acerca aquel pintor barbudo de ayer, Pavka, o como se llamara, ya bastante borracho.

—¿No será usted Araxi Vartanian, mi amor no correspondido?

—Así es —replica ella.

—Esto está plagado de críticos —susurra él en tono confidencial, y esta vez me pincha a mí con su dedo todavía azul—. ¿Y sabéis lo que hay que hacer cuando un crítico te estrecha entre sus brazos? Lo mismo que con un oso: ¡hacerse el muerto! ¡El crítico nos husmea, nos escupe y se larga sin devorarnos!

El pintor se echa a reír celebrando su broma, coge la botella de la mesa y se sirve tanto whisky como puede caber en el vaso. Luego se esfuerza en bajar con dignidad por la escalera de madera.

—¡Lo mejor de esta broma —Araxi me pincha con el dedo como el pintor— es que la crítica te estreche entre sus brazos! ¡Quiero que me estreches entre tus brazos!

—¿Y te vas a hacer la muerta?

—Me voy a hacer la feliz.

Ella lanza una mirada furtiva a su alrededor y me besa rápidamente en la comisura de los labios. Reconozco que esto me confunde: estos últimos días, Araxi nunca se ha mostrado así de frívola. Digo:

—¡Desde luego, estás borracha!

—Yo he sido la primera en decirlo.

Nos mezclamos con la gente en el jardín y nos arrastra el torbellino de conversaciones banales sobre el arte y el tipo de cambio del dólar, el alcohol, los cuadros, los cigarrillos, las caras desconocidas, un poco de política y unos cuantos chismes.

En medio de la multitud diviso al abogado Karalámbov, pero en el momento en que nuestras miradas se cruzan, él se vuelve y desaparece en menos que canta un gallo en el sótano de la casa, donde se ubica una parte de la galería de Nacho, el del gallo. Mejor así, para que haya paz en la tierra y reine el amor entre los hombres. Con su pan se lo coma; yo no le cederé la casucha, lo tengo bien decidido, por lo tanto más vale para ambas partes evitar los encuentros indeseados. De nada serviría salpicarse otra vez los pantalones con champán.

En un momento dado, Araxi me tira de la manga.

—No te vuelvas de golpe. Justo detrás de ti se ha plantado un tipo de negro que no me quita ojo. ¿Quién será?

¿Cómo diablos voy a saber quiénes son los tipos de negro? A fin de cuentas, no soy yo quien vive en esta ciudad, sino ella.

Me vuelvo con disimulo. Un hombre muy mayor, de pelo canoso y corto y aspecto severo y ascético, embutido en una guerrera abotonada hasta el cuello, observa a Araxi sin parar. No hace más que rozar con los labios la copa de vino blanco y volver a mirar hacia nosotros. Cuando sus ojos encuentran los míos, me saluda cortésmente con una inclinación de la cabeza apenas perceptible, sin que le tiemble un solo músculo de la cara.

—En todo este rato no ha dejado de pisarnos los talones. ¡Es inevitable como la muerte!

Ella se sirve otro trago y se dispone a beber, pero yo le quito el vaso de la mano con un gesto suave y a la vez firme y lo coloco en la mesita de mármol. Como una niña caprichosa que no soporta ninguna intervención por parte de los adultos, Araxi agarra el vaso con enfado, me lanza una mirada fulminante y, con un gesto desafiante, se toma la bebida de un trago.

Meneo la cabeza con desaprobación:

—Como decía mi abuelo, ¡acabarás como una cuba!

—Es problema mío... aunque pasará a ser tuyo cuando tengas que llevarme en brazos en esta apacible noche otoñal... Pero de verdad, ¿qué quiere de mí ese tío?

El hombre de negro bebe, o más bien moja sus labios en

vino blanco, y vuelve a fijarse en nosotros. Araxi pierde los estribos y se abre paso con cierta brusquedad entre el bullicioso corrillo de genios locales, la mayoría de pelo largo y barbudos, algunos con coletas y pendientes. Sólo faltan los aros en la nariz. Intento alcanzarla y detenerla, pero ella ya está ante el hombre de la túnica negra.

—¿Puedo ayudarle en algo? —pregunta ella con cara de pocos amigos.

Él, comedido y cortés, le responde con una voz sorda y gutural:

—Perdone, no quería importunarla, señora. Me llamo Panayótov, doctor Kamen Panayótov. Ex fiscal militar.

Araxi me mira, perpleja.

—¿Y yo qué tengo que ver con eso?

—¿Por casualidad le suena el nombre de Marie Vartanian?

—Un poco, sí. Pero no se puede decir que sea por casualidad. Es mi madre.

El hombre vuelve a contemplar largo rato a Araxi antes de decir:

—El parecido es asombroso. ¡Increíble! La mujer más fascinante que jamás haya conocido. Yo la adoraba. Era el gran amor de mi vida... pero, por desgracia, platónico y desesperado. Inaccesible como una estrella lejana. Porque el padre de usted era amigo mío. Un amigo muy entrañable, que en paz descanse. ¿Sabe que él no está enterrado al lado de su madre?

—Desde luego.

—¿Y sabe dónde está enterrado?

Araxi niega con la cabeza.

—Porque yo lo sé. Murió en mis brazos. Usted era pequeña... fue cuando emigraban a Francia...

Se dirige hacia mí y con una cortesía anticuada me dice:

—¿Me permite robarle un instante a su dama?

Abro los brazos sin decir palabra: ¡a sus órdenes, señor fiscal militar!

Por lo visto, acaba de terminar una función en algún teatro cercano, porque el jardín se va inundando de actores y actrices, todavía con su maquillaje y con sus ropajes de la obra. Deben de haber interpretado algo de Bulgákov: gruesas especuladoras pintarrajeadas, putas moscovitas semidesnudas, muchachas del Ejército Rojo, policías de la Checa con cazadoras de cuero y gitanas emperifolladas con vestidos abigarrados y lustrosos. A todas luces, esta invasión teatral también forma parte del programa de la inauguración, que ya de por sí no carecía de exotismo con sus genios de pelo largo, su abundancia de alcohol y el anfitrión, con su gallo blanco bajo el brazo.

A menudo lanzo miradas hacia los cuadros de pintores locales, que son el motivo, hace mucho olvidado, de este acto festivo, donde Araxi y aquel estrafalario hombre de negro mantienen una conversación animada, ajenos a toda esta hueste de artistas que los rodean.

En varias ocasiones veo, a través de la bulliciosa y vibrante multitud, que Araxi llora, dice algo excitada y se seca la nariz con un pañuelo que le ofrece, galante, el hombre de negro.

Ya no sé dónde nos encontramos; es un espacioso taller de pintura. La gente está sentada en el suelo, tumbada en alfombras decorativas de hebras largas y en cojines, y en el piano está tocando Araxi. La han rodeado aquellas putas demasiado pintadas, los policías de la Checa y las gitanas que cantan en horrendas terceras la conocida canción de las tabernas de mi adolescencia «¿Se acuerda usted, señora?».

Es extraño que, a pesar de los cambios tumultuosos y las grandes conmociones, los ritos de borrachera de los tiempos de mi abuelo aún pervivan, practicados en un entorno nuevo y con algunos matices de modernidad, con la diferencia de que entonces el aire estaba impregnado del apestoso olor a cigarrillos Tomasian de tercera, mientras que ahora percibo el aroma dulzón de la marihuana. ¡A cada época, sus fragancias!

De buenas a primeras, mientras estoy sentado en un sillón, un benefactor desconocido me deja caer encima, literalmente, a una chica en mallas de bailarina. Ésta me rodea la cabeza con sus manos y me estampa un beso largo que yo no he hecho nada por merecer. Mientras la muchacha sigue pegada a mí, a duras penas consigo ponerme las gafas y sólo entonces reparo en que, a mi lado, está el ex fiscal militar esperando con paciencia el desarrollo de los acontecimientos. Sin prestar atención a la mujer sobre mis rodillas, me dice:

—Por favor, llévese a la señora Vartanian. Está bebiendo mucho y se va a encontrar mal.

Me zafo de esta repartidora de besos de alas ligeras, testimonio viviente de la completa emancipación de las costumbres morales en estas latitudes, en otras épocas subordinadas a tantos cánones y convencionalismos patriarcales.

Hurgo en los montones de ropa tirados en la antesala y por el suelo, hasta que descubro el abrigo de Araxi. Me lo cuelgo del brazo y me abro camino en dirección al piano, pero veo que ya no toca ella, sino un hombre.

Miro alrededor, la busco con los ojos y paso a la habitación contigua, que es el verdadero taller del pintor, con caballetes y lienzos inacabados y con una gran mesa cubierta de miles de pinceles desparramados en desorden, tubos vacíos, tarros, vasos y platillos con pintura reseca: me parece, con perdón, que no es un desorden artístico espontáneo, sino una exhibición premeditada y no carente de cierta coquetería; un toque de exotismo bohemio en honor a los visitantes del taller. Pero Araxi tampoco está aquí: ¡ha desaparecido!

Me precipito fuera y la veo alejarse, casi corriendo, hacia la mezquita. Grito:

—¡Araxi!

33

Yo corría tras el coche, llorando y gritando:
—¡Araxi!

Ellos no me oían, pues los chasquidos rítmicos y sonoros de los cuatro pares de herraduras sobre el pavimento se sobreponían a cualquier otro ruido. Cuando giró por la avenida que llevaba a la estación de tren, el coche cobró velocidad, se alejó raudo y se perdió. Y yo, ya sin aliento, seguí corriendo y corriendo.

Cuando salí al andén, el tren ya estaba a punto de ponerse en marcha. Los revisores lanzaban silbidos estridentes y la asmática locomotora, envuelta en humo y vapor, empezó a jadear más deprisa. Logré distinguir los letreros escritos en letras latinas que colgaban sobre los ahumados y sucios vagones de color verde: «Estambul-París».

Por fin los divisé en una de las ventanillas de un vagón de segunda: madame Marie Vartanian y el señor Vartanian, asomando la cabeza por encima de la de ella.

Algunas personas, a buen seguro parientes, caminaban en paralelo al tren y les gritaban algo en armenio con voz jovial. Hubo, desde luego, lágrimas de despedida y sonrisas a través de las lágrimas. Eché a correr hacia ellos, y mi antigua profesora fue la primera en verme tratando de abrirme paso como podía en medio de la muchedumbre que había ido a despedir a los suyos. Exclamó, feliz y excitada:

—¡Querido Berto, mi querido Berto! ¡Qué bien que hayas venido! ¡Saluda a tus abuelos de mi parte! Y ven a visitarnos, ¿me oyes?

Entonces apareció en la ventanilla Araxi y se asomó peligrosamente afuera. Gritó algo, pero sus palabras se hundieron en el pitido de la locomotora. Por el movimiento de sus labios entendí que decía: «¡Te escribiré!».

Luego me fui quedando atrás y me detuve: había llegado al final del andén. El tren fue alejándose, la locomotora dio un último pitido a modo de despedida y vi desaparecer el último vagón. Justo encima de mí cabeza colgaba el letrero escrito en caracteres cirílicos y latinos: «Plóvdiv».

Como ya he dicho, ella nunca me escribió.

34

Ahora, una era geológica más tarde, estoy en el mismo sitio, al final del andén. La estación no ha cambiado mucho. Araxi se ha apoyado contra una de las columnas que sostienen el techo, las mismas columnas de hierro fundido de entonces.

Pero esta vez es ella la que llora.

Me acerco a ella, la arropo solícitamente con el abrigo y le tiendo mi pañuelo. Lo toma, pero no se enjuga las lágrimas sino que se pone a borrar la oblicua marca roja de carmín que me ha impreso en la boca aquella chica caída del cielo. Sonrío con aire incómodo, pues no me había percatado de este detalle, y ella también sonríe, sollozando como una niña.

—Perdona —dice—. Estoy muy borracha.

La observo sin decir nada. A la luz gris del día naciente me parece más bonita, con los rasgos como purificados, con una suavidad al pastel, de icono, y con una expresión infantil en la cara. En estos pocos días de mi estancia en mi ciudad natal, nunca se ha acercado tanto a su imagen de aquel tiempo, que se grabó como una matriz imborrable en mi alma.

La acompaño despacio por el andén desierto.

Salimos a la plaza ante la estación. Levanto la mano y uno de los taxis que dormitan se nos acerca.

—¿Me vas a contar qué ha pasado? —pregunto.

—Tal vez. Aquel hombre, el fiscal, me ha contado cosas que yo no sabía. Tal vez, pero luego. Ahora tengo que volver a casa: puede que mi marido ya haya avisado a la Interpol.

—Sabe que estás conmigo, ¿no?

—Uno sabe sólo lo que quiere saber. Sabe que tengo un invitado, un amigo entrañable de la infancia, y que debo atenderlo. Pero no sabe que en realidad es el invitado el que debe atender a su achispada anfitriona... ¿No vas a subir?

—No —digo—. Prefiero caminar un poco.

Me da un beso rápido en la mejilla, casi mecánicamente. Luego el taxi se la lleva y yo me quedo en la plaza ante la estación.

Las colinas aún guardan los colores de la noche y se ven de un violeta oscuro. El cielo sobre ellas se tiñe de rosado.

La inauguración ha terminado; la vida continúa...

35

El viejo Kostas Papadopoulos baja por la escalera arrimada a los anaqueles trayendo una de sus polvorientas cajas de cartón. La deja sobre la mesa, bajo la lámpara, donde unos minutos antes ha quemado una cinta fotográfica —la que guardaba el recuerdo de cuando araron el viejo cementerio turco, episodio ya olvidado por todos— y quita con la palma de la mano el polvo de la caja.

—Bueno, aquí está todo lo del tabaco. De cabo a rabo.

Kostaki va sacando sobres amarillos y rollos de película fotográfica sujetados con gomas elásticas. Las cintas ya están agrietadas y quebradizas por el tiempo. Lee las inscripciones en los sobres, saca su contenido, examina a contraluz las placas de vidrio y hurga entre las fotos descoloridas. Por fin descubre lo que busca.

—¡Aquí está! Vartanian e Hijos, Sociedad Anónima. Mira, Berto, éstos eran los tres principales productores de tabaco y cigarrillos de Bulgaria, todos ellos de familias armenias: Tomasian, Derderian y Vartanian. ¡Grandes familias, *dzhan*, grandes de verdad! Y pensar que huyeron de las matanzas de Turquía sin un céntimo en el bolsillo, más pobres que una rata... ¡Recia tribu la de los armenios!

Kostaki nos pasa una por una las viejas fotografías, donde se suceden los almacenes de tabaco y las fábricas de cigarrillos de Plóvdiv con fotos de grupo de las obreras en los patios o en los talleres de selección de las hojas, y con retratos de los adustos soberanos del tabaco oriental.

—La nacionalización, *dzhan*, cortó ese árbol de raíz. Entonces nadie se preocupó por saber si uno había sido buen o mal patrón, quién era útil y podía serlo aún para el país y si había alguien que pudiera reemplazarle. ¡Menudo desastre! Y ellos se dispersaron por el mundo. Llegó el tiempo de los chupatintas.

En la foto están madame Marie Vartanian y su esposo, vestido con un traje blanco de *shantung*, y también ella, la pequeña Araxi. Y hay más fotos de la familia, fotos en diversas poses y en todas las combinaciones posibles engendradas por la imaginación fotográfica del gran cronista Kostaki Papadopoulos.

—Estas fotos son las últimas que hice, cuando emigrabais a Francia. ¡Ay, París!

—París es una fiesta... —Araxi cita a Hemingway, pero su voz oculta una amarga ironía. Por alguna razón que desconozco, ella no comparte el entusiasmo del gran escritor.

El bizantino se fija en una de las fotos y se queda callado, absorto en sus recuerdos; su pensamiento ha volado hacia otros mundos, muy lejanos en el espacio y en el tiempo. Incito a Araxi con cautela:

—Así pues, salisteis hacia París.

Araxi apoya la cabeza en sus manos, me mira largo rato y responde con una voz llana e impasible:

—Vale, tú ganas. Sí, salimos. ¡Sí! La última vez que te vi en la estación, tú corrías al lado del tren...

Carta de París

No sé si seré capaz de recrear con exactitud lo que Araxi me contó aquella tarde en casa del griego, pero trataré de reproducirlo tal como lo entendí. Me voy a esforzar como el paleontólogo que, a partir de unos escasos huesos, reconstruye el aspecto exterior y el carácter del tiranosaurio que vivió millones de años atrás. Pero quién sabe si éste fue exactamente tal como lo describimos y si tenía esos hábitos que le atribuyen. Se han hallado dientes, costillas y otros restos, pero ¿cómo eran sus ojos, me pregunto, esos ojos de los que no ha quedado ningún rastro? ¿Eran sanguinarios y terribles o bien tiernos y fieles como los de un perro, o incluso tal vez con algún destello de humanidad? Porque los ojos, dicen, revelan lo que sucede en las profundidades más esenciales, en aquello que llamamos alma. Y él, el tiranosaurio, ¿fue un capricho accidental de la naturaleza, biológicamente defectuoso desde sus orígenes y condenado a desaparecer, o bien un resultado lógico de la evolución, un eslabón de su cadena infinita? Son posibles toda clase de divagaciones e hipótesis, y éste es el campo de batalla donde cruzan sus espadas los más eminentes paleontólogos. A diferencia de ellos, estoy dispuesto a aceptar sin combate cualquier corrección y objeción, porque no fui yo quien vivió todo esto sino ella, Araxi Vartanian, de quinto A.

Hace un millón de años...

Araxi se asomó por la ventanilla y me gritó:

—¡Te escribiré!

Luego vio que yo me detenía jadeante y desesperado al final del andén, bajo el letrero que decía «Plóvdiv» en caracteres cirílicos y latinos. Me hice cada vez más pequeño hasta que desaparecí tras la primera curva. Al menos, así me imagino yo la escena...

Las ruedas del tren traqueteaban monótonas. Araxi estaba dormida, tapada con su abriguito, el señor Vartanian leía un periódico y nuestra profesora de francés, madame Marie Vartanian, miraba ensimismada por la ventanilla.

En un momento dado, sin volverse y con la vista todavía fija en los cables telegráficos que desfilaban sobre el fondo del cielo oscurecido, Marie Vartanian susurró algo en francés. Araxi la oyó y se apartó el abriguito que le cubría la cara. El señor Vartanian levantó con cuidado la cabeza de su periódico y miró hacia el pasillo. Allí, apoyado en la pared, había un hombre joven de bigote tupido que se encendió un cigarrillo con los ojos fijos en el compartimento. El señor Vartanian enseguida escondió la cabeza detrás de su periódico y susurró, también en francés:

—Sí, tienes razón.

El viaje a través de la noche impenetrable continuó. Todos en el compartimento estaban dormidos excepto Araxi, que de vez en cuando echaba vistazos furtivos hacia el pasillo, donde el hombre joven no se había movido de su sitio y fumaba un cigarrillo tras otro.

Por fin, el cansancio pudo con ella y Araxi se durmió.

El tren debía de llevar un buen rato parado. Estaba clareando el día cuando la despertó el silencio que se había instalado. Sus padres se habían asomado a la ventanilla y miraban afuera, donde trajinaban por el andén aduaneros y guardas de frontera.

—¿Ya hemos llegado? —saltó Araxi.

Su padre sonrió.

—Esto es Dragomán, hija. Aquí termina Bulgaria.

—¡Qué interesante! —exclamó ella, excitada—. ¡Y va a empezar otro país!

—¿Cuál? —preguntó su madre con la severa entonación de una profesora durante un examen.

Araxi no era mala estudiante, y sus notas en geografía eran mejores que las mías. Y no sólo las de geografía, dicho sea de paso.

—¡Yugoslavia! Luego Italia, luego Suiza...

—Allí atravesaremos un largo túnel por debajo de los Alpes y entraremos... ¿dónde?

—¡En Francia! Y después París, ¿no?

—Después, París... —suspiró su madre, que sacó de su bolsito un cigarrillo y lo encendió, cosa que hacía muy raras veces—. El tipo del pasillo ya no está, pero no sé por qué me da mala espina.

—Siempre es así en las fronteras: uno se pone nervioso... —intentó tranquilizarla su marido.

—¿Por qué no vienen a hacer el control?

—Ya vendrán.

Araxi volvió a mirar por la ventanilla: un andén desierto de una pequeña estación fronteriza, unos cuantos soldados y aduaneros y nadie más.

Se sobresaltó cuando se abrió de repente la puerta corredera y aparecieron un oficial de los servicios de control fronterizo y aquel hombre joven de bigote tupido que había estado observándolos sin cesar desde el pasillo.

El oficial les hizo el saludo reglamentario y dijo en tono cortés:

—Sus pasaportes, por favor.

El señor Vartanian le tendió los dos pasaportes, explicando:

—Nuestra hija está inscrita en el de su madre.

El oficial hojeó los pasaportes con excesiva parsimonia, examinó una y otra vez los visados y los sellos y luego pasó los dos documentos al hombre de paisano. Sin siquiera mirarlos, éste señaló con ellos las maletas.

—Cojan su equipaje y bajen al andén.

Marie Vartanian preguntó con un hilo de voz:

—¿Por qué? Tenemos los documentos de emigración en regla.

—Se lo he dicho en un búlgaro bien claro, ciudadana: cojan su equipaje y bajen al andén.

—Ustedes no tienen derecho... —intentó protestar el señor Vartanian.

El joven lo miró largo rato de hito en hito, luego le plantó bajo las narices un carné y dijo en tono indiferente:

—Nosotros, ciudadano, tenemos derecho a proceder a toda clase de verificaciones mientras estén ustedes en territorio búlgaro. ¡Hagan el favor!

Maletas, bolsas y paquetes fueron amontonados en el andén de la estación fronteriza y a su lado, presas de la mayor turbación, estaban las tres personas que hacía un momento repasaban el itinerario desde Bulgaria hasta la torre Eiffel.

Un minuto después, el tren partió silenciosamente; tanto, que en un principio dio la impresión de que el propio andén se estaba desplazando hacia atrás, rumbo a Plóvdiv.

Ante los tres emigrantes desfilaron acompasados los letreros de «Estambul-París»; cuando el último vagón desapareció, reveló la tristeza del andén desierto con el edificio amarillo del puesto fronterizo y la inscripción «Dragomán».

—¡Vengan! —dijo el joven del mostacho—. Pueden dejar el equipaje aquí, nadie se lo va a tocar.

Los tres se encontraban de pie ante una mesa en un pequeño cuarto desnudo. El hombre sacó de su cartera unos papeles escritos a máquina, a los que estaban sujetados con un clip diversos informes, hojitas, notas, órdenes y Dios sabe qué más.

—¿Podrían darnos alguna explicación? —preguntó Marie Vartanian con una voz apagada, ronca y entrecortada por la emoción.

—Se ha cometido una infracción administrativa al serles expedidos pasaportes de emigrantes. Ustedes no pueden salir del país mientras no se arreglen los problemas que existen con los antiguos propietarios de las fábricas tabacaleras Vartanian e Hijos.

En el pálido rostro de Marie Vartanian se esbozó una sonrisa, que traducía —tal vez— una débil esperanza.

—¡Pero aquí hay un malentendido! Nosotros nunca fuimos propietarios de esas fábricas. ¡Sólo somos parientes de los dueños, así de sencillo!

—No, no es tan sencillo. ¡Porque esos mismos parientes suyos interponen demandas en Estocolmo recurriendo a insinuaciones y calumnias contra nuestro sistema y nuestro país!

Marie Vartanian intercambió una mirada con su marido. Él se esforzó por decir con serenidad:

—¿Y nosotros qué tenemos que ver con eso? ¿Por qué

cree que nos toca cargar con la responsabilidad de otros, si es que ellos tienen alguna culpa?

—Yo no creo nada. Yo cumplo una orden.

—¿Por qué no la cumplió ya en Plóvdiv? ¿Para qué toda esa comedia? —objetó nerviosa Marie Vartanian.

—Nosotros no representamos comedias, ciudadana. No estoy obligado a darles explicaciones; sólo les diré que la orden de anular sus pasaportes se recibió cuando ustedes ya habían partido. Hemos tenido que alcanzarles. Eso es todo. En Sofía piensan que sería de su interés escribir una carta a sus parientes en Francia, o donde sea, explicándoles el motivo de su detención. Si lo desean, claro.

—¿O sea —dijo Marie Vartanian— que nos retienen como rehenes? No tenemos a quién escribir semejante carta.

—¡He dicho «si lo desean»! Tengan esto.

Y tendió a Marie Vartanian unas hojas de papel sujetadas con un clip, cubiertas de sellos y firmas y con una resolución escrita al sesgo. Ella las cogió con recelo:

—¿Qué es?

—Una orden de confinamiento en el pueblo de Beli Izvor... Me refiero, por supuesto, a usted y su hija. Las conduciremos allí con escolta. Los gastos del viaje hasta el lugar de su relegación correrán por cuenta del Estado, conforme a la ley. Y usted, ciudadano Vartanian, de momento se quedará aquí, a nuestra disposición.

Se produjo un silencio agobiante, mientras el hombre sentado detrás de la mesita no les quitaba ojo. El silencio se vio cortado como por un cuchillo por la voz de Araxi:

—Mamá, ¿no vamos a ir a París?

Marie Vartanian se dejó caer en el banco de madera, se tapó la boca con la mano y susurró, como enajenada:

—¡Dios mío! ¡Dios mío! ¡Dios mío!

El viejo bizantino parte un cigarrillo en dos, mete una de las mitades en su ennegrecida boquilla de ámbar, la enciende acercándola a la resistencia incandescente del radiador y luego dice:

—Siempre debe haber alguien que cargue con las injusticias del mundo. Y este alguien no es el culpable, *dzhan*, no es el culpable. Porque en todo ese asunto del tabaco también se cometieron enormes injusticias. Vosotros no habíais nacido en la época de las grandes huelgas. Se produjo un golpe de Estado, disparaban por las calles, hubo muertos. Pero los culpables se hicieron ministros o diputados y los inocentes fueron a parar a la cárcel. Si cada uno llevara su propia cruz para expiar sus propios pecados y no una cruz ajena por pecados ajenos, al fin habría justicia y no una nueva injusticia. Pero como dicen los turcos, y perdonad la expresión: «El ciego jode a quien puede agarrar». ¿Acaso no es así, *dzhan*?

Y el viejo se ríe con un hilillo de voz, como si acabara de contar un chiste armenio.

37

Corrí detrás del cartero, que ya había partido en su bicicleta amarilla, lo alcancé y, casi sin aliento, le pregunté:
—¡Señor! ¡Eh, señor! ¿No hay carta para mí?
Él apoyó un pie en la acera y me estuvo mirando un buen rato, tratando de recordar de dónde me conocía.
—Tú no serás el nieto de Abraham el Borrachón...
—¡Sí! —dije con la voz llena de esperanza.
—¿Y qué carta esperas?
—De París.
—De París, ¿eh? Vaya... No, chaval, no hay carta de París. ¡Ni de Ámsterdam, ni siquiera de Río de Janeiro! ¡Nada!
Me dirigió un guiño amistoso, hizo sonar su timbre y arrancó a bordo de su bicicleta para seguir recorriendo el camino impenetrable del cartero.
Aquella misma tarde, le tocó a mi abuelo examinarme en silencio un buen rato. Esto ocurría en su taberna favorita, debajo de la parra. Porque él no era, ni mucho menos, de los que vuelven derecho a casa al terminar el trabajo. Como de costumbre, el Borrachón esperaba la hora del aguardiente, pero esta vez me pareció que se sentía solitario y abandonado, como si algo se hubiera quebrado para siempre en la espera emocionante de ese gran momento.

Ya no estaba Ibrahim *hodja*, lo que significaba que al triángulo de la cofradía divina le faltaba un lado. Zülfiye también había echado a volar, llevándose su voz dulce y envolvente, cálida y profunda. Ya no habría más baños de los viernes con sus turcas esbeltas, ni estaría Manush Alíev, el alma de las tabernas de Plóvdiv, en cuyos ojos brillantes de gitano se veía el fuego de los campamentos cíngaros y las crines de caballos al galope.

—¿Por qué estás tan apagado? ¿Qué te pasa? —me preguntó en un tono lleno de compasión, aunque yo habría podido preguntarle lo mismo. Me levantó el mentón con la yema de su dedo índice—: Mírame a los ojos. No será que la otra...

Como ya he explicado, el Borrachón se refería con «la otra» a mi abuela Mazal.

—Araxi me mintió cuando me dijo que me escribiría. Y eso que lo prometió.

—¿Tu amiga Araxi, la que emigró? Ya sé, ya sé. Si te lo prometió, te escribirá. Cuando un armenio promete algo, lo cumple. Tenlo presente. Los armenios son gente leal. Y París está muy lejos, hijo mío. Nada que ver con Kámenitsa o el pueblo de Tsalapitsa. Ya conozco yo París: tengo allí un amigo, se llama Robespierre y tomábamos juntos aguardiente a un paso de la Bastilla, en una taberna justo enfrente de sus baños turcos. A este amigo mío le gustaba mucho el anís búlgaro. Compadre Abraham, me decía, he probado muchas bebidas, ¡pero no hay ninguna como el anís búlgaro! Y es la verdad. Pues éramos como hermanos, pero ya ves, todavía espero una carta suya. ¡No me ha llegado ni una! Porque no es fácil que llegue hasta aquí el correo francés; no es nada fácil. ¡Pesho, ponle a Berto una limonada!

38

Revoloteaban copos de aguanieve cuando el destartalado autobús se detuvo en una plaza desierta de pueblo. De él salió con torpeza y a reculones un miliciano gordo, o más bien abotargado, que ayudó resoplando a Marie Vartanian a bajar sus dos maletas. La última en saltar al fango fue Araxi. Un instante después, del autobús, atestado de campesinos y campesinas de los pueblos vecinos que volvían del mercado, quedó sólo una negruzca nube de gasóleo.

La madre miró a su alrededor: un pequeño pueblo de la llanura del norte, anodino y triste. Lo hizo también el miliciano, quien tampoco parecía conocer esos parajes. Menos mal que en ese momento se acercó, chapoteando por el fango con sus maltrechas botas de goma, un hombrecillo de aspecto mísero, probablemente el guarda de campo de la aldea, con una gorra militar de las tropas de infantería, recuerdo de la Guerra Patria,[40] y con un fusil al hombro,

---

40. Así llaman en Bulgaria a la que fue para este país la segunda etapa de la segunda guerra mundial. Durante la primera etapa, Bulgaria fue aliada de la Alemania nazi. Durante la segunda fase (1944-1945), participó en la contienda dentro de la coalición antihitleriana. *(N. del T.)*

recuerdo de la Guerra de Crimea. Como correspondía, el guarda hizo el saludo militar y el miliciano preguntó:

—¿Dónde está aquí la autoridad?

—La autoridad somos nosotros —contestó el guarda.

El miliciano lo miró de arriba abajo y dijo, tratando de ser delicado:

—Bueno, supongo que habrá alguna más. Un alcalde o algo así...

—No tenemos alcalde: nuestra aldea es demasiado pequeña. Pero ahí enfrente está la delegación. Vengan.

Los condujo hasta el pequeño edificio desconchado que había enfrente y que, a juzgar por los rótulos de hojalata, era a la vez delegación municipal, club del Partido Comunista, oficina de correos y sucursal del Banco Agrícola y Cooperativo Búlgaro.

Y ahí están, madre e hija, parientes de los magnates tabacaleros Vartanian, atravesando la plaza del pueblo, enlodada y algo inclinada, guiadas por un miliciano, que lleva una de las maletas, y por el guarda de la aldea, que lleva la otra.

Debió de pasar así, o al menos así es como yo me lo imagino...

El delegado municipal, un hombre entrado en años y vestido poco menos que como un campesino, leyó con calma y atención los documentos adjuntos y miró intrigado a las recién llegadas, que se habían sentado en un banco junto a la tosca estufa ardiente.

—¡Madre mía! —exclamó el delegado—. Confinadas por actividades contra el pueblo, etcétera. ¡Pero si esto no es un campo de concentración!

—Son órdenes —dijo el miliciano con aire culpable.

—¿Qué han hecho?

—¡Y yo qué sé! No parecen mala gente.

El delegado municipal deslizó sus gafas hasta la punta de la nariz y miró por encima de ellas a Marie Vartanian.

—¿Cuál es su crimen, camarada?

—Ciudadana... —le corrigió en voz baja el policía, mucho más experto en la materia.

—Da igual. Mera formalidad. Diga, ¿qué han hecho?

—No tenemos ni idea... —contestó Marie Vartanian encogiéndose de hombros.

—Ya, ya... —dijo atribulado el delegado, tratando de ganar tiempo. De repente vino en su ayuda el timbre del teléfono. Él descolgó el auricular, se quedó un rato callado y finalmente gritó—: ¡Sí, ya te he entendido, deja de irte por las ramas! Las brigadas siguen trabajando donde he dicho: junto al canal. ¡No tenemos más picos y palas, haced lo que podáis! ¡Te digo que no tenemos! ¿Es que no entiendes el búlgaro? ¿Que con qué van a cavar? ¡Con las cucharas de madera de sus abuelas!

Y colgó enfadado.

El miliciano señaló con el dedo un punto en el documento adjunto:

—Firma aquí para dejar constancia de que te haces cargo de las confinadas. Yo tengo que irme, el autobús volverá pronto... Las órdenes son que ellas vengan cada día a firmar en tu presencia. Eso es todo.

Esbozó un vago saludo para Marie Vartanian y agregó con compasión:

—Ánimo. Espero que se solucionen sus asuntos.

—Gracias.

El hombre estuvo a punto de decir algo más, pero agitó la mano y salió.

El delegado observó largo rato a las recién llegadas, se atusó el hirsuto pelo gris, se rascó la cabeza con su estilográfica y de repente le gritó al guarda:

—¿Y tú qué haces ahí plantado?
—Pues... las estoy vigilando.
—¿Cómo que las estás vigilando? Pero si no están arrestadas, hombre. ¡Anda, vete!
—Vale, las vigilaré desde fuera —consintió el guarda, conciliador, y abandonó con visible desgana la cálida oficina.
—Y ahora, ¿qué hago con ustedes? ¿Tienen de qué vivir?
—No —contestó Marie Vartanian—. Estábamos a punto de emigrar cuando nos hicieron bajar del tren.
—¡Ésta sí que es buena...!
—Pero puedo trabajar —añadió ella con timidez.
—¿De qué?
—Puedo enseñar piano y francés.
—¿Qué?
Marie Vartanian, confusa, repitió en un tono más bajo:
—Piano y francés...
—Pero bueno, cuando ustedes la tomaron con este país, ¿no sabían que bastaba rozarlo con un dedo para que se desplomara como un montón de chatarra? Nosotros no tenemos palas y usted viene con el piano y el francés. Lo que nos faltaba: *dankeschön, bitteschön*.
—Eso no es francés, sino alemán —explicó la pequeña Araxi.
—Da igual. Mera formalidad.
El delegado municipal dio por zanjado el debate lingüístico y, presa de una desesperación sin salida, se puso la mano sobre la frente.

Aquí cabe de nuevo un poco de paleontología. Puede que esto le recuerde a alguien las divagaciones fantasiosas del Borrachón, pero no, no es el caso. Y el enigma continúa siendo el mismo: ¿cómo se puede llegar a saber, sobre la base de unos cuantos huesos desparramados, cómo eran esos ojos?

Hablo, por supuesto, de los ojos del tiempo. Porque éstos, como ya hemos tenido ocasión de afirmar, son ventanas abiertas al alma. El tiranosaurio, por ejemplo, ¿tenía alma? Algunos científicos pretenden que este animal desaparecido era un depredador muy sanguinario, mientras que otros aseguran que el nombre que se le ha dado es inmerecido, pues era una criatura mansa, inepta para la caza y demasiado torpe y pesada como para lanzarse a perseguir a su presa. Es su problema: que sigan con sus disputas, pero yo repito mi pregunta: ¿cómo eran sus ojos? Porque, tal como le gustaba decir a nuestro tutor el camarada Stóichev, todo fenómeno tiene su lado oculto. A menudo es invisible, pero existe, como el lado oculto de la luna, que ya hemos mencionado.

Pues de ese lado oculto se trata. Para poner un ejemplo, los judíos de nuestro barrio lo conocieron y lo vivieron con cada fibra de su ser durante la época de las estrellas amarillas, cuando hombres del régimen, amigos leales de la Alemania nazi y algunos incluso con puestos de alto rango, llegaban a las tantas de la noche para traer a alguna familia judía amiga un pan y un trozo de embutido, o una pastilla de jabón, artículo muy escaso por entonces, o una noticia reconfortante del frente. Escondían en sus casas objetos de valor pertenecientes a judíos —como cuadros o dinero— que habrían sido confiscados, y después de la guerra lo devolvieron todo, hasta el último céntimo.

Miles y miles de pequeños actos como esos, de solidaridad o de simple humanitarismo, no ocurrieron sólo en nuestro barrio, sino en todas partes del país, y estas partículas de polvo lunar, a veces invisibles y microscópicas, forman parte de la explicación del gran milagro que hizo que los judíos de Bulgaria resultaran ser los únicos de toda la Europa ocupada que no fueron a parar a las cámaras de gas...

¿Por qué nos hemos desviado del curso natural de la historia de las dos Vartanian, madre e hija? Porque también aquí deberemos tratar este mismo lado oculto de los fenómenos. Fue Araxi quien me lo contó todo, cuando observábamos en casa del viejo griego las crónicas fotográficas de los soberanos del tabaco.

Es la historia del delegado municipal de la pequeña aldea de Beli Izvor, perdida en el quinto infierno, hacia el norte, en las comarcas accidentadas y pantanosas cerca del Danubio. Porque, según Araxi, gracias a aquel hombre, que tenía la obligación de aplicar la ley con todo su rigor pero que la transgredía sin cesar en nombre de sus propias ideas de humanidad y justicia, madre e hija pudieron sobrevivir.

El hombre se llamaba Sotir Dímov y había tenido mujer y dos hijos gemelos. En el momento de los acontecimientos que vamos a tratar, los hijos tenían siete años, así que apenas habían empezado a ir a la escuela. En el país hacía estragos una encarnizada guerra civil, y la policía y el ejército diezmaban a los mal armados grupos de partisanos, pero las guerrillas volvían a surgir en otros lugares y sus filas no paraban de crecer.

Así llegamos al 18 de agosto de 1944 y al asedio de Beli Izvor, cuando, según la información de la policía, tres guerrilleros heridos se habían refugiado en el pueblo. Y se escondían en el granero de ese mismo Sotir Dímov.

Pero no compliquemos este relato, pues se han llenado tantas hojas con historias similares de partisanos, que ya no suscitan más que indiferencia. Podríamos concluir esta historia insignificante, una minúscula partícula de polvo sobre el disco lunar, diciendo que la policía cercó la casa y le prendió fuego. Los guerrilleros heridos opusieron resistencia pero resultaron muertos; la mujer y los ancianos padres de Sotir fueron fusilados, según era la práctica de entonces, por encubridores, y las ráfagas de ametralladoras disparadas a tontas y a locas mataron también a los dos hijos de Dímov. Él logró escapar de puro milagro por el techo del granero en llamas y se unió a los partisanos.

Y si se nos permite añadir unas modestas líneas, diremos que Sotir Dímov, nuevo recluta de esas filas hambrientas y andrajosas de rebeldes dispuestos a llevar hasta el final su lucha contra el fascismo, pronto supo que en la plaza del pueblo, esa misma plaza algo inclinada que años más tarde atravesarían con sus maletas las Vartanian, madre e hija, estaban expuestos los cadáveres de su casa y su granero, es decir, su mujer, sus gemelos, su madre, su padre y los tres partisanos, transformados por las ametralladoras en un amasijo de carne sanguinolenta. Y que a todos los vecinos del pueblo se les obligó a desfilar, uno por uno, para ver qué les esperaba a los que se sublevaran contra el poder.

Cuando se enteró de la noticia, Sotir Dímov estuvo tres días sin comer ni beber y sin decir palabra, y al cuarto día intentó matarse, pero el arma que le habían dado los partisanos estaba oxidada y encasquillada para siempre. Por este acto de insubordinación, la comandancia del destacamento lo sancionó confiscándole el arma. Qué cosas.

Apenas un mes más tarde se produjo el gran viraje. Sotir Dímov volvió a su pueblo con los vencedores y fue elegido, como correspondía, delegado municipal, pero se negó rotundamente a comparecer ante el tribunal para testificar contra los culpables de la tragedia que lo había golpeado. No porque les perdonase como acto de generosidad, en absoluto; pero así era de carácter, tímido y retraído, y no quiso participar en esa distribución de castigos que en algunos casos era justa, pero en otros no tanto, pues era fruto de un odio violento o de ajustes de cuentas personales. Simplemente no quería, y la milicia tuvo que llevarle por la fuerza como a un miserable criminal. Poco después se dedicó a reconstruir su casa incendiada y emprendió la gran obra de su vida, un canal de drenaje destinado a secar los pantanales. Porque la gente de allí era pobre como una rata, no había suficientes tierras y además, a causa de esos malditos pantanos, el paludismo siempre causaba estragos en verano.

Así pues, Sotir Dímov, solitario y poco instruido pero dotado por el cielo de sentido de la justicia y humanidad, imbuido del sueño de acelerar la llegada de esa nueva vida excavando un canal de drenaje para el que no disponía de suficientes picos y palas, acogió en su casa a las dos representantes de la clase enemiga, y les dio pan y frazadas y la oportunidad de sobrevivir.

En plena época de escasez y penuria y cartillas de racionamiento, ellas carecían de cupones para lo más imprescindible, y el delegado municipal removió cielo y tierra hasta llegar al mismísimo consejo provincial para resolver el problema, planteando tajantemente la consabida pregunta: qué es el socialismo y si puede existir en este país.

Gracias a este mismo Sotir Dímov, que llamó a varias puertas valiéndose de sus relaciones con antiguos partisanos convertidos mientras tanto en peces gordos, se aclaró también el misterio de la desaparición del señor Vartanian. Resultó que estaba internado en el campo de trabajos forzados de la mina de Kutsián, al otro extremo de la geografía búlgara, donde los individuos políticamente dudosos pagaban el precio de su futura libertad extrayendo hulla, necesaria para colocar los cimientos de una nueva vida más justa.

Marie Vartanian, no hace falta decirlo, no enseñaba francés ni piano, sino que cosía ropa de dril para los obreros de la granja cooperativa, mientras que Araxi, en las polvorientas canículas estivales de esas onduladas llanuras danubianas o entre las tupidas nieves y las tempestades invernales, recorría cada día a pie seis kilómetros hasta el pueblo vecino, donde había una escuela de educación básica.

Al principio, ni niños ni maestros la vieron con buenos ojos. Ya hemos hablado del síndrome del rechazo, así que no volveremos sobre él. Pero el camarada Dímov, a quien todos respetaban y llamaban familiarmente tío Sotir, intervino en el asunto. Debido a sus conocimientos, Araxi se situaba algo por encima del nivel general de la clase, por lo que todos olvidaron pronto que a esa jovencita la había traído la milicia y que estaba confinada como elemento peligroso para la seguridad del Estado.

Así pues, pido disculpas si parezco insistente, pero, aunque las opiniones de los científicos pueden divergir en cuanto a los hábitos del tiranosaurio desaparecido hace millones de años, yo sigo preguntándome: ¿cómo eran sus ojos?

39

Araxi y yo caminamos por la avenida que bordea el río, justo enfrente de mi Novotel de incontables estrellas. A nuestro lado fluye, perezoso, el Maritsa, cuyas aguas oscuras arrastran ramas y briznas de paja, recuerdo de los arrozales y manzanares.

—Antes aquí había un puente —digo.
—El Puente de Madera. El río se lo llevó.
—Lástima. En este sitio deberían erigir un monumento al artesano desconocido, a la fuerza y el talento de Plóvdiv. Aquí estaba el taller del Borrachón. Enfrente, un macedonio tenía un puesto de callos y a su lado estaba el café turco. Por la mañana, cuando mi abuelo se curaba la resaca con una sopa de tripas, los artesanos vecinos, talabarteros, herreros, caldereros y toneleros, venían a escucharle. Y él les contaba historias fantásticas de su vida, de la época en que fue corsario al servicio del rey de Inglaterra. Seguramente lo había leído en alguna novela. Al otro lado del río estaba el cine Electra, ¿te acuerdas?
—No. Los chavales recuerdan los cines; las chicas tienen otros recuerdos.
—¿Por ejemplo?

Ese día, a iniciativa de Araxi, como siempre, habíamos hecho novillos. Deambulábamos a lo largo del río mientras tirábamos pequeños guijarros que rebotaban en la superficie del agua perezosa. En este ejercicio yo era sin duda el mejor, y Araxi se desesperaba porque eso de lanzar piedras no se le daba nada bien.

En un momento dado se hartó de este juego, se quitó la cartera de la espalda y la arrojó sobre la hierba entre los álamos del río.

—¡Venga, vamos a bañarnos! —propuso, y ya se estaba quitando los zapatos de charol y los calcetines blancos.

—Nos van a echar la bronca —repliqué yo, pusilánime—. Mi abuela siempre tiene miedo de que me ahogue.

—¿Y quién será tan imbécil como para decírselo?

—Siempre comprueba si me he bañado o no pasándome una uña por el pie.

Para Araxi, aquello era una novedad. Se quedó ahí, con la blusa a medio desabrochar.

—¿Y qué ocurre entonces?

—Si te has bañado en el Maritsa, te queda en la piel una marca blanca.

Araxi se puso a pensar; ese fenómeno desconocido para ella desvió un tanto su atención, pero luego siguió desvistiéndose enérgicamente.

—¡Mamá no sabe estos trucos!

Se quedó en bragas y camiseta; yo ya había tirado toda mi ropa, excepto los calzoncillos negros —entonces ignorábamos que los calzoncillos de chico pudieran ser de otro color—, y fui el primero en lanzarme a un remanso casi caliente. Araxi cerró los ojos y se tiró de espaldas al agua. Se hizo la muerta, y yo fingí estar asustado e intenté levantarla. Ella flotaba en la superficie como una ahogada cuando, de repente, me escupió un chorro de agua que había recogido con la boca. Forcejeamos y, como siempre, yo me dejé vencer. Luego nos deslizábamos por los pequeños remansos transparentes, a intentar pescar escurridizos barbos y percas con la mano...

Estábamos tumbados sin aliento en la hierba, y los cantos de aves y grillos colmaban el aire. Araxi se estiró contenta y con los ojos cerrados a causa del sol brillante, lánguida y relajada. Apoyado en un codo, la estuve mirando largo rato, con la vista fija en su camiseta mojada pegada al cuerpo, y por fin me decidí a decir:
—Quiero verte la teta.
Ella se quedó callada, miró a su alrededor sin moverse y finalmente accedió:
—Vale. Pero sin tocar.
—Sin tocar.
Se bajó uno de los tirantes de la camiseta y descubrió un seno que apenas había empezado a hincharse. Yo miré como hechizado, presa de ese escalofrío que corre por la sangre de los hombres desde tiempos prehistóricos, y que tal vez exista desde antes de que el hombre apareciera en esta tierra. Susurré:
—¿Puedo besarla?
—Bueno. Pero sólo una vez.
Rocé con los labios el pequeño pezón apenas formado.
Ella se subió enseguida el tirante de la camiseta, con aquel instinto de conservación propio de las chicas que les impide traspasar los límites del juego. Luego ordenó:
—Y ahora pásame el dedo por el pie, a ver qué pasa.
Yo me enderecé y con la punta de la uña le recorrí toda la pierna. Sobre la piel reseca después del contacto con el agua apareció inmediatamente una raya blanca.
—¡Ahí está! —grité, triunfante.

Ella se irguió un poco, se miró la pierna, volvió a tumbarse y cerró los ojos.
—¡Vuélvelo a hacer!
Yo obedecí.
—¡Otra vez!
—¿Por qué? —pregunté.
—Porque me gusta.

Los cantos de aves y grillos colman el aire. Estoy recostado en la hierba, he dejado la chaqueta doblada a un lado y miro a Araxi chapotear en el agua con la falda arremangada. Vuelve y se sienta junto a mí. Saca de su bolso un cigarrillo, lo enciende con el mechero, da unas caladas y se tumba con los ojos cerrados.

Yo la miro un instante; luego me inclino y le doy un beso suave en los labios. Ella me responde con otro, breve, de hermana, y vuelve la cabeza.
—No. No debemos hacerlo.
—¿Ahora o no en general?
—Ahora y en general.

Fuma con los ojos cerrados, y yo la miro apoyado en un codo y paso una brizna de hierba por sus labios. En este instante me parece tan singularmente hermosa e inaccesible como en otros tiempos lo fue su madre, nuestra profesora de francés, madame Marie Vartanian.
—¿Fidelidad conyugal? —pregunto.
—Eso no tiene nada que ver con el problema.
—¿Y qué tiene que ver?
—La cuestión no es qué, sino quién. Soy yo, es un problema personal. Mi marido está enfermo. Una enfermedad incurable. Consecuencia de una radiación. Sobrevive gracias a unas píldoras rojas, pero la sangre se le pone cada vez más blanca. Él ya no es... cómo decirlo... ya no es un hombre.

Y más que a la enfermedad, teme que yo le abandone. Los enfermos se vuelven egoístas y desconfiados, no les interesa saber cómo soportan todo esto sus familiares. Pero sus temores son vanos, porque yo nunca lo abandonaré. Nunca.

Araxi, con la cartera escolar en la espalda, mantenía la cabeza gacha para protegerse de la nieve cortante, que el viento del Danubio le arrojaba a ráfagas contra el rostro. El camino descendía a lo largo de una pequeña ondulación esteparia, y ahí abajo estaba la aldea. A través de la cortina de nieve, ésta parecía fantasmal e irreal, con sus tejados blancos y los gorros blancos sobre los almiares que se fundían con la palidez del cielo...

Estamos sentados en el café-mirador del hotel, bajo las multicolores sombrillas publicitarias de Marlboro, ya inútiles, porque el dorado sol otoñal aún brilla pero ya no calienta. Ante nosotros centellea el Maritsa con sus presumidas sartas de álamos, y más allá azulean en la bruma tenue las Tres Colinas: Sahat-Tepé, Bunarcik y Nebet-Tepé, y aún más lejos se extiende, apenas visible, el macizo de los Ródopes. Araxi fuma. Fuma mucho, como siempre.

—La escuela estaba a seis kilómetros, en el pueblo vecino, que era más grande...

Y se calla, como si fuera para siempre. Yo espero la continuación con paciencia y por fin pregunto:

—¿Y?

—¡Y! —responde ella con terquedad infantil, y sorbe la pajita de su limonada y mira la ciudad frente a nosotros.

—¿Y? —repito con calma.

—Así vivíamos. Mamá cosía uniformes de trabajo para los campesinos de la cooperativa y yo iba a la escuela. Al principio los niños me rehuían, como si fuera un barbarismo en su idioma materno, pero luego se acostumbraron.

—¿Y tu padre?

—Se quedó allí donde lo llevaron desde el principio: en la

mina de Kutsián, cerca de Pérnik. ¿Sabes que allí existió un campo de concentración?

—He oído hablar de ello.

—Es extraño que la gente lo haya oído y lo haya tolerado. Vale, nosotros éramos adolescentes, pero ¿y los demás? Continuaban yendo al cine y al restaurante. Hacían el amor y defendían tesis doctorales. ¡Y mientras, había campos de concentración y ellos lo sabían!

—Sí y no. Unos creían que se trataba de un castigo justo y legítimo. Otros lo repudiaban en su alma, pero no se atrevían a decir nada. La mayoría oía algo, rumores remotos y vagos. Lo aceptaban con indiferencia, como una acción administrativa que no les tocaba directamente. Es complicado. Más vale que no empecemos ahora con este asunto.

—¿Por qué no ahora? Es un asunto que me afecta desde hace muchos años. Es mi asunto.

—Mío, tuyo, nuestro, vuestro... Campos ya existían antes de que este asunto se convirtiera en tuyo, cuando era el asunto de mis padres. ¿Hacemos las paces?

Me acaricia el dorso de la mano, deja la suya sobre la mía y mete su pulgar en mi palma. Y dice:

—¡Paz eterna!

—Yo tampoco puedo explicarme los engaños y las ilusiones con que vivía la gente... Tienes razón, nosotros éramos unos mocosos, no comprendíamos la naturaleza contradictoria de las cosas, pero los demás, los adultos... Porque yo me mantengo en mi profunda convicción de que mi madre y mi padre cayeron por una causa justa, cuando la mayoría callaba y se rascaba el trasero.

Ella me interrumpe y dice, con un matiz de reproche en la voz:

—Hemos pactado una paz eterna.

Le acaricio la mano y pregunto:

—¿Por qué nunca me escribiste? Yo soñaba con una carta de París. Vivía, respiraba con esa expectativa.

—Mamá no quería que se supiera que estábamos confinadas. Ahora me parece increíble: mi madre, una mujer instruida de mentalidad europea, se avergonzaba del hecho de que estuviéramos confinadas... de que mi padre estuviera internado en un campo... ¡Como si hubiéramos degollado o robado a alguien! Pero es un hecho: ella sentía vergüenza y no quería que en Plóvdiv lo supieran.

—Entonces, tú te das cuenta de las ilusiones en que hemos vivido.

Ella pone un dedo sobre mis labios.

—¡Chis! ¡No sigas! Vuestras ilusiones y las nuestras no son las mismas.

Nos volvemos a callar. Durante largo rato.

Araxi deja vagar la mirada por la ciudad envuelta en el tul transparente de la calina del atardecer, y sigue sorbiendo su limonada.

Justo enfrente de nosotros, al otro lado del Maritsa, se yerguen como oscuras moles, vigorosas y eternas, las colinas de granito de nuestra infancia.

Las colinas azules, testigos silenciosos de nuestros naufragios.

41

El asno[41] (Equus asinus)

Esa cálida y soleada mañana dominical mi abuelo decidió de pronto que no iríamos a los baños turcos, sino a bañarnos en el Maritsa. ¿Qué puede haber más placentero que hacer algo que te gusta una barbaridad, algo prohibido por los adultos y que hasta entonces hacías a escondidas, pero que esta vez sucede por su propia iniciativa y con su bendición?

Mi abuela Mazal nos envolvió en un periódico algunas *burecas*, empanadas de queso, agobiando a su esposo con las más rigurosas instrucciones relativas a la salud y la seguridad de mi persona: que no estuviéramos mucho al sol para que no me diera fiebre por la noche, que no nos bañáramos en lo hondo ni nos tumbáramos mojados a la sombra, que no bebiéramos el agua helada de la fuente después de comer pepinos de los huertos junto al río y muchos otros consejos de lo más útiles, que al Borrachón le entraban por un oído y en el acto le salían por el otro, porque no prestaba la menor atención: estaba huraño, taciturno y absorto en sus propias cosas, a años luz de los pepinos.

En torno a la isla del Zar —pues así seguía llamándola la gente, pese a la agria reprobación de algunos republica-

---

41. En español en el original. *(N. del T.)*

nos— había pequeñas calas abrigadas donde se escondían pozas sombrías y profundas, oscuras y tan tentadoras como peligrosas. El Borrachón pensaba que yo no las conocía y, con la satisfacción de un explorador introduciéndome en las misteriosas profundidades de los cálidos mares del Sur, me permitió zambullirme en ellas, por supuesto bajo su mirada vigilante. Él ni sospechaba cuántas clases de búlgaro o de aritmética me había costado la habilidad de deslizarme con los ojos abiertos bajo la superficie del agua, agarrándome a las raíces de los álamos a lo largo del río. Después de colocar mis gafas encima de mi ropa y mi cartera escolar junto a la orilla, me encantaba hundirme en lo profundo del frescor transparente para observar a los pececillos que, asustados, desaparecían por algún agujero levantando pequeñas nubecillas de arena.

Supongo que debió de ser entonces cuando falté a las lecciones sobre las declinaciones, los participios y las ecuaciones de segundo grado, porque incluso hoy me cuesta apañármelas en estas materias. Desde luego, esto no me impidió vivir; mucho más dramáticas habrían sido para mí las consecuencias de no haber observado embelesado los peces juguetones que se sumergían en la arena del fondo, entre los reflejos movedizos del sol.

Volvíamos algo sonrosados por la tarde al aire libre, yo correteando descalzo por el sendero polvoriento que serpenteaba entre los melonares y el Borrachón, pensativo y con la cabeza gacha, siguiéndome, tan mustio como antes, ya sin aquel ánimo alegre que llenaba el espacio a su alrededor de sonrisas y fantásticos castillos en el aire.

Él estaba apenado, yo lo sabía, y no era una tristeza pasajera por algo perdido pero reemplazable, sino la nostalgia por un mundo que se desintegraba literalmente ante sus ojos y que nunca más iba a ser tal como había sido: sencillo y bienintencionado.

Es probable que semejante disposición de espíritu atormente a cada generación en vísperas de grandes cambios. Cuesta aceptar que el mundo que se va no es el último y el mejor de los posibles, que le seguirá otro mundo, muy diferente y que para las generaciones siguientes será tan natural como el cambio de las estaciones o las fases de la luna.

Junto a una huerta al lado del río donde crecían calabazas, melones y sandías aún por madurar, con sus flores amarillas enredadas y marchitas como un cordón umbilical reseco, me detuve a mirar ese ingenioso artilugio que por aquí se designa con la palabra persa *dolap*. Una gran rueda sacaba agua del río y la vertía rítmicamente en un canal, desde el que se precipitaba, bullendo de impaciencia, por acequias y más acequias, hasta las calabazas, los melones y las sandías. Y la central energética, como la llamaríamos hoy, es decir, el reactor que accionaba los resortes de tan sofisticado artefacto de riego, no era otro que un burro de lo más vulgar, de pelaje gris y aire soñador.

Ese burro no tenía documentos de identidad, pero después de que el Borrachón me hablara con detalle de su paciencia fuera de lo común y su sentido del sacrificio, pero también de su fe, tan insensata como inquebrantable, en el feliz término de todo, ya no me quedó ninguna duda en cuanto a su origen judío y ascendencia sefardí.

A buen seguro, se trataba de uno de los numerosos descendientes de aquel asno o burro[42] andaluz que había recorrido, sin que jamás flaqueara su fe, el largo camino de Toledo a Plóvdiv. Como recordaréis, había llevado en su lomo a mi bisabuela, aquella joven y hermosa judía de ojos

---

42. Las dos palabras aparecen en español en el original. *(N. del T.)*

anegados de lágrimas, la hija del honorable Yohanan ben David al-Maleh, de la estirpe de los Ibn Daúd.

Me detuve, pues, a mirar a ese animal de patas delgadas, conmovedor por su pequeñez y su aspecto flacucho, que avanzaba sin cesar a paso uniforme alrededor de un eje, amarrado a un palo largo y recio. Ese eje accionaba un mecanismo de toscos engranajes de madera que transmitían el movimiento a la rueda grande, la cual, a su vez, sacaba rítmicamente el agua del Maritsa y la vertía en el canal.

Así pues, el burro mantenía un paso uniforme y sin prisa, meneando la cabeza al mismo ritmo, como si asintiera sin cesar conmigo y apoyara plenamente los pensamientos tristes pero impregnados de sincera compasión que en ese momento pasaran por mi mente.

Poco después se me unió mi abuelo, que se sentó fatigado sobre un leño y encendió un cigarrillo.

Pregunté:

—¿Por qué tiene los ojos vendados, abuelo?

El Borrachón guardó silencio unos instantes, dio una calada al cigarrillo y respondió:

—¿Por qué? Míralo. El pobre cree que va caminando a lo largo del río, siempre derecho. Oye el ruido del agua y eso le alegra el corazón y lo llena de esperanza, porque todo camino, por largo que sea, tiene un principio y también un final. Y el burro anda y anda y tiene la impresión de que va por un camino recto, tendido como un hilo a lo largo de algún río. De noche, cuando ya es bien oscuro, lo desatan y se lo llevan a darle de comer y beber, y luego otra vez, antes de que salga el sol, le vendan los ojos y vuelve a andar y andar, y cree que la meta está muy cerca. Porque también los burros saben que si persigues una meta lejana, cuanto más caminas hacia ella, más te acercas.

—¿Y hasta cuándo andará así?

—Hasta que un día caiga y su alma de mártir vaya al paraíso de los burros a descansar del largo camino. Entonces habrá alcanzado la meta. Y esa meta es el reposo eterno. De todos modos, ¿con qué otra cosa puede soñar un burro agotado por el trabajo?

—¡Es muy triste esto que me cuentas, abuelo! —exclamé sinceramente.

—Sí, pero es como funciona, hijo. Así es la vida: un triste andar en círculos alrededor de un palo. Y el hombre, ¿acaso no gira siempre siguiendo el mismo círculo, creyendo que persigue una meta lejana? Cree que avanza a lo largo de un río, que el camino es recto y soleado, y oye el ruido del agua y el corazón se le alegra pensando que la meta está más cerca. Y el pobre anda y anda sin parar...

—¡Pero los hombres no llevan los ojos vendados!

—¿Quién te ha dicho semejante estupidez? ¡Eso sí que no me lo esperaba de ti! Claro que los llevan, hijo, y mucho. Pero la venda es invisible, no es como ésta, la del burro. La venda humana está hecha con astucia y cuesta distinguirla. Y además existen varias distintas. ¡Si supieras cuántas hay! ¿O qué te crees que producen todas esas iglesias, sinagogas, mezquitas y demás supuestos templos de Dios? ¿O todos esos farsantes charlatanes del parlamento? ¿Qué, si no vendas para los ojos? ¿Y qué son los prejuicios y las supersticiones de tu abuela? ¿Y las picardías políticas para papanatas? ¿Y los manifiestos patrióticos, los ideales falaces por los que la gente muere en las trincheras, las doctrinas militares, las homilías con agua bendita y las esperanzas engañosas? ¡Vendas para los ojos y nada más! ¡Es así, chico! Pero había uno de los nuestros, y no era un pobre diablo de Ortà Mezàr, con el que vivíamos en buena armonía, nos teníamos respeto, y yo era su hojalatero personal. Lo llamaban el Predicador, o Eclesiastés en griego, pero su nombre verdadero es el nuestro, judío como el que más: Shlomo, el rey Salomón. Fue el primero en descubrir que nada tiene sentido, que todo es vanidad de vanidades y sólo vanidad. Así me decía: «Todo, Abraham, es vanidad y perseguir el viento». Esto me decía mi amigo Shlomo. Y es que cuando uno se pone a pensar en el ciclo de la vida, hijo mío, resulta que el todo y la nada, el principio y el fin son una y la misma cosa. Un círculo. Y lo que no tiene principio, tampoco tiene fin. Por esta razón el burro da vueltas y más vueltas en el mismo sitio, porque el círculo no tiene principio ni fin.

El Borrachón dio otra calada a su cigarrillo, y sus pensamientos lo llevaron a otros horizontes, pero de pronto cayó en la cuenta de que no estaba solo y me dio una palmada en la espalda.

—¿Entiendes lo que te digo?

—No —admití con franqueza.

—Ya lo entenderás algún día. Todo llega con el tiempo. Pero no te creas que este girar en círculo no tiene sentido. Sí que lo tiene, y es muy importante. Porque de este modo el *dolap* gira y riega la vida desde sus mismas raíces. Así el hombre vive con la fe de que va por un camino a lo largo del río, y no pierde la esperanza de que la meta esté cada vez más cerca. Porque tanto el burro como el hombre, si pierden la esperanza, están acabados. *Kaputt!* ¿Tú ya has visto la esperanza? ¿Sabes a qué se parece?

—No.

—A una calabaza. Míralas ahora, qué pequeñas y verdes están. Pero aumentarán cada vez más, en esto consiste la esperanza del hortelano. Y un día, la esperanza madurará: ¡será una gran calabaza amarilla! Y sin el burro y sin ese girar suyo en torno a una estaca, nada de esto ocurrirá, ¿entiendes?

Miré fascinado a mi abuelo.

—¿De dónde sacas todas estas cosas, abuelo?

—¿Cómo que de dónde? ¡Y aún me lo preguntas! ¿Acaso hay en el barrio un burro más burro que yo?

42

Puntos de vista

Para un extraño en la noche, como dice una célebre canción, no hay nada más desesperante que buscar el número de un bloque de viviendas en una ciudad búlgara o tratar de descifrar, en la oscuridad de la entrada, los apellidos de los vecinos sobre los timbres maltrechos, que muy a menudo no funcionan.

No sé qué arquitectos diseñaron ese esperpento de hormigón que a lo mejor tiene su explicación social y económica, o al menos un amago de explicación, pero lo cierto es que, obviamente, no se trata de dos o tres casos aislados, sino de una verdadera escuela académica. No penséis que es algo personal, pero creo que más valdría reorientarlos hacia la planificación de cuarteles militares. Estos espacios comunales son hasta tal punto antifuncionales, y están tan mal iluminados y distribuidos, que uno creería que la existencia de cada individuo no empieza hasta el felpudo de su propio apartamento. Como si fuera de éste quedara prohibida o fuese inútil toda preocupación por el confort o la belleza o cualquier otro signo exterior de bienestar.

Sea como sea, supero todos los obstáculos en mi camino a fuerza de heroísmo, guiado por vestigios de instintos del pasado y por el recuerdo vago de aquella noche lluviosa de hace poco, cuando estuvimos ante esta misma entrada, iluminados por las luces del semáforo del cruce.

Salgo del ascensor con un ramo de gladiolos rosados envueltos en celofán, consulto los rótulos en las puertas y pulso el timbre.

Me abre el esposo de Araxi, el productor de accidentes nucleares.

—He llegado tarde, lo siento —balbuceo con aire de culpabilidad, porque todo intento de explicar lo inexplicable es mera pérdida de tiempo.

Él sonríe con amabilidad, me deja pasar y llama a su mujer:

—¡Araxi!

Ella viene corriendo, yo pongo torpemente el ramo de flores entre sus manos, ella las huele con admiración, aunque los gladiolos no huelen, y luego me besa en las mejillas, o más bien besa el aire a su alrededor: los búlgaros ya han adoptado también esa costumbre francesa de besar el vacío. Hay algo artificial y tenso en la sonrisa hospitalaria de su esposo, en la imitación de beso cordial que ella ha depositado en el infinito, para las remotas galaxias, y en mí mismo, con ese idiota ramo de gladiolos.

Entramos en el salón, un cubo de paneles prefabricados amueblado con decoro, diría incluso que con cierto lujo, teniendo en cuenta la zona del mundo donde nos encontramos y las posibilidades económicas, bastante limitadas, del búlgaro medio.

Del sillón se levanta Panayótov, el ex fiscal de pelo corto, con la misma guerrera negra abrochada hasta el cuello. Nos estrechamos la mano como viejos conocidos —la inauguración y todo lo demás fue anteayer— y esbozo una sonrisa tan artificial como la de mis anfitriones. Sólo el fiscal mantiene una expresión impenetrable, como si no hubiera venido de visita, sino a una ejecución.

Araxi se afana para acomodarnos en torno a la mesa preparada para la cena; el marido, el fiscal y yo cambiamos dos veces de asiento, y nos esforzamos por reír con el mayor desenfado posible.

Nuestro anfitrión sirve vino y nuestra anfitriona levanta su copa:

—Bienvenidos, a su salud.

—*Lechaim!*[43] —añade inesperadamente el fiscal en hebreo, siempre tan serio.

Las copas tintinean.

Del autobús salieron Marie Vartanian y la jovencita Araxi, seguidas de otras mujeres que también fueron bajando al suelo cubierto de escoria, todas llevando algo: una cajita de madera, o una canasta o un pequeño bulto. Los paquetes estaban cuidadosamente envueltos en tela blanca, sobre la que estaba escrito el nombre del destinatario a lápiz. Siempre ha sido así y seguramente lo será siempre en las cárceles y los campos en días de visita.

Así me imagino lo ocurrido aquella mañana allí, en el campo de concentración de la mina de Kutsián, hace muchos años, y tengo la firme convicción de que, si hay alguna diferencia con respecto a la realidad, será una minucia.

Marie Vartanian y Araxi, neófitas y algo perdidas, siguieron al flujo humano, desde el que revoloteaban frases de personas veteranas y buenas conocedoras de todo lo relativo a las visitas, las sentencias y las amnistías.

«Para el 9 de septiembre[44] seguramente habrá amnistía...»

---

43. Por la vida. *(N. del T.)*
44. El 9 de septiembre de 1944 se produjo en Bulgaria un golpe de Estado prácticamente comunista, como resultado del cual se estableció un régimen totalitario y el país pasó a la órbita soviética. Durante la época de gobierno comunista (1944-1989), el 9 de septiembre fue la fiesta nacional de Bulgaria. *(N. del T.)*

«He oído decir que no la habrá para los que fueron condenados por el Tribunal del Pueblo...»

«En los ladrillares el trabajo es mucho menos duro. Si pudiéramos trasladarle allí...»

«¡El juez Stóinovski y no otro! De tres a cinco años, como mucho...»

Entre la muchedumbre, unidas por el infortunio común, había mujeres campesinas y ciudadanas vestidas con modestia. Pero también muchas de las que recibían el mote despectivo de «las ex», lo que se notaba por su ropa. Eran esposas de antiguos capitostes de rango medio o bajo de los tiempos de la segunda guerra mundial, cuando los búlgaros fuimos aliados de los alemanes y primos de Hirohito, de políticos cuya culpabilidad no estaba probada, de industriales, toda la morralla de esa época. Los peces gordos eran juzgados con arreglo a otros artículos del derecho internacional, y los que habían salvado el pellejo gastaban sus zuecos en cárceles rigurosamente vigiladas. Mientras que aquí había de todo, no sólo políticos, sino también delincuentes comunes, condenados por proxenetismo, especulación con divisas o bandolerismo.

Gente ex. Muchos con culpa real, grande o pequeña, pero otros, y no pocos, sin culpa, aunque sospechosos hasta de haber sido cómplices en la catástrofe ocasionada por el meteorito de Tunguska.

Marie Vartanian se dirigió a un hombre mayor con un gastado sombrero borsalino de antes de la guerra, que llevaba una canasta en cuya parte superior iba cosida una tela blanca con la dirección del destinatario, escrita en una bonita caligrafía.

—Perdone, señor... ¿Es éste el camino para el campo de Kutsián?

—Sí, señora, es éste. Pero si me permite darle un consejo, mejor llámelo mina de Kutsián. Mina, y no campo. A las autoridades no les gusta esta palabra. ¿Es la primera vez que viene?

—Sí.

—Ojalá sea la última. Dicen que lo van a cerrar. ¿Viene usted de lejos?

Marie Vartanian suspiró.

—De muy lejos. Salimos ayer en autobús; hemos tenido que esperar en las estaciones, luego el tren y otra vez el autobús...

—Coraje, señora. ¡Coraje!

Marie Vartanian asintió y cogió con la otra mano su caja de zapatos.

—Si pesa, puedo ayudarla.

—Gracias, la verdad es que sí pesa. Nos han dicho que había que traer tocino y manteca.

—Así es, la comida aquí es mala, y el trabajo, duro. Hacen falta calorías. Permítame.

Y el señor cogió el otro cabo del cordel con que estaba envuelta la caja.

Araxi andaba junto a su madre y miraba las vagonetas que se deslizaban por las líneas de cables, las ruedas de acero que giraban y el trenecito minero que emergió entre dos montículos de escoria para hundirse en la oscuridad abovedada del túnel.

Poco después...

Marie Vartanian y Araxi estaban sentadas sobre una carretilla de mano volcada; la madre fumaba un cigarrillo. Delante de ellas se alzaba la garita del centinela, pintada con los tres colores de la bandera búlgara. La barrera estaba bajada, y a partir de ahí se extendía un terreno accidentado cercado por la alambrada tendida entre estacas de hormigón.

Una mujer entrada en años y vestida con ropa de campesina gritó al centinela:

—¡Vamos, camarada, que perdemos el tren!

El joven soldado se acomodó la metralleta y, con una expresión compasiva, se encogió de hombros:

—No depende de mí, abuela, yo sólo estoy de guardia, nada más.

Araxi preguntó a su madre:

—¿Podremos hablar con papá?

—Claro que sí, puesto que es una visita.

El hombre del borsalino consultó su reloj de bolsillo.

—Ya son las once. ¡Nunca se han demorado tanto!

—¡Vamos, camarada!

—No depende de mí...

El centinela y los que esperaban habrían podido seguir repitiendo las mismas frases hasta la eternidad y el absurdo si al otro lado de la barrera no se hubiera detenido un *jeep* militar de un color de camuflaje verde sucio. De él salió con ligereza un mayor de la milicia. Se acercó a los visitantes y las mujeres saltaron de sus sitios y se agolparon junto a la barrera.

El comandante hizo un saludo indolente y se presentó según el reglamento:

—Mayor Lúkov. ¿Han venido todos para la visita?

Le respondieron a una sola voz:

—¡Todos!

—Bien. Hoy no habrá visitas. La mina no ha cumplido sus objetivos de extracción de hulla y las visitas se cancelan hasta nueva orden. Es todo.

Sus palabras provocaron una tormenta de indignación y todas las mujeres gritaron al mismo tiempo. El comandante las escuchó con indiferencia y luego levantó la mano.

—¡Si tienen algo que decir, que hable uno solo!

Todos miraban indecisos a su alrededor, hasta que por fin salió al frente el hombre del borsalino.

—Camarada mayor...

—¡No soy un camarada para usted!

—Perdone. Ciudadano mayor, yo soy jurista y esto es una infracción del reglamento. ¡Nosotros tenemos derecho a visitar a nuestros familiares cada siete días, cuatro veces al mes! ¡Esto no es un campo de aislamiento, sino un centro de reeducación laboral, un CRL, como lo llaman ustedes!

—¿Ha terminado?

—Sí.

—Ahora escuche lo que voy a decir yo: el reglamento lo hacemos nosotros, y no ustedes. De aquí en adelante, las visitas serán el octavo día de cada semana mientras el plan de extracción de hulla no se haya cumplido y sobrepasado. ¿He hablado claro?

Las mujeres volvieron a lanzarse unas sobre otras contra la barrera. Marie Vartanian consiguió acercarse a él.

—Ciudadano mayor, se lo ruego... Hemos venido de muy lejos...

—Todos vienen de lejos. ¡No habrá ninguna excepción! Los que traen paquetes, pueden dejarlos aquí, en la entrada. Con toda la información necesaria encima: nombre, bloque y número. ¡Ha sido todo por hoy!

El mayor saltó al *jeep* y éste arrancó al instante por el camino lleno de baches entre las pilas de carbonilla.

Una mujer bajó corriendo el sendero empinado, apenas visible, que serpenteaba por el flanco de un montículo de escombros:

—¡Si queréis verlos, están ahí! ¡Miradlos, ahí!

Y las mujeres tiraron ante la barrera canastas y cajas y

corrieron arriba, por la pendiente que se desmoronaba bajo sus pies. Subían trepando, resbalaban y caían y de nuevo volvían a correr.

Jadeantes, Marie Vartanian y Araxi llegaron a la cresta. Se pegaron contra la alambrada y al otro lado, a sus pies, vieron a los presos que iban en filas hacia la mina, negros por el polvo de la hulla, todos idénticos con su ropa de dril y sus picos al hombro.

Se oyeron gritos:

—¡Gueorgui! ¡Mira arriba! ¡Gueorgui, hijo mío...!

—¡Péshev! Tu solicitud está cursada... ¿Me oyes? ¡La so-li-ci-tud!

—¡Borislav Kráichev! ¿Dónde está Borislav Kráichev? ¿Está enfermo?

De pronto Araxi gritó:

—Mamá, ¿aquel hombre de allí no es papá? ¡Papá!

Marie Vartanian también se puso a gritar:

—¡Jacques! ¡Jacques Vartanian!... ¡Aquí arriba, Jacques!

Un hombre con un pico al hombro, negro como todos los demás, se detuvo, se puso la mano sobre los ojos a modo de visera y escrutó la masa humana apiñada en la cima del monte de escoria. No quedó claro si las había reconocido o no, pues la distancia era bastante grande y el policía le dio un ligero empujón para que siguiera andando. Y él anduvo con los demás.

La cabeza de la columna ya se hundía en las negras fauces de la mina principal, señalada por un arco trazado con cal y dos picos de minero cruzados encima. Jacques Vartanian volvió a detenerse, miró hacia arriba, agitó la mano sin dirección fija y sin saber si lo verían y luego desapareció en la oscuridad, al igual que los demás hombres.

Araxi bebe un sorbo de vino.

—No lo vimos más. Nos comunicaron que había muerto de disentería.

Como de costumbre, el fiscal de negro se limitó a mojar los labios en su copa. Entonces dijo:

—Murió de desesperación. Él y yo dormíamos en el mismo catre, nos conocíamos desde antes y yo era su único lazo con la vida. El trabajo era duro, pero no insoportable. Quiero decir que la gente sobrevivía. Aún hoy me encuentro alguna vez con antiguos presos. El problema no era sólo el trabajo duro; con los precarios equipos técnicos de entonces, los mineros libres tampoco lo tenían fácil. Ni ingerían muchas más calorías. Lo que importaba era la voluntad de sobrevivir. Y él no tenía esa voluntad: estaba condenado.

—Sí, mi padre era un débil —dijo Araxi.

—Hasta su último aliento habló de usted y de Marie. Ya no tenía la esperanza de volver a verlas. Y sin esperanza…

Esto me hizo pensar en aquel burro gris de hace treinta años y en la esperanza comparable a una calabaza amarilla. No era tonto mi abuelo Abraham, no era nada tonto, lo que seguramente no debió de escapársele a su íntimo amigo Eclesiastés, si confió al Borrachón sus ideas sobre el sentido de la vida y la persecución del viento.

43

—Conozco el lugar donde enterraban a los presos que morían. Si tiene usted fuerzas y ganas, la puedo llevar.
—No, no tengo fuerzas ni ganas.
—¿Y usted cómo fue a parar al campo de concentración? —pregunto en un tono algo provocador.
Él responde a mi pregunta con otra:
—Su padre se llamaba Mois Cohen, nombre de guerra Misha, ¿no? ¿Y su madre era Renata, Renata Alcalay?
—Correcto.
—Sus padres organizaban los canales para proveer a los partisanos de ropa y alimentos. Huyeron al bosque la noche antes...
—¿Antes de qué?
El hombre me mira a los ojos y habla en un tono llano e impasible:
—Yo era fiscal militar. «Fiscal fascista», según la terminología de moda después de la guerra. Pero yo no era fascista, no hacía más que cumplir con mi trabajo. Velaba por que se acataran las leyes. Pedí la pena de muerte para dos soldados muy jóvenes que habían robado del cuartel todo un camión cargado de harina. Durante la investigación, los militares del DI-2 los habían molido a golpes. Así se llamaba

el departamento de inteligencia encargado de reprimir la actividad subversiva en el ejército. Los del DI-2 no eran seres humanos, sino bestias. Unos monstruos. Pero a pesar de las torturas, los soldados no confesaron a quién iba destinada la harina. Durante la aniquilación de esa brigada guerrillera, en enero del 44, murieron, entre otros, los padres de usted... Creo que fue el 17 de enero, durante las grandes nevadas...

—Está usted muy bien informado.

El ex fiscal se encogió de hombros.

—Yo formaba parte del sistema. Y pagué por ello. Cuando liquidaron a la brigada, en sus refugios descubrieron sacos de harina vacíos. Provenían de las reservas del ejército, pero nadie pudo demostrar que fueran los mismos que robaron del cuartel. No descarto que toda esa operación relacionada con lo que entonces se llamó «la conspiración de la harina» tuviera que ver con sus padres, pero tampoco tengo datos más precisos. En todo caso, tengo la conciencia tranquila en cuanto a los dos soldados sentenciados, a quienes les cayó una condena de quince años. Un robo es un robo y las leyes también son leyes en tiempos de guerra.

El marido de Araxi, pálido y que hasta ahora no parecía prestar atención a la conversación, meneó la cabeza con escepticismo.

—¿Acaso no le interesan los móviles de un acto?

—Los soldados salvaron el pellejo porque no reconocieron sus verdaderos móviles. Además, todo depende del punto de vista. Robar es siempre un acto censurable, pero en aquellos años robar harina para los partisanos llevaba al pelotón de fusilamiento. Sin embargo, según otro código moral, robar harina para los partisanos hambrientos era una hazaña. Pero robar para alimentar a tu hijo hambriento en el campo de Kutsián era un crimen. ¡Todo es cuestión del punto de vista!

Con el mentón apoyado en la palma de la mano, Araxi me observa como si me viera por primera vez.

—En otras palabras —dice—, tus padres murieron luchando contra la clase de mi padre, por usar la misma terminología que ellos. Y mi padre fue aniquilado por el partido de tus padres.

—Este punto de vista también es posible —interviene el fiscal.

—Sí —asiento—. Si admitimos que esta terminología es capaz de definir una época en toda su complejidad y ambigüedad.

—¡Bien, hagamos las paces! —suelta Araxi—. ¡Salud!

Levanto mi copa, bebo un sorbo y en el mismo instante alzo los ojos, y me encuentro con la mirada inquisidora de su marido.

Por su parte, el ex fiscal detiene la vista en cada uno de nosotros, como buscando el artículo en virtud del cual dictará nuestra condena. A juzgar por el pliegue burlón en el rabillo de sus ojos, resulta obvio que está al corriente no sólo de todos los puntos de vista referentes a la harina, sino también en cuanto a aquel apartado de nuestro caso: mío, de Araxi y de su esposo.

44

Me lo contó Araxi la misma noche, después de que el fiscal se despidiera sobriamente de sus huéspedes, no sin antes dar las gracias por la cena y dirigirme a mí un «*Shalom!*». He notado que este modo de coquetear en hebreo se ha puesto de moda en los últimos tiempos. ¿Es que la gente pretende expresar simpatía por mi tribu, o bien quiere desmarcarse de quienes los persiguieron? A mí, personalmente, me fastidia. Creo que semejantes manifestaciones de solidaridad tardía hicieron más falta en otras épocas y de otras formas. Porque entre los que ahora te dicen «*Shalom!*» están los que en su tiempo exclamaban «*Heil Hitler!*». O los que callaban con indiferencia cuando otros gritaban a voz en cuello.

Pero dejemos eso. Mientras su esposo escuchaba en silencio, Araxi me contó lo siguiente.

A semejanza de aquellos científicos escrupulosos que llevan décadas reuniendo en un texto lógico los fragmentos de los manuscritos hallados en las cuevas de Qumran, cerca del mar Muerto, trataré de reproducir su relato tal como lo comprendí y discerní. Conseguiré —de acuerdo con mis propias ideas e imaginación, lo reconozco— rellenar los espacios en blanco y aclarar insinuaciones y episodios que

Araxi, por razones obvias, prefirió omitir. Es posible que algunos detalles no correspondan exactamente a la realidad, pero estoy dispuesto a correr ese riesgo, porque tengo la profunda convicción de que, en el peor caso, el conjunto es casi fiel.

El primer día de clase, el director de la pequeña escuela rural anunció inesperadamente tres días de vacaciones a causa de una conferencia regional de profesores o algo por el estilo. Y los alumnos, como una bandada de gorriones, se dispersaron y corrieron a sus casas.

Araxi volvió a la aldea de Beli Izvor horas antes de lo normal y, pensando en sorprender a su madre, se deslizó silenciosa hasta la ventana abierta de la planta baja. Era su única habitación, a la vez cocina y dormitorio, y daba al norte, hacia el campo ondulado más allá del cual, entre una neblina azulada, corría el Danubio. Ya se había presentado una situación similar tiempo atrás, cuando los dos nos encaramamos al techo del cobertizo para escuchar la conversación entre Marie Vartanian y nuestro profesor Stóichev.

Se diría que el azar tiene la facultad de reproducirse, porque el hombre que Araxi vio ante sí, en la pequeña habitación encalada, ¡era el propio maestro Stóichev! Habría saltado de alegría y se le habría echado al cuello, como se recibe a un mensajero llegado de un mundo lejano y entrañable, pero la conversación en el cuarto la retuvo y, gracias a su sensibilidad y su instinto de mujercita, se dio cuenta de que allí no pintaba nada.

El profesor, de pie, parecía turbado y cambiaba el peso de su cuerpo de un pie al otro. Por lo visto, acababa de llegar.

—Espero no importunarla... —masculló.

—No tiene importancia —respondió la madre de Araxi, algo seca—. A menudo nos importunan con inspecciones, a pesar de las protestas del delegado municipal. Es un buen hombre, pero impotente contra la necedad. Los de la administración provincial vienen a asegurarse de que no abandonemos la aldea, de que no nos visiten desconocidos, de que no escondamos tanques bajo la cama... Siéntese, por favor.

—¿Puedo fumar?

—Desde luego. ¿A qué debo su visita?

Stóichev se quedó callado, como en aquella ocasión anterior, cuando hacía girar el higo en el platito con forma de caracola. Ahora no había higo.

—Yo pensaba que ustedes estaban en Francia desde hace mucho... —dijo por fin—. Incluso... bueno, es ridículo, pero incluso esperaba alguna noticia de usted, de Araxi... Luego me enteré por casualidad de lo que les había ocurrido...

—¿Por casualidad? —Ella seguía hablando con una hostilidad mal disimulada—. Supongo que ustedes, los del Partido, están bien informados hasta de cosas que nosotros ni siquiera sospechamos...

Stóichev la miró con asombro.

—¿Eso cree? ¿De verdad piensa que estamos informados de las acciones que se emprenden en otra parte y por otras instancias? Por cierto, ¿dónde está Araxi? Me gustaría mucho verla.

—En la escuela. Está en la aldea vecina. Regresará al atardecer.

—Si no lo cree inconveniente, la voy a esperar.

—Por supuesto, se alegrará de verle. Además, no ve a mucha gente, que digamos.

—¿Tiene usted noticias de su esposo?

—Pocas. A veces recibo un par de líneas a través de alguien recién liberado. Dicen que van a cerrar los campos. ¿Sabe usted algo de eso? —Él volvió a mirarla con triste perplejidad. Marie Vartanian aclaró—: No se ofenda.

Es que siempre creemos que ustedes... allí... saben más que nosotros, que deciden nuestra suerte. Ni siquiera el delegado municipal Sotir Dímov, un antiguo partisano al que le mataron toda la familia, sabe nada tampoco. ¿Cómo es posible?

—¿Por qué cree que yo puedo saber algo más? Ni yo mismo comprendo las razones... de verdad que no las comprendo...

—Parece que hay cosas que no se deben comprender. Que quedan fuera de la lógica normal.

—Pero ¿por qué procedieron así con ustedes? ¿Con ustedes, personalmente? Tiene que haber alguna explicación.

—A lo mejor existe, pero yo no la conozco. ¿Tal vez usted?

El maestro no contestó.

Ella tardó mucho en proseguir:

—Le voy a confesar algo: a veces me pasa por la cabeza la idea de que le debemos a usted esta feliz y sana vida campestre. A usted, personalmente. ¡Un comunista fervoroso y un profesor del pueblo! Para usted la causa está por encima de todo, ¿no es así? Para usted la gente, la persona individual, carece de importancia. ¿O me equivoco? Sentimientos, relaciones y conocimientos no son más que prejuicios... Recuerdo una conversación que tuvimos: usted conocía el número exacto de muchachas tuberculosas en los almacenes tabacaleros y qué cantidad de pan se podía comprar con un jornal. Pero para usted, no eran personas con sus propios destinos. Estoy convencida de que los destinos personales no le interesan. No son más que datos estadísticos llamados a reforzar la confianza de la sociedad en que ustedes son los únicos que tienen razón, y a provocar una voluntad de venganza. Ahora que me ha visto aquí, en esta aldea perdida en el fin del mundo, ¿se siente vengado, señor Stóichev, por aquellas chicas tuberculosas?

Él se levantó; sus labios habían palidecido y la sangre se había retirado de su cara, por lo que sus ojos parecían aún más febriles y brillantes. Por un momento, Araxi pensó que iba a levantar la mano y darle una bofetada a su madre. Pero simplemente dijo, con una voz sorda:

—Siento que piense eso de mí... ¿Debo irme enseguida?

Ella contestó como si nada:

—¿Por qué? Quédese. ¿Quiere una infusión de plantas silvestres? Lamentablemente, no puedo ofrecerle nada más.

Y el profesor Stóichev, como si acabara de tomar la fatal decisión de matar al zar, dijo:

—¡Sí! ¡Quiero una infusión de plantas silvestres!

Ella le sirvió el contenido de una pequeña cacerola de aluminio que borboteaba sobre la cocina.

—No se enfade conmigo, es que yo también me pierdo en conjeturas... —Luego añadió, más animada—: ¡A decir verdad, me cuesta creerlo! ¿Cómo nos ha encontrado, y cómo ha venido a vernos desde tan lejos?

Stóichev la miró a la cara y dijo con calma:

—Pienso mucho en usted... La echo de menos. Quisiera que me entendiera bien: ¡la echo de menos, Marie Vartanian!

Sus miradas se cruzaron. Estaba claro que las palabras ya no tenían ninguna importancia, tal vez sólo contaran los silencios entre ellas.

Ella hizo un vano intento de llenar ese vacío, semejante a un precipicio que te atrae a saltar y a la vez te espanta, y luego exclamó con animación afectada:

—¡Ahora que me acuerdo, tengo manzanas!

Se acercó al rústico aparador y trajo un plato de arcilla con manzanas. Entonces él se levantó y la abrazó. Ella intentó oponer una floja resistencia.

—Le ruego, señor Stóichev... ¡se lo ruego, no debemos hacerlo!

—¡Sí que debemos! Si no, me voy a volver loco. Y usted lo sabe... ¡Por eso la busqué, por eso! Amada mía, amada mía... Usted está en mis sueños, en mi vida...

—No, por favor...

Dejó caer los brazos y las manzanas rodaron por el suelo, lentas e ingrávidas, y un instante después sus dedos dejaron escapar el plato, cuyos pedazos se dispersaron. Marie Vartanian se separó del profesor y, con una calma y una determinación repentinas, cerró la ventana y corrió las cortinas, hechas con una sencilla tela de sábana.

Araxi, que se había agachado junto a la ventana, corrió campo a través con lágrimas en los ojos. Se sentó al borde del barranco, al lado del pequeño arroyo que pasaba por la aldea, y se echó a llorar. Se sentía infeliz y abandonada; su padre había sido traicionado, y la imagen del profesor Stóichev, mancillada.

No sabía cuánto tiempo llevaba allí sentada, junto al arroyo, pero al fin, transida de frío y temblorosa, volvió a casa. Llamó a la puerta, algo que no hacía nunca, y entró tímidamente.

El maestro estaba sentado un poco al sesgo ante la mesa, y su madre estaba de pie ante el aparador.

Stóichev se levantó y exclamó con alegría:

—¡Araxi!

—Buenas tardes —repuso ella con frialdad.

Stóichev miró con desconcierto hacia la madre.

—¿No me reconoces?

—Le reconozco, camarada Stóichev. Buenas tardes.

Se instaló un silencio embarazoso. Su madre seguía de pie junto al aparador, con la mirada vacía, inexpresiva. Ella no se movió ni trató de romper ese silencio pesado, en medio del cual la pequeña cacerola con la infusión de plantas silvestres proseguía con su suave borboteo sobre la cocina.

Exodus

Alrededor de mí bailaban nuestros buenos vecinos judíos, y a ambos lados había judías que daban palmas y cantaban sus viejas canciones, extraña mezcla sefardí de palabras españolas con melodías turcas. Esto ocurría en el patio de la sinagoga y ese día era mi *bar mitzvah*, es decir, que cumplía trece años y, según la tradición, pasaba a ser mayor de edad y miembro de pleno derecho de nuestra comunidad.

Mi abuelo Abraham iba de tiros largos y por primera vez le veía con corbata, que había tomado prestada no sé de quién y le colgaba torcida en torno al cuello de la camisa, demasiado estrecho y sin abrochar. Sin embargo, tan nimio detalle no restaba ni un ápice de solemnidad al cuadro general de la fiesta. Algo achispado, como es de suponer, bailaba con los brazos extendidos y taconeaba con sus pesados zapatos herrados. Hacía mucho que no le veía tan despreocupado y alegre, pero ni siquiera hoy podría jurar que no fuera su modo de disimularse a sí mismo las heridas incurables del alma. No lo sé a ciencia cierta, pero parecía alegre aunque de vez en cuando se pusiera a pensar en algo y una sombra de preocupación surcara su rostro.

Mi abuela Mazal se había rizado el pelo y hasta se había pintado un poco los labios. Esta última operación se hacía mediante unos elásticos papelitos rojos que, al pasarles la lengua, soltaban tinte. La abuela servía con ceremonia copitas de anís, empanadas y huevos cocidos cortados en dos, como era la costumbre, y los niños eran agasajados con mazapán, ese dulce hecho de almendras y orgullo de los confiteros toledanos, que aún hoy se creen los únicos maestros de mazapán del mundo y consideran Toledo la única capital mundial de esta delicia, por la sencilla razón de que nunca han asistido a una fiesta judía en Plóvdiv.

A un lado, sobre una mesita, se apilaban los regalos, por los que todo chaval judío sueña con cumplir trece años. Eran presentes modestos de gente modesta: una nueva cartera escolar, camisas y suéteres, una caja de lápices, un par de zapatillas chinas y un balón de fútbol de cuero auténtico.

El señor Kostas Papadopoulos, de quien no podía prescindir ninguna fiesta del barrio, vino con su eterna pajarita roja y con el pelo lustroso peinado con raya en medio, y para dejar un recuerdo a las generaciones futuras no paraba de fotografiarnos con su cámara Leica.

De repente, las panderetas callaron y el baile se interrumpió, porque en el patio de la sinagoga acababan de entrar el profesor Stóichev y su hijo Mitko. Fueron directamente a mí, que estaba sentado en un trono como el propio rey David.

—¡Enhorabuena, Berto! —dijo el maestro en medio del silencio general—. Hoy cumples trece años. O sea que ya eres todo un muchacho. ¡Cuida de tu abuelo y de tu abuela y muéstrate digno del nombre de tus padres, los gloriosos partisanos Misha y Renata Cohen!

Mitko se limitó a balbucir un torpe «enhorabuena», pero ya se veía venir que había algo más. Se sacó del bolsillo una cajita dorada y larga y se esforzó un buen rato en abrirla, pero no lo logró, con lo cual excitó aún más la curiosidad del público. Por fin, el padre se la arrebató de las manos con impaciencia y ante mis ojos resplandeció... ¡un reloj de pulsera soviético, nuevo y flamante! Nuestro tutor Stóichev me cogió la mano solemnemente y al cabo de un minuto mi muñeca lucía un regalo tan magnífico, que hubiera despertado la envidia hasta del rey judío David. Pegué el reloj a mi oreja y agucé el oído con toda la concentración del mundo. Todo el barrio judío, unido por una tensión común, escrutaba mi cara: «¡Chist!».

Yo sonreí feliz: ¡hacía tictac! Y todos suspiraron con alivio: ¡hacía tictac, hacía tictac!

Y el baile se reanudó a mi alrededor, con las mujeres batiendo palmas y cantando sus viejas canciones, lozanas y vitales como un oasis en medio del desierto del Néguev.

En ese instante supremo para mí, se mezcló con las canciones el sonido de un timbre: era la bicicleta amarilla del cartero. Reconozco que estuve a punto de desfallecer; me bajé del trono y corrí hacia él. El hombre me alborotó el pelo.

—¡No es de París, amiguito, no es de París!

Hizo sonar el timbre a modo de aviso y se abrió camino hasta el rabino, mientras el Borrachón, que notó mi abatimiento, trató de consolarme:

—Ya recibirás tu carta, hijo. ¡Paciencia! Es que esos holgazanes del correo parisino se pasan el rato metiéndose en líos de faldas en lugar de hacer su trabajo. Pero yo le voy a plantear el problema al primer ministro de Francia, mi amigo... —se interrumpió, incapaz de recordar cómo se llamaba el primer ministro de Francia a la sazón.

—Así es —murmuró el profesor Stóichev con una voz poco segura. Todo su aspecto denotaba una enorme preocupación—. He oído que esas oficinas de correos están muy lejos y que no es nada fácil llegar hasta... ¡hasta el Danubio!

—París no está en el Danubio, sino en el Sena... —rectifiqué con aplomo.

—Sí, sí, por supuesto... —asintió, distraído, Stóichev. Desvió la mirada y su pensamiento voló a alguna otra parte; estaba claro que sabía algo más sobre el correo parisino, pero se lo guardó para sí.

De pronto, el rabino Menashé Leví, con la cara iluminada por una luz celestial, puso fin a la conversación, agitando un telegrama por encima su cabeza.

—¡Hermanos y hermanas! —gritó en judeoespañol—. ¡Por fin! ¡Lo han autorizado, gracias a Dios! ¡Nos vamos a Israel! ¡La tierra santa de Israel![45]

El rabino lanzó el telegrama hacia el cielo azul de Tracia, y el viento suave se lo llevó y el papel voló como la paloma de Noé, como la vela blanca de un barco por las aguas azules del mar de Galilea, como un blanco presagio divino.

Haribi Menashé alzó los brazos con las palmas vueltas hacia Adonai, el Creador, y entonó una de sus canciones, de las que emanaba toda la tristeza del desierto, pero también el júbilo de la tribu que ha avistado la tierra Prometida de Canaá más allá de las arenas áridas del sufrimiento.

---

45. En español en el original. *(N. del T.)*

Kostas Papadopoulos desata el cordel con que ha atado un paquete de fotos similar a una baraja de naipes. Las esparce sobre la mesa y busca las que ha decidido enseñarme.

—Fue una gran alegría, *dzhan*, pero también una gran tristeza. No sé si te acuerdas, tú eras pequeño. Tendrías diez años, como mucho —dice el griego.

—Trece —puntualizo.

—Bueno, pues trece. Ay, partir hacia una tierra lejana que has considerado propia en tus oraciones durante miles de años, y abandonar la tierra en que naciste... ¿Crees que es fácil? ¿Y cómo se puede explicar? ¡El alma humana está sellada con un cerrojo complicado, querido! Y para los cerrojos complicados, Dios no dio llaves simples.

Miro las fotos desparramadas sobre la mesa.

—Tal vez exista más de una, tío Kostaki. Y puede ser que el largo viaje que emprenden las almas mucho antes que los cuerpos no comenzara el día del telegrama, sino en otros tiempos, ¿no?

El anciano se pone a pensar y comprende lo que quiero decir.

—Tienes razón, *dzhan*. Comenzó mucho antes del día del telegrama...

Y hurga febrilmente entre sus fotos, buscando algo que sólo él conoce.

Dejo vagar la mirada por las viejas crónicas fotográficas del bizantino:

Judíos con estrellas amarillas cosidas en el pecho, jóvenes y viejos, hombres, mujeres y niños, con ojos asustados que miran al objetivo de la cámara. Letreros impresos con esmero en búlgaro literario, la lengua en que escribieron sus versos Debeliánov y Yávorov, pero ahora con un contenido nada poético: «Vivienda judía», «¡Prohibida la entrada a judíos!», «No vendemos pan a judíos», «Producción judía», «Persona de origen judío», «¡Acceso no autorizado a judíos!».

Y gente de mi barrio. A algunos los conozco, y lo más probable es que haga mucho que no están en este mundo. Yo era muy pequeño, pero los recuerdo muy bien, sentados sobre sus fardos o sus maletas de cartón en el patio de la escuela judía, en aquellos días helados de marzo de 1943, cuando los trenes de mercancías con destino a Polonia ya esperaban en la rampa ante la refinería de aceite. Y todos miran al objetivo con la cabeza gacha, con miedo, con expresión desesperada o con una muda pregunta en los ojos, pero siempre con la cabeza gacha, como miran los humillados, los pequeños, los de abajo...

Repito:

—Ahora ya lo sé: fue justo en esa época cuando sus almas echaron a volar lejos de aquí. Mucho antes que sus cuerpos. Cuando tú sacabas estas fotos.

—Así es, querido, así es...

El anciano me mira y sin desviar la vista, con una firmeza inesperada, como si hubiera decidido ponerme a prueba para ver cómo voy a soportar semejante revelación, dice:

—Yo también he enviado a mi alma de viaje. Ya la he enviado.

Levanto la cabeza, perplejo, me fijo en el viejo griego sentado fuera del cono de luz amarillenta, giratoria por el humo de los cigarrillos:

—No te entiendo.

—¿Qué hay que entender? Todos se han ido, uno tras otro. Todos mis amigos. Y también se ha ido el Plóvdiv de antes, el mío. Ortà Mezàr ya no existe. Y para mi taller ya no me quedan fuerzas. Aquí estaba el taller Eternidad de Kostas Papadopoulos. Estaba. ¿Qué me queda ahora? Un cuerpo enfermo. Y yo te pregunto: ¿para qué me sirve? ¿Sólo para llevarlo a cuestas? Tú mismo lo has dicho: el alma se va antes que el cuerpo. El resto no es más que un caparazón. Una maleta vacía. Una cámara fotográfica sin rollo. Pues quiero que lo sepas, querido: yo ya he enviado mi alma.

—Oye, Kostaki, no te habrás propuesto hacer alguna estupidez, ¿eh?

—En mi cabeza sólo hay cosas juiciosas, *dzhan*. Soy muy listo, ya lo sabes; ¡tengo una cabeza de chorlito!

El viejo Kostaki ríe sin voz, parte un nuevo cigarrillo en dos, mete la mitad en la boquilla, negra por el alquitrán del tabaco, y la enciende. Luego me ofrece uno a mí también. Por enésima vez muevo la cabeza para decir que no, que no fumo.

Y él sigue riéndose, como si acabara de contar un nuevo chiste fenomenal.

47

Mi abuelo, muy borracho, dio un puñetazo sobre la mesa, con lo que el anís de su copa se desbordó, y profirió con obstinación:

—¡Yo no me muevo de aquí! ¡Mis hijos murieron por esta tierra, así que me quedo! ¡Y ya está!

Yo miraba asustado desde la puerta y en una esquina de la cocina estaba mi abuela Mazal, con los ojos abotagados del llanto. Se retorció las manos desesperada y lloriqueó en aquel dialecto híbrido de búlgaro y español admitido como medio oficial de comunicación en nuestro barrio.

—¿Que todos se van?[46] ¿Todo el mundo se marcha y sólo nosotros quedar?

—¡Caminos de leche y miel![47] —exclamó el abuelo con un gesto despectivo.

En el lenguaje de aquí, esto significaba algo así como «¡Que te vaya bien en la tierra prometida!». Es todo el mal que le deseaba a mi abuela Mazal, esposa suya desde hacía mil años.

---

46. En español en el original. *(N. del T.)*
47. Ídem. *(N. del T.)*

De repente, ella se puso hecha un basilisco y escupió en dirección del Borrachón.

—*Pfu, sersem oglu sersem!*[48] ¿Yo dejarte a Bertico? ¡Háztelo mirar! Dices no, *harashó*,[49] ¡y es no! *Israel va esperar*,[50] ¡pues que espere!

Y me tomó entre sus brazos, escondió mi cara en su regazo y me acarició y acunó, aunque yo, un chaval ya bastante espigado, hacía mucho que no era aquel chiquillo por el que ella me tomaba.

El Borrachón no se inmutó en lo más mínimo frente a tan enternecedora escena: él había resultado vencedor. Entonces entonó a voz en cuello su canción favorita, la de la paloma de su corazón:

«Acércate a la ventana, ay, ay, ay,
Palomba de la alma mía...»

Estamos ante las fotos de la colección de Kostaki.

Toca la banda de la guarnición, la misma que colocó los cimientos de la vida nueva y cooperativista en el campo. Y una pancarta campea sobre el andén de la estación: «¡Buen viaje! ¡Que seáis felices en vuestra nueva patria!».

Por las ventanillas de los vagones se asoman judíos con rostros felices, aunque con lágrimas en los ojos; algunos agitan banderitas con los colores búlgaros, y otros, banderines rojos con la hoz y el martillo de la fraternidad mundial o la bandera blanca y azul con la estrella de David.

Vecinas anegadas en lágrimas les tienden redondos panes caseros y garrafas para el viaje, ese mismo y largo viaje que comenzó en la lejana Toledo y los llevó hasta Plóvdiv, y

---

48. «¡Imbécil, so imbécil!», en turco. *(N. del T.)*
49. «Bien», en ruso. *(N. del T.)*
50. En español en el original. *(N. del T.)*

que ahora continuaba a través del mar hasta las cálidas costas de Judea.

Besos y lágrimas.

Éstas son las fotos que vi en el taller del viejo Kostaki.

Daguerrotipos, revelaciones del bromuro de plata.

Taller fotográfico Eternidad de Kostas Papadopoulos, fot. dipl.

Haribi Menashé Leví y el pope Isaías se besaron tres veces y aquél dijo:

—Perdona, padre Isaías, si alguna vez te he ofendido en algo.

—¡Perdona tú también, hijo de David, si he cometido involuntariamente algún pecado contigo!

El rabino se echó a reír.

—¡Échale tierra, padre Isaías! Tú y yo hemos jugado tantas partidas de tablas y de *belote*, que ahora que toca despedirnos he de ser franco contigo: ¡has hecho muchas trampas, y de estos juegos no entiendes ni un pito!

—¡Y ahora escucha lo que te voy a decir yo, judío viejo y picarón! La verdad es que bebimos mucho anís y comimos mucha almendra caramelizada en casa de Zülfiye *hanım*, ¡pero quiero que sepas que yo le gustaba más que tú!

—¡Así sea, y *eyvallah*,[51] Isaías!

—¡*Eyvallah* a ti también, Menashé! Que la suerte te acompañe en la sagrada tierra de Jerusalén, que tengas mucha salud y besa de mi parte a tu mujer Sara: ¡ella es el diamante en tu corona!

No sé si el rabino compartía esta opinión, pues también poseía otro diamante, pero no dijo nada. Y volvieron a besarse los labios tres veces, como manda la costumbre.

---

51. «Alabado seas», «mis respetos», en turco. *(N. del T.)*

Ha venido a despedirse de mí.

Mañana tengo la última oportunidad de coger un vuelo de Sofía a Madrid, vía Lausana. El lunes empiezo un ciclo de conferencias sobre el cristianismo paleobizantino, los cismas y la intolerancia mutua entre la ortodoxia oriental y la Iglesia católica romana occidental, y sobre el trágico destino del papa Formosa Portuense, del siglo IX, amigo de los búlgaros.

Siempre me ha apasionado este tema: la extraña amistad entre Formosa, por entonces obispo y emisario especial del Vaticano, y Borís-Mijaíl, último kan pagano y primer príncipe cristiano de los búlgaros. A través de esta amistad pasa la frontera espinosa, aunque apenas perceptible, de la rivalidad entre la ortodoxia bizantina y la Iglesia católica romana, frontera traspasada por los búlgaros en más de una ocasión y en ambas direcciones, y lo que determinó su destino histórico doble y vacilante: prometidos por nacimiento a Oriente, ellos aspiran con toda su alma a pertenecer a Occidente.

Tal vez sea el colmo de la estupidez darle la lata a Araxi con el tema de mis futuras conferencias justo en este momento, cuando volveremos a separarnos por mucho tiempo, quizá para siempre. Pero en cierta medida la culpa la tiene ella, porque escucha con gran interés la historia —aunque impregnada de un lúgubre misticismo— de cómo sacaron de su sarcófago al papa muerto, para juzgarlo post mórtem por pecados que fueron puro invento, cómo borraron su nombre de la lista sagrada de sumos pontífices y cómo su cadáver, ya en avanzado estado de descomposición, fue arrojado públicamente a las aguas del Tíber, procedimiento ritual reservado a los delincuentes.

La venganza política no data de ayer, y el alto clero espiritual, tanto de Oriente como de Occidente, puede enseñarnos muchas sutilezas en este terreno.

Estamos sentados en la penumbra del bar del Novotel, establecimiento discreto y prestigioso. Esta vez, Araxi ha renunciado a su querido Campari y bebemos coñac añejo Rémy Martin, como si no estuviéramos en la orilla izquierda del Maritsa, sino en la del Sena. Mientras hablo, noto que su tensión y nerviosismo van creciendo y que, sin darse cuenta, ya se ha tomado tres copas. Creo que, si se las hubieran sustituido por el aguardiente más vulgar, no se habría percatado. A pesar de todo, yo sigo hablando y hablando, entusiasmado como un colegial que, en su primera cita, se ha propuesto deslumbrar con su erudición a la chica del internado de al lado. Más de una vez he observado este defecto mío, que consiste en disimular mi tensión interior con un torrente de palabras.

Mitko, el hijo del profesor Stóichev, no me ha llamado; tal vez no consiguiera aquel expediente. Por lo demás, ya no tiene importancia: el hotel de la misteriosa inmobiliaria Mercurio se quedará sin estrellas, igual que el coñac VSOP que estamos bebiendo. Mañana pongo tierra por medio y sólo les van a quedar mis zuecos, como se dice por estos parajes balcánicos.

Respecto a mi historia de Formosa, he llegado al momento en que al cadáver descompuesto, pero de nuevo ataviado con el manto ceremonial y la tiara y con el anillo papal ensartado en el hueso descarnado de su dedo, le advierten que, si se obstina en no contestar a las preguntas, el cónclave interpretará su silencio como una confesión de culpabilidad. Y ni siquiera me percato de que Araxi ha dejado de escucharme. Levanta la vista de la punta de su cigarrillo y me interrumpe con un tono de lo más prosaico:

—Bien. Es hora de que subamos a tu habitación.

—¿Cómo? —Me quedo de una pieza, porque justo en ese momento me disponía a arrojar al antiguo papa al Tíber.

—He dicho que subamos a tu habitación. Quiero que hagamos el amor. Y tú también lo quieres.

—Sí, pero... así, de repente...

—¿Qué pasa? ¿Hace falta preparación?

—Quiero decir que... que hasta ahora te has portado de un modo muy diferente.

—Al contrario. Es ahora cuando me porto de un modo diferente. ¿O tú también has sucumbido a la moda y prefieres a tu propio sexo, y no al opuesto? ¿Ves a aquel chico de allí, con sus vaqueros y su trasero estrecho? Es de los que trabajan en hoteles y se ganan el pan con los extranjeros. A lo mejor te gusta, ¿eh?

Me echo a reír de buena gana.

—Reconozco que me dejas de piedra. Una página realmente inesperada de la historia de Tristán e Isolda.

—Esto es sólo el prólogo. El primer capítulo será arriba. Vamos, Tristán.

Estoy alojado en una habitación del quinto piso, casi una suite por lo que me explicaron en recepción, pero no llegué a entender la diferencia. Quizá consistía en el precio. Por lo demás, tiene un ambiente acogedor, en el que domina el color amarillo, con una tupida cortina de no sé qué pesada materia sintética, capaz de transformar el día anaranjado en una noche negra.

—¿Puedo ducharme? —pregunta Araxi cuando yo enciendo la lámpara de noche—. Mientras, como decía el zorro de *El Principito*, prepara tu corazón. Lo que, por supuesto, no impide que te desnudes.

En el cuarto de baño empieza a correr el agua de la ducha, y yo me tumbo vestido en la cama, cruzo los brazos detrás de la cabeza y me pongo a pensar.

¿Qué mosca le ha picado? Se comporta como si retomara el hilo de algo que empezó hace mucho y que ha evolucionado a lo largo de una relación normal y serena, sin la emoción de los principios, sin la ignorancia temblorosa de quien no sabe cómo comenzar.

Luego, en mi cabeza alelada y vacía, se enciende una luz: claro que empezó hace mucho, pero existió de forma latente, como el grano que va tomando cuerpo bajo el suelo y que sólo aguarda las condiciones propicias para germinar. Entonces aparece en la superficie una brizna verde, pero eso no es el comienzo, sino la continuación de un proceso iniciado tiempo atrás.

Estoy dando vueltas a ideas por el estilo cuando llega ella, mojada y envuelta en mi albornoz del hotel.

—¡No has cumplido tu parte! —me reprocha, y se dispone a hacer el trabajo por mí.

Ahora, y desnudos, nos abrazamos, y ella me susurra:

—Quisiera... Dios, cómo quisiera que fuera sencillo y fácil.

—¿No lo es? —pregunto.

—No. No es nada sencillo. Tú sigues allí, en Jaffa, esperando tu autobús en la parada. Y yo estoy en Dubná: hombres con monos blancos y cascos protectores transparentes

sacan en camillas a otros hombres, de rostros ennegrecidos...
Uno de ellos me espera en casa. Claro que existen cien maneras de olvidarlo, a cuál más perversa.

—Sugiéreme algunas.

—¡No, ninguna! Bésame suavemente, como entonces, cuando hacíamos novillos y tomábamos el sol sobre la hierba en la orilla del Maritsa.

Y yo rozo suavemente su pecho, como entonces, pero ahora su pezón es grande, maduro y tenso. La dureza de sus senos no se corresponde con el traidor mechón gris en su pelo. En más de una ocasión he notado que diversas partes del cuerpo humano siguen sus propios ciclos de envejecimiento.

Una y otra vez vuelvo a besar esos senos, los mismos, aunque de aspecto muy distinto, que en su tiempo me valieron un buen sopapo pedagógico de parte de *haribi* Menashé Leví.

Penetro a Araxi, con la misma lentitud y suavidad, y ella gime y susurra con voz ronca:

—Bienvenido... ¡y adiós, Berto!

El climatizador sisea por lo bajo; no sé si calienta o refresca.

Estamos tumbados y ella fuma.

Su cuerpo, lustroso por el sudor, con remotos matices de marfil, está asombrosamente joven y bien conservado.

—De todas maneras —dice ella, cuando el corazón deja de palpitarle—, había algo perverso. No me abandona la sensación de que acabas de hacer el amor con mi madre, tu antigua profesora. No existe un solo adolescente que no haya deseado en sus sueños al menos a una de sus maestras.

—¡Tonterías! ¿Cómo puedes decir semejantes disparates?

—¿Por qué te sulfuras? ¿Acaso he dicho algo malo? Es

mucho más natural y más moral que el complejo de Edipo. Porque no va dirigido a tu propia madre, sino a la de otro.

—¡Entonces eres una pedófila! Porque por un momento te has olvidado de dónde estábamos y qué edad teníamos y me has llamado Bertico, como entonces, cuando teníamos doce años.

Ella se ríe y me da un beso rápido en el hombro.

—¡Vale, me has pagado con la misma moneda! Mi querido Tristán...

—Mi querida Isolda... Ahora escúchame, porque hablo en serio. Realmente en serio: ¿estás dispuesta a irte conmigo?

—No.

—¿Quieres que yo vuelva para siempre a Plóvdiv?

—No.

—¿Te quedas con él?

—Sí. Esto ya estaba escrito cuando el viejo Kostaki te leía la suerte en el café. No sé qué fue lo que vio en el poso de tu taza, pero en el arte de la adivinación, nosotras, las armenias, somos viejas brujas cafeteras.

—Ya recuerdo —digo—. *Camera obscura*. ¿Y qué presagio había en esa cámara oscura?

—Nos vi a ti y a mí en los dos extremos de un camino despejado. Íbamos el uno hacia el otro, pero el camino estaba cortado en dos puntos. E intransitable.

—Uno de esos dos puntos se sitúa en nuestros doce años, ¿no?

—Y el segundo, cuando ya no tenemos doce —dice ella, y vuelve a acariciar con los labios mi hombro desnudo.

En este instante, el teléfono suena con obstinación.

Araxi se sobresalta y se aparta de mí.

—¡Mi marido! Sabe que estoy contigo.

El teléfono sigue sonando, y yo, como un niño asustado al que han pillado robando los bombones de chocolate para las visitas, pregunto, pusilánime:

—¿Qué hacemos?
—Descuelga y ya está.
—¿Y si es tu marido?
—Descuelga de una vez.

Tiendo la mano hacia el teléfono, como si fuera de hierro candente. Levanto el auricular y no me atrevo a acercármelo al oído.

—Sí —digo en un tono tonto, seco y prosaico, como si por mi voz pudieran adivinar que a mi lado hay acostada una mujer desnuda.

De mi pecho cae un peso de cien toneladas: es Mitko, el hijo del profesor Stóichev, el de los tres hijos, la esposa enferma y demás.

—No —digo en el auricular—, no subas, ya bajo yo. Siéntate en el bar y pide algo. Ahora voy.

Mitko se levanta enseguida, como si estuviera en ascuas, y su cara denota inquietud y tensión. No sé por qué, lanza miradas furtivas a su alrededor y susurra asustado, en lugar de hablar normalmente en un bar de música atronadora y conversaciones en voz alta, como son, por cierto, la mayoría de locales en estas ruidosas regiones balcánicas, donde es casi imposible descubrir un rincón tranquilo.

—Te has enterado, ¿no?
—¿De qué tengo que enterarme? —pregunto, todavía en la luna—. Primero siéntate y tranquilízate. ¿Coñac o whisky?
—Deja eso. Yo lo había preparado todo. Sólo faltaba un poder para el abogado, pero...
—Pero ¿qué?

Vuelve a mirar a su alrededor, respira hondo y sus pulmones silban, como siempre.

—Vuestra casa se ha quemado.
—¿Cómo que se ha quemado? Si el otro día fui...
—Sí, el otro día. Pero se quemó anoche. Hasta los cimientos. Menos mal que no hay muertos: los gitanos escaparon a tiempo.

Me rasco la nariz, pensativo, y guardo silencio largo rato.

Como diría el griego, mi alma se ha quedado ahí arriba, en la habitación anaranjada del quinto piso. Con ella, con Araxi.

Se acerca el camarero. Nunca vienen cuando uno los necesita, sino cuando les da la gana.

—¿El mismo coñac?

—Dos —digo. Luego, cuando ya se ha alejado, grito tras él—: ¡Y gaseosa!

Tengo la boca seca, por la noticia o por algo más agradable que ha ocurrido poco antes.

Acabo preguntando:

—¿Y cómo ocurrió?

—Según el parte de la policía, los habitantes prendieron fuego en una pequeña estufa defectuosa. Ellos juran que no prendieron ningún fuego, que la casa ardió desde fuera, desde el tejado. Las llamas se extendieron por todos los lados a la vez.

—Estoy dispuesto a apostar que fue exactamente así.

—A mí tampoco me cabe ninguna duda. Es obra de aquellos bandidos. He ido allí, la gente del barrio cuenta que entrada la noche se paró un *jeep* más arriba, y que unos tipos estuvieron rondando por ahí.

—¿Y la policía no es capaz de establecer quiénes fueron y qué sucedió?

Mitko sonríe con amargura.

—Así son las cosas aquí. A veces la policía quiere establecer la verdad, pero no puede. Muy a menudo puede, pero no quiere.

—¿Y dónde está el problema?

—En el color de los billetes. El preferido es el verde. Deja de una vez tus planes sobre la casa, Berto. Lo que te habías propuesto no podrá ser.

—Sí, así es. Jaque mate. Han ganado la partida...

—Ellos ganan siempre. Siempre acaban por sacar el premio gordo.

—De todos modos, queda una parcela, la A, guión 4. Si quieres, te la regalo, con tal que no se la vendas a ellos.

—Lo que significa que me encontrarán ahorcado en un desván. Y el parte policial dirá que la muerte se produjo a causa de una estufa defectuosa.

—¿Mi marcha no les va a desbaratar los planes? Eso sería un premio de consolación para mí.

—Si no hay un ladrillo sobre otro y un techo encima, existen mil y una maneras legales de declarar una concentración parcelaria. Y tú recibirías en una cuenta bloqueada dos levas y cuarenta céntimos.

—Algo es algo. ¡Para media copa de coñac francés! Lamento, Mitko, que ni siquiera nos emborracháramos como Dios manda: tengo que irme. Ya somos viejos, no creo que nos volvamos a ver en este mundo. Y sobre el otro, el del cielo, tengo serias dudas. Parte de culpa la tiene tu padre, que nos enseñaba a creer sólo en el mundo tangible y perceptible. Siempre me acuerdo de él con cariño...

Me pierdo en mis pensamientos. Vuelvo a derramar una gota de coñac en el cenicero. A la memoria del camarada Stóichev, nuestro tutor de quinto A, y de sus lecciones de ciencias naturales...

En el quinto piso debo encajar otro golpe: esperaba encontrar a Araxi en la cama, pero ya está vestida, fumando y mirando por la ventana cómo corren perezosas las aguas del Maritsa. Abajo están las canchas de tenis y la piscina del hotel: un paisaje desierto y triste en este otoño tardío.

—¿Por qué me has traicionado? Yo esperaba que siguiéramos hojeando la leyenda celta de Tristán e Isolda.

—Habíamos quedado sólo en el primer capítulo. Ahora

tengo que irme. Y mañana no te despediré; nos ahorraremos eso. De todos modos, ya nos lo hemos dicho todo.

—No nos hemos dicho nada. Mientras hacíamos el amor, has estado callada.

—¿Y te parece poco? Nada es más elocuente que los silencios. ¿Qué piensas hacer ahora? No tengo fuerzas para invitarte a casa. Lo entiendes, ¿no?

—Lo entiendo. Pero no puedo creer que nos estemos separando. Ahora, en este instante... Simplemente así: ¡adiós y se acabó! ¡Y para siempre!

—Si quieres, podemos llamar a la banda de la guarnición.

—No, sería más apropiada una orquesta fúnebre. Porque la casa se ha quemado.

—¿Qué casa?

—La nuestra. La del Borrachón y mi abuela Mazal. Los hombres de ese Karalámbov le prendieron fuego anoche.

—Hicieron bien. Al menos, así te liberan de la ambición pueril de querer ganarles en su propio terreno. Tú ocúpate de tus problemas bizantinos, que es lo tuyo. Cismas y dogmas, Ma, la madre originaria asiática y todo eso.

—Lo único que lamento es que en aquel restaurante de derviches le mojé el pantalón con champán, y no con salsa de tomate para espagueti. No sé si en tal caso hubiera dicho que una copa rota trae buena suerte.

—Pues la verdad es que la trae, en eso no te mintió. Al menos, me trajo suerte a mí. Esta media hora de felicidad, aquí, a tu lado. Querido Berto, Bertico... ¡Y ahora tengo que irme!

—Vale, ya me has consolado. Pero quédate un poco más, te lo ruego. Aquí tienes el teléfono, llama y di que llegarás tarde. Quiero que vayamos a casa del viejo Kostaki. Los dos. No puedo irme sin decirle adiós.

—¿Quieres alargar la agonía?

—Que quede entre nosotros, pero soy sadomasoquista.

Cuando salimos del taxi, la ventana del taller Eternidad brilla con una suave luz amarilla. La cortina está corrida y llamo con un nudillo en el cristal.
—¡Tío Kostaki!
Me da la impresión de que una sombra se mueve ahí dentro, pero nadie responde a mi llamada. Trato de ver algo por una rendija en un extremo de la cortina, pero sólo diviso una sombra fugaz junto a la cama de hierro del anciano.
Vuelvo a llamar.
—¡Kostaki! ¡Kostas Papadopoulos!
Araxi y yo nos miramos en silencio, poseídos por una vaga inquietud. Ella llama a la puerta con el puño.
—¡Abre, soy yo, Araxi!
Ninguna respuesta.
Doy la vuelta a la casa, llego al patio, me encaramo sobre una pila de cajas y cestas vacías que empieza a derrumbarse bajo mis pies, y alcanzo la ventana. Pego la cara a la pesada reja turca y abarco con la mirada una parte del taller, la de los montones de cajas y reflectores, la vieja cámara fotográfica con trípode y el lienzo desgarrado en que aún flotan aquellos cisnes griegos. Desde arriba emana el magma rojo del laboratorio y en todas partes, literalmente,

cuelgan cintas fotográficas retorcidas, las cajas de fotos están desparramadas y los sobres amarillentos, con los negativos de vidrio que Kostaki guardaba con tanto celo, están esparcidos de forma caótica.

Y tras las cortinas rasgadas y los restos de una antigua columna de cartón distingo a Kostas Papadopoulos, que, con toda la seriedad del mundo, se dedica a prender velas colocadas sobre los anaqueles, en la mesa y en el alféizar de la ventana, sordo a nuestros gritos.

Meto el puño por la reja y vuelvo a llamar, histérico:

—¡Kostaki!

Las cajas se desploman bajo mis pies y me encuentro en el suelo, con la ropa sucia y una mejilla arañada, en medio de tablas rotas y basura.

—¡Corre! —digo jadeante a Araxi—. ¡Encuentra un teléfono y llama a la policía!

Vuelvo a mirar por el resquicio de la cortina y veo al viejo cronista bizantino encender tranquilamente con una cerilla vela tras vela, hasta que el taller universal Eternidad del señor Kostas Papadopoulos acaba pareciendo un templo durante una liturgia solemne.

Desde mi puesto veo con claridad que Kostaki se acuesta en la cama de hierro, pliega con sumo cuidado las patillas de sus gafas y las deposita sobre una silla.

Se tapa con la manta, como disponiéndose a dormir.

Empujo con el hombro la maciza puerta de roble, herencia de los viejos tiempos, pero ni siquiera se mueve.

En este instante, parece que la llama de alguna de las velas ha rozado el extremo de las películas fotográficas colgantes y retorcidas.

Veo por la cortina un vigoroso fogonazo. Rompo el cristal con el codo, pero desde dentro se me echa encima una lengua de fuego envuelta en humo. Vuelvo a correr hacia la puerta, cojo impulso y esta vez consigo sacarla de sus goznes de un golpe... y recibo en la cara un nuevo asalto de las llamas, que se abalanzan hacia el oxígeno.

El taller Eternidad de Kostas Papadopoulos arde como una antorcha.

Arden las crónicas bizantinas de una vida desaparecida, algo así como la existencia de los onogundures, los cázaros y los pechenegos. Una ciudad magnífica e inigualable se funde y se convierte en humo y ceniza, con sus viejos baños turcos, con los camellos y el helado de leche quemada de oveja, con sus pequeñas fiestas y sus grandes infortunios, con sus habitantes sencillos y confiados, con sus tabernas, con sus dulces pecados, sus adioses y sus bellos sueños.

Arde el Plóvdiv de mi infancia.

Los aullidos inquietantes de las sirenas de bomberos desgarran el aire, y en los muros de las casas de enfrente bailan reflejos rojos de llamas, con los que se mezclan los destellos intermitentes y azules de los coches patrulla.

El cielo sobre Plóvdiv clarea, la mañana apenas está naciendo, gris, otoñal y angustiosa.

Araxi y yo estamos todavía en la acera de enfrente, yo con la cara tiznada y chamuscada por el incendio de la noche. Los restos del taller Eternidad aún humean, y alrededor van y vienen bomberos y policías.

Callamos.

—Dijo que se acercaban las nieblas, pesadas y densas como el humo de un incendio. Y acertó: ¡dos incendios en dos días!

—¿Por qué lo ha hecho? —pregunta Araxi sin razón—. ¿Por qué?

—Porque había perdido la esperanza...

—¿La esperanza en qué?

—La esperanza es un estado del alma. No necesita motivos para existir. Como la fe, la fe absoluta e incondicional. No necesita argumentos ni pruebas. Se tiene o no se tiene. Como la naturaleza. Como las estrellas. Son un estado de la materia. Por eso es terrible cuando la esperanza te abandona. Es como si las estrellas se hubieran apagado... ¿Sabes a qué se parece?

—¿La esperanza? No, no lo sé.

—A una calabaza.

—¿A una calabaza?

—A una calabaza grande y amarilla.

Ella me mira con recelo.

—¿Te encuentras bien?

—No —digo—. No estoy nada bien. Me he acordado del Borrachón. Él también había perdido la esperanza. Pero me enseñó un burro que no la perdía jamás. Ese burro tenía la esperanza de que la calabaza fuera a crecer y crecer. No era más que un burro, pero lo creía. Si no, ¿qué sentido tiene dar vueltas y más vueltas alrededor de una estaca?

Me mira alarmada a los ojos y vuelve a preguntar:

—¿Seguro que estás bien?

No contesto; tengo los ojos llenos de lágrimas.

51

Aliyá o la Ascensión

En aquellos días de la Gran Migración, por primera vez empecé a perder el rastro del Borrachón en medio del infinito archipiélago de tabernas de Plóvdiv, con sus calas apacibles y recónditas y sus puertos llenos de bullicio y excitación, allí donde se cruzaban y separaban las rutas de largo recorrido. Le buscaba en vano en el laberinto de callejuelas detrás de la gran mezquita, arriba, donde los armenios, y en las pequeñas tabernas de artesanos cerca del río. No sé si él había perfeccionado aquel don cabalístico y misterioso de desaparecer en un abrir y cerrar de ojos para reaparecer en otro sitio, o simplemente se ocultaba de todos y no deseaba ver a nadie ni ser visto.

Y los taberneros, benditos sean, le daban de beber al fiado, y no creo que ninguno de ellos contara con recibir su dinero algún día. Pero el Borrachón sufría, y el tabernero noble que se preciara de serlo, como un sacerdote en su templo, no podía permanecer indiferente cuando un benefactor como él, que había invertido en las tabernas el equivalente a un montón de cúpulas de iglesias, techos de cobre para oficinas fiscales y otros edificios, cocinas para las mujeres y bañeras de zinc para los niños, cuando semejante benefactor, pues, experimentaba la angustia del sufrimiento.

Mi abuela Mazal vivía presa de zozobra, compartida por los parientes y por las vecinas judías a las que ayudaba a hacer su equipaje y preparar *burekas* y *quesadas* —es decir, empanadas diversas— para el largo camino, porque el viaje iba a ser primero en tren hasta el mar, y desde allí en barco hasta Haifa. Algunos ya habían partido, y otros, a la espera de la siguiente travesía, iban a las casas de sus vecinos búlgaros para despedirse y derramar algunas lágrimas.

Mi abuela también lloraba, bien a escondidas o bien sin ocultarse, no tanto por la inquietud que le ocasionaban las frecuentes desapariciones de su marido, porque éste volvía a aparecer tarde o temprano, sino más bien por su preocupación —que rayaba en la vergüenza— por el hecho de que todos se marchaban y sólo nosotros nos quedábamos. Y nos quedábamos por la terquedad de ese cabezota y torpe[52] como pocos, de ese imbécil, como ella calificaba delicadamente al Borrachón.

Y él, el Borrachón, se sumergía cada vez más en su soledad y en su destructiva compasión por los que se habían ido hacía tiempo a lugares remotos, por los que partían y por los que se quedaban; una lástima confusa y vaga, de contornos inciertos, centrada en algo que el viento se había llevado para siempre, en algo que había sido y no sería nunca más. A menudo le encontrábamos por la mañana, tumbado con los zapatos enfangados sobre el catre de la cocina; a veces lo traían a casa vecinos, buena gente, y él, dócil como un niño, se dejaba desnudar y lavar por la abuela, que rezongaba cabreada.

Se abandonó, dejó de trabajar y de buscar anticipos. Por otra parte, no había quien se los diese.

Ya no había apacibles puestas de sol en la taberna frente

---

52. En español en el original. *(N. del T.)*

a los viejos baños turcos, ni estaban sus amigos y compañeros de combate, a los que tanto quería.

Haribi Menashé Leví se había ido con la primera *aliyá* en su prisa por elevarse, pues esta palabra significa «ascensión». Ya se sabe que uno no se presenta en la sagrada tierra de Israel como en cualquier otro país, sino que se eleva hasta sus alturas espirituales. El rabino Menashé, ya en la cumbre, miraba desde lejos y desde lo alto hacia los infinitos espacios de la Creación, y su mirada no podía llegar hasta las lejanías de Plóvdiv, por no hablar del barrio del Cementerio del Medio, con sus viejos baños turcos y la taberna enfrente.

No se sabía nada sobre la suerte de Ibrahim *hodja*, de si era más feliz en su nuevo hogar o no. Pero el Borrachón sufría por él, por el *hodja* y por Manush Alíev, el alma de las tabernas de Plóvdiv.

Y sufría también por un estrecho pasaje entre dos casas, allí donde se abría la portezuela que daba a un patio soleado, el del pecado, en el que las granadas maduraban. Esa puerta ya estaba tapiada, no en el lugar donde se abría antes, junto al muro de piedra, sino en el alma del Borrachón.

Sólo había quedado el pope Isaías, pero había desaparecido; tal vez sufriera también él, eso no lo sabía nadie. Pero Isaías reaparecería en un momento triste y fatídico, y ese momento se acercaba, se veía venir, se palpaba en el aire, como una golondrina que vuela bajo anunciando mal tiempo.

Hasta que ese día llegó, porque, como decía mi abuelo, todo camino, por largo que sea, tiene un comienzo y tiene también un final.

Era jueves, día de mercado. Abandonado y desaliñado, sumido en su soledad, el Borrachón atravesaba la plaza ante los viejos baños turcos. Y justo entonces, un carro tirado por dos caballos desbocados, asustados quién sabe por qué, se abalanzó sobre él y lo arrolló. Fue así como pasó, y todos los rumores que afirman que murió porque estaba borracho como una cuba son infundados, no son más que calumnias de chismosos de barrio.

Porque yo estaba allí y vi con mis propios ojos cómo los dos caballos, uno alazán y el otro gris con motas oscuras, se encabritaron relinchando y le pasaron por encima, seguidos por el carro y el horrorizado carretero.

Vi a mi abuelo yacer sobre los adoquines turcos con la cabeza destrozada y el pecho aplastado. Lo vi con mis propios ojos.

Yo estaba pegado contra la pared, aún sin darme cuenta exacta de lo que había ocurrido, cuando sonó un timbre. Era el cartero con su bicicleta amarilla. El hombre no había visto lo que acababa de suceder y me gritó con voz alegre:

—¿Por qué lloras, pequeñajo? ¡La carta de París está de camino, ya la he encargado!

Lo trajeron tendido sobre una puerta: era la puerta de la taberna de tío Pesho, que él mismo, el tabernero, había desmontado.

Mi abuela Mazal no se lanzó sobre él ni puso el grito en el cielo, como era de esperar; sólo se tapó la boca con las manos y se quedó así, con la mirada fija, paralizada por el horror y con unos ojos desorbitados que se fueron llenando de lágrimas despacio, muy despacio, hasta que corrieron por sus mejillas, grandes y silenciosas.

Por la puerta asomaban hombres y mujeres, y esto era un gran pecado, sí, era un pecado enorme, porque entre los judíos nadie tiene derecho a contemplar a un difunto, está prohibido a los mortales mirar a la muerte a los ojos. Sólo se les permite a algunos ancianos iniciados de la sinagoga, los *kabarim* y los *rohetsim*, que tienen la obligación de lavar al difunto y envolverlo en una mortaja, depositarlo en un féretro y clavar el ataúd de tal modo que nadie pueda ver la muerte. Eran los únicos investidos del elevado y místico poder de acercársele.

Pero los iniciados ya no estaban: habían ascendido.

Tampoco estaba el rabino para celebrar la ceremonia de cuerpo presente, porque hasta los ateos como el Borrachón debían ser despedidos en su camino hacia su última morada, según las reglas de la tradición judía y el Testamento.

Entonces alguien se abrió paso entre la multitud, y era el pope Isaías. ¡Él mismo, el sacerdote ortodoxo de nuestro barrio!

Estuvo largo rato silencioso y apesadumbrado.

Luego, como de costumbre, juntó tres dedos para santiguarse, pero en cuanto se tocó la frente, se percató de que estaba en una casa judía y dejó caer el brazo. Pero yo vi y puedo jurar que los labios del pope Isaías, el párroco de la iglesia de San Jorge Triunfador, pronunciaron en silencio una oración, una oración cristiana, tal vez sacrílega para los judíos… ¡pero la pronunciaron!

Luego se inclinó sobre el cuerpo y puso su mano en la frente del Borrachón, y murmuró unas palabras más, probablemente una bendición.

Tal vez fuera la primera vez en dos mil años, desde que crucificaron en el Gólgota al Hijo de Dios, Yeshuá ben Yosef, que un sacerdote cristiano celebraba el funeral de cuerpo presente de un ateo judío.

Ahora sé, y estoy seguro de ello, que mi querido abuelo Abraham, conocido también como el Borrachón, animado por un sereno y sincero amor a todos los seres humanos y purificado por esta bendición, fue a parar derecho al Paraíso. Nadie ha sido capaz de demostrar su existencia, y el profesor Stóichev bien podía calificar semejantes creencias de oscurantismo medieval y opio del pueblo, pero es imposible que no exista algo así en el más allá, porque si no, ¿dónde iba a tocar después de su muerte el inigualable Manush Alíev?

Sé, y lo sé con certeza, que también allí el Borrachón, a escondidas de Mazal, su esposa y abuela mía, sigue escabulléndose por la noche para colarse por cierto pasaje entre dos paraísos, un pasaje tan estrecho que en él apenas pueden cruzarse dos almas, y abre sin hacer ruido la portezuela que da al edén musulmán. Allí lo espera una viuda tocando su *saz*, con una botella de anís y almendras garrapiñadas sobre la mesita redonda de cobre.

Y en el paraíso de los burros un asno gris de hocico blanco y remota sangre andaluza gira y gira sin parar, siempre en el mismo sitio, pero la rueda saca agua y esta agua riega la vida desde sus raíces. Y así va creciendo una calabaza amarilla, como aquella esperanza que jamás abandonó a la gente de mi estirpe en su largo y fatigoso periplo desde Toledo hasta Plóvdiv.

Y si este viaje desde el otro extremo del mundo hasta aquí tiene algún sentido, es el del amor por una chica: Araxi Vartanian.

¡Sólo el amor, y nada más!

«Si no quieres repetir el pasado, estúdialo.»
BARUCH SPINOZA

Desde LIBROS DEL ASTEROIDE queremos agradecerle el tiempo
que ha dedicado a la lectura de *Lejos de Toledo*.
Esperamos que el libro le haya gustado y le animamos
a que, si así ha sido, lo recomiende a otro lector.

Al final de este volumen nos permitimos proponerle
otros títulos de nuestra colección.

Queremos animarle también a que nos visite en
www.librosdelasteroide.com y en nuestros perfiles de Facebook, Twitter
e Instagram, donde encontrará información completa y detallada sobre
todas nuestras publicaciones y podrá ponerse en contacto con nosotros
para hacernos llegar sus opiniones y sugerencias.
Le esperamos.

«El humor y el horror están muy cerca, pero eso sólo lo saben los genios, capaces de reírse a mandíbula batiente de sus desgracias.»
Antonio Lozano (Qué Leer)

«Un fantástico descubrimiento.»
Mercedes Monmany (ABC)

«Wagenstein retrata a refugiados y espías en una adictiva novela, las relaciones entre los personajes nos hablan no sólo de la perseverancia de la naturaleza humana sino también del absurdo de la guerra.»
San Francisco Chronicle

«Esta novela debe ser considerada como un clásico de la literatura antifascista.»
Duma (Sofía)

«La maestría en la trama argumental y su arte del suspense revelan el antiguo oficio cinematográfico del narrador. Una obra cautivadora.»
Le Monde

Otros títulos publicados por
Libros del Asteroide:

1 En busca del barón Corvo, **A.J.A. Symons**
2 A la caza del amor, **Nancy Mitford**
3 Dos inglesas y el amor, **Henri Pierre Roché**
4 Los inquilinos de Moonbloom, **Edward L. Wallant**
5 Suaves caen las palabras, **Lalla Romano**
6 Historias de Pekín, **David Kidd**
7 El quinto en discordia, **Robertson Davies**
8 Memoria del miedo, **Andrew Graham-Yooll**
9 Vida e insólitas aventuras del soldado Iván Chonkin, **Vladímir Voinóvich**
10 Las diez mil cosas, **Maria Dermoût**
11 Amor en clima frío, **Nancy Mitford**
12 Vinieron como golondrinas, **William Maxwell**
13 De Profundis, **José Cardoso Pires**
14 Hogueras en la llanura, **Shohei Ooka**
15 Mantícora, **Robertson Davies**
16 El mercader de alfombras, **Phillip Lopate**
17 El maestro Juan Martínez que estaba allí, **Manuel Chaves Nogales**
18 La mesilla de noche, **Edgar Telles Ribeiro**
19 El mundo de los prodigios, **Robertson Davies**
20 Los vagabundos de la cosecha, **John Steinbeck**
21 Una educación incompleta, **Evelyn Waugh**
22 La hierba amarga, **Marga Minco**
23 La hoja plegada, **William Maxwell**
24 El hombre perro, **Yoram Kaniuk**
25 Lluvia negra, **Masuji Ibuse**
26 El delator, **Liam O'Flaherty**
27 La educación de Oscar Fairfax, **Louis Auchincloss**
28 Personajes secundarios, **Joyce Johnson**
29 El vaso de plata, **Antoni Marí**
30 Ángeles rebeldes, **Robertson Davies**
31 La bendición, **Nancy Mitford**
32 Vientos amargos, **Harry Wu**
33 Río Fugitivo, **Edmundo Paz Soldán**
34 El Pentateuco de Isaac, **Angel Wagenstein**
35 Postales de invierno, **Ann Beattie**
36 El tiempo de las cabras, **Luan Starova**
37 Adiós, hasta mañana, **William Maxwell**
38 Vida de Manolo, **Josep Pla**
39 En lugar seguro, **Wallace Stegner**
40 Me voy con vosotros para siempre, **Fred Chappell**
41 Niebla en el puente de Tolbiac, **Léo Malet**
42 Lo que arraiga en el hueso, **Robertson Davies**
43 Chico de barrio, **Ermanno Olmi**
44 Juan Belmonte, matador de toros, **Manuel Chaves Nogales**
45 Adiós, Shanghai, **Angel Wagenstein**
46 Segundo matrimonio, **Phillip Lopate**
47 El hombre del traje gris, **Sloan Wilson**
48 Los días contados, **Miklós Bánffy**

49 No se lo digas a Alfred, **Nancy Mitford**
50 Las grandes familias, **Maurice Druon**
51 Todos los colores del sol y de la noche, **Lenka Reinerová**
52 La lira de Orfeo, **Robertson Davies**
53 Cuatro hermanas, **Jetta Carleton**
54 Retratos de Will, **Ann Beattie**
55 Ángulo de reposo, **Wallace Stegner**
56 El hombre, un lobo para el hombre, **Janusz Bardach**
57 Trilogía de Deptford, **Robertson Davies**
58 Calle de la Estación, 120, **Léo Malet**
59 Las almas juzgadas, **Miklós Bánffy**
60 El gran mundo, **David Malouf**
61 Lejos de Toledo, **Angel Wagenstein**
62 Jernigan, **David Gates**
63 La agonía de Francia, **Manuel Chaves Nogales**
64 Diario de un ama de casa desquiciada, **Sue Kaufman**
65 Un año en el altiplano, **Emilio Lussu**
66 La caída de los cuerpos, **Maurice Druon**
67 El río de la vida, **Norman Maclean**
68 El reino dividido, **Miklós Bánffy**
69 El rector de Justin, **Louis Auchincloss**
70 El infierno de los jemeres rojos, **Denise Affonço**
71 Roscoe, **negocios de amor y guerra, William Kennedy**
72 El pájaro espectador, **Wallace Stegner**
73 La bandera invisible, **Peter Bamm**
74 Cita en los infiernos, **Maurice Druon**
75 Tren a Pakistán, **Khushwant Singh**
76 A merced de la tempestad, **Robertson Davies**
77 Ratas de Montsouris, **Léo Malet**
78 Un matrimonio feliz, **Rafael Yglesias**
79 El frente ruso, **Jean-Claude Lalumière**
80 Télex desde Cuba, **Rachel Kushner**
81 A sangre y fuego, **Manuel Chaves Nogales**
82 Una temporada para silbar, **Ivan Doig**
83 Mi abuelo llegó esquiando, **Daniel Katz**
84 Mi planta de naranja lima, **José Mauro de Vasconcelos**
85 Los amigos de Eddie Coyle, **George V. Higgins**
86 Martin Dressler. Historia de un soñador americano,
   Steven Millhauser
87 Cristianos, **Jean Rolin**
88 Las crónicas de la señorita Hempel, **Sarah Shun-lien Bynum**
89 Canción de Rachel, **Miguel Barnet**
90 Levadura de malícia, **Robertson Davies**
91 Tallo de hierro, **William Kennedy**
92 Trifulca a la vista, **Nancy Mitford**
93 Rescate, **David Malouf**
94 Alí y Nino, **Kurban Said**
95 Todo, **Kevin Canty**
96 Un mundo aparte, **Gustaw Herling-Grudziński**
97 Al oeste con la noche, **Beryl Markham**
98 Algún día este dolor te será útil, **Peter Cameron**
99 La vuelta a Europa en avión. Un pequeño burgués en la Rusia roja,
   Manuel Chaves Nogales